福康安传
帝都生人

富察建功
————

著

北京燕山出版社
BEIJING YANSHAN PRESS

图书在版编目（CIP）数据

福康安传·帝都生人 / 富察建功著 . —北京：
北京燕山出版社，2019.8

ISBN 978-7-5402-5412-4

Ⅰ.①福… Ⅱ.①富… Ⅲ.①长篇小说—
中国—当代 Ⅳ.① I247.5

中国版本图书馆 CIP 数据核字（2019）第 141906 号

福康安传·帝都生人

责任编辑：战文婧
封面设计：王　鹏
出版发行：北京燕山出版社有限公司
社　　址：北京市丰台区东铁营苇子坑路 138 号
邮　　编：100079
电话传真：86-10-65240430（总编室）
印　　刷：北京画中画印刷有限公司
开　　本：710mm×1000mm　1/16
字　　数：230 千字
印　　张：18
版　　次：2019 年 8 月北京第 1 版
印　　次：2019 年 8 月北京第 1 次印刷
ISBN 978-7-5402-5412-4
定　　价：48.00 元

目　录

第 一 章　西北起战事　富察再添丁　　　001

第 二 章　弘历寻短见　弘昼整王府　　　008

第 三 章　新皇登大宝　谁说君言轻　　　018

第 四 章　洗三惊圣驾　大姥险失魂　　　028

第 五 章　皇帝微服走　圣谕陡惊魂　　　036

第 六 章　曹霑遇皇旨　傅恒建奇功　　　045

第 七 章　大军赢征战　皇上谕班师　　　054

第 八 章　三福拜骥庙　东岳立御碑　　　064

第 九 章　无意镇惊马　哥为皇侄甥　　　070

第 十 章　紫禁城内长　受诲诸帝师　　　076

第 十一 章　咸安宫开课　袁枚会曹霑　　　084

第 十二 章　文魁交富察　子才讽翰林　　　094

第 十三 章　雪芹遭欺侮　醉酒芍药丛　　　103

第 十四 章　明瑞使妙计　严惩奴下奴　　　113

第 十五 章　禁苑圣君测　皇上赏三福　　　121

第 十 六 章　紫阁瞻布库　立志做英雄　　　130

第 十 七 章　众帝师惧鼠　福康安迷途　　　139

第 十 八 章　毛姐常出入　公府动工程　　　147

第 十 九 章　公爵柔克铁　国公口心服　　　156

第 二 十 章　少年共竹马　擢升侍三等　　　165

第二十一章　三福子回府　曹雪芹归天　　　174

第二十二章　布库添新秀　常保托大媒　　　181

第二十三章　结缘禁城内　金兰和珅爹　　　190

第二十四章　王府熊出没　布库不枉习　　　200

第二十五章　刘罗锅问世　钮和珅露头　　　208

第二十六章　觉罗家谈婚　姑奶奶受罚　　　217

第二十七章　毛姐怒觅死　明山夜观碑　　　224

第二十八章　傅恒顺推舟　三福定终身　　　230

第二十九章　富察尽本色　藏地报君王　　　237

第 三 十 章　先下手为上　后下手遭殃　　　243

第三十一章　明山请乞儿　傅恒悔嫁女　　　251

第三十二章　觉罗女终嫁　福康安大婚　　　262

后　　　记　　　271

镶黄旗创立于明万历四十三年（公元 1615 年），与"正黄旗""正白旗"并称为上三旗，为清太祖努尔哈赤建立的满洲八旗之首旗。都说八旗中的镶黄旗最为尊贵，这究竟是何道理？小子在此告诉您：历代清帝出生后皆要在镶黄旗下佐领那里报户冠名讳。既然是皇上的户口，当然要位列一甲头名，所以镶黄旗顺其自然便成为八旗之首旗。上三旗由皇帝亲统，旗下兵皆为亲兵，而皇帝侍卫也必须从上三旗中遴选。清初时，镶黄旗男女老少总人口不过两万，只有一万余兵丁。而后又设"镶黄旗蒙古"与"镶黄旗汉军"。从入关后的顺治时代起，历代皇子都隶属镶黄旗下，这就更增添了镶黄旗的神秘贵胄气息。

清乾隆六十年（公元 1795 年），乾隆帝禅位于皇子颙琰（永琰）。次年为嘉庆元年（公元 1796 年），是年九月十八日，在京师东四三条内，福康安家府门前的孩珠子（满语，孩子）们竟然跟着护卫韩晓班打起了要饭板，大声唱出一首歌谣来：

天老三，地老三，富察家里有老三。天不怕，地不怕，天南地北代圣驾；降魔伏妖午门前，公爵不做只要马。什么马？血里马，一日千里镇百藩，挣个王冠带回家，带……回……家……

此时正是福康安在南方沙场殁后的第三个月……要说起忠公府的

三福，也就是福康安来，富察家的后代们且不论男女老少，总会有说不完的故事。只可惜，正史上没过多写他的故事，但野史中却有着极多的讲述。富察后人大可不必担心什么或褒或贬的，无论哪个朝代，谁都免不了遭人痛骂。若是没挨过骂，那倒真新鲜了，有句话说得好，"明里骂，暗里骂，也许当面叫阿玛（满语，爸爸、父亲），不挨骂，长不大，长不大皆因为没人骂"。

乾隆十九年（公元 1754 年）六月十八日未时，福康安出生于北京西北的燕园，当时这是他家的暂住之地。

当乾隆帝闻听军机首辅傅恒家中再添一个男孩珠子时，不由得心中暗自叫苦，本来打赌说他只能生女的，这回却输了。其实这倒无甚关系，无非服输，不过是做个姿态而已。乾隆帝知道，全京师的旗人，不仅都远望着西北的战事，也都盯着他看呢。为何军机首辅傅恒家中，一个男孩珠子的出生，会引起乾隆帝亲自过问呢？老北京人倒是有话答复："天上地上，全归皇上，普天之下，皇天后土。"当今皇上总要靠大臣来维系天下不是？虽说清朝比不了明朝，没有无数锦衣卫、东厂老公①帮衬，可当今皇上的耳目同样众多。于是，傅恒生男丁的消息，很快被皇家耳目一层层上报至内宫，但却被乌拉那拉氏皇贵妃故意推迟了一天。

一天之后，当乾隆帝得信后，不免有些责怪乌拉那拉氏。他明白，也许在紫禁城内自己是最后一个得知傅恒生子的人，也许连住在皇城犄角儿旮旯儿的旗下人都比自己知道得早些。他寻思着，正值西北战事胶着的节骨眼上，傅恒在军机处日夜奉公，繁忙得家都回不了，谁能给他家里办这"洗三"呢？为此，皇上当然气恼，甚至觉得皇贵妃有隐瞒不报的欺君过失，是犯有明显的"妒后"（指妒忌已故

---

① 旗人对太监的贬称。

的富察皇后）之过。

乌拉那拉氏常被下人称为皇后，但在乾隆帝面前，她可是万不敢这样称呼自己。孝贤皇后宾天多年，皇上仍未公开封她为继后。而她明白"后不续弦"是皇上多年的想法。因一个大国皇后的诞生，并非靠一道简单的口谕就成，而是大清王朝爱新觉罗家族与另一家族融合的结果。尽管她仍对封赐抱有希冀，却绝不敢多问半句。她此时已感到不妙，道："请皇上不要怪罪，富察家人口众多，不过是生个男丁罢了，所以，奴妾就没敢惊扰皇上。"

"不过"二字更招惹了皇上的不快，他即刻问道："你既然惊动了所有人，却唯独不告知朕！春和为社稷辛苦不堪，朕作为君王，该如何去做表率呢？"

这话问得乌拉那拉氏尴尬不堪，她只好低下头来，自行跪在金砖上不敢吱声了。

生一个男丁也能引起宫廷内的注意？这里面还有个故事要说，这便是皇上曾与傅恒打了赌。去年年初，西疆突发动乱，搅得皇上日夜坐卧不宁，寝食难安。为何如此？当年康熙爷御驾亲征西疆，尽举国之财力，才渐渐稳定了这边远之疆土。累至雍正爷时，也曾派大将年羹尧亲统大军，将叛军消灭殆尽。两代王朝皆尽了最大之力，好不容易才稳定西疆。如今正值百废待兴，内帑不足之时，谁料到，西疆再出大事。

而拧丧种脾气的傅恒，哪样都好，却在家国重大危机到来时，一再与老臣张廷玉谈及他的下一代。乾隆帝再也听不下去时当即问他："家国要不要了？您还谈什么孩珠子？"

谁知胆大包天的傅恒当着满朝文武，照样还不改口，道："家国要，这儿子也得要！臣还该有几个累赘（指儿子），有苗不愁长啊。"

皇上不由得恼怒，言道："待定了西疆，你也许会有，若不能灭叛军，王朝都岌岌可危了，你怎敢妄想？朕与你赌定了，你有不了儿子了！"

可傅恒却仍然与皇上抬杠，道："西疆可胜！儿子得要！双捷无疑！"

"他倒是放心啊！"这令皇上不禁倒吸一口凉气，心说：朝堂之上，都在探讨家国大事，你却将儿子出生与平复叛军混同一谈，这不是招朕腻味吗？何事为大？亏得你是军机首辅，怎好犯忤逆说出口？再看满朝文武，也都对傅恒的执着深感不满。即刻，张廷玉带头弹劾傅恒，说他不能再做军机首辅了。皇上当即便瞪起眼看傅恒。但傅恒却丝毫也不在乎，仍道："等奴臣生了这第三子，西疆的捷报即刻会传至内廷。到时奴臣与皇上再论输赢，如何？"

皇上也只好沉住气，问他："你怎知生了孩珠子捷报即到？"其实皇上比谁都盼西疆的捷报。"退了吧！"皇上气得抢了本该是老公喊叫的公事，竟然还落去一个"朝"字。

结果，皇上算是输了。他却觉得这个赌输得挺有意思，真正输到了极致。在同一天里，"西疆大胜，孩珠子诞生"。若是这种赌输的话，他可宁愿输几回，家国岂不乐哉？而傅恒的顶撞、忤逆亦可一笔勾销了！

皇贵妃乌拉那拉氏，是正黄旗佐领那尔布之女，为乾隆帝侧福晋。乾隆二年（公元 1737 年），封娴妃。孝贤皇后崩后，晋封为皇贵妃，入中宫，摄六宫事。在她青春正年、芳华烂漫之际，眉目中常带着一番喜悦，极少不招皇上待见。但她这回的做法却引得皇上甚为恼怒，所以他直言道："表面看，只是添丁，可这丁毕竟是大清孝贤皇后与朕的侄甥，朕这做姑阿玛的，总归要操操心……看来你是要故意隐瞒朕啦！好叫外人说朕不通人性。"

自皇后富察氏宾天之后，所有来自富察家的消息，甭管是好的或糟糕的，都会引起乾隆帝的重视。皇后生时，他每天若不见她一面，心内总是搁放不下。尽管缘结连理多年，但见到皇后的那种感觉，总令他想起自己的少年时光，再细看皇后那慈眉善目的温喜模样，他一身的疲倦即会马上消失。当他还被称作宝亲王，阿玛汗（满语，皇父）尚未给他定亲时，他便想尽一切办法，为将来的迎娶铺石、奠基、修路了。他所读过的圣贤或非圣贤书中，那些个夸窈窕淑女、美人的词句似乎都可以用来夸赞这位端庄美丽的富察姑奶奶。她曾悄悄地对他道："女人本来没有名讳，可是我叫'蚕妞'……"蚕妞说养蚕是为了叫天下女子都穿上花旗袍，尽管她自己还穿着粗布旗装。于是，他即刻应了她一座"蚕坛"②。等她成为皇后时，北京城的旗人姑奶奶也开始兴起叫妞来。

旗人都说，当年雍正爷的家法最严，就连那些个亲王也受到严苛管教。旗人们又说，当今圣上不仅能管住八千岁的皇窦（满语，御弟），还是个有名的大孝子。

许多大员都熟知，弘历即位不久，和亲王、礼亲王几位亲王曾在朝堂上出手暴打过一等公讷亲，尽管知道他是大清名将遏必隆的后代。大堂之上，只听和亲王弘昼叫嚣道："既是打你，还管你是天王老子不成？"当时弘历便眼冒金星，不禁暗问自己：朕该怎么办？从那天开始，弘历——新皇乾隆帝度过了无数个不眠之夜。他是既别扭又窝火，还有点不知所措，是吃不好、睡不好、喝不好、坐立不安，似乎看见天下人都在耻笑他、奚落他、揶揄他、恶心他。为此他心火蔓延，真的要疯癫了。同为先皇之子，为何要如此对朕？朕是皇上，贵为天子，是被称作万岁爷的乾隆帝，是大清万里江山的主掌者。若非身边尚有能安慰他的皇后总绞尽脑汁地叫他散心、骑马、拉拉弓弦，他恨不得要跳河去！这皇帝更是无心做下去了。于是他辍朝多

---

② 北海公园旁的先蚕坛。

日，开始不问国政了。

今日的弘历站在圆明园后湖的一座石桥上，随时都打算跳下去，但却忽然犹豫起来。

绿莹莹的后湖水较深，尚未修整，不比满是宫殿佛堂的前湖。此时若一跃跳将下去，不知皇后能否马上施救，因不识水性，假若真的沉底，他也许今生再难浮出水面，当朝又多了一位"难帝"，这使他犹豫起来。多日以来，见他情绪忽好忽坏，皇后始终不敢离其左右，生怕有什么闪失。前几日他因伸手捕抓"老琉璃"（蜻蜓的一种），不小心一头折在湖里，双脚在滋泥中越陷越深，在他不知所措、喊都喊不出来声时，水已漫过脖颈。只听得皇后一声尖叫，便有御前侍卫即刻飞跑过来了。这几个小子还真不是吃素的，个个像水獭托生的一般，蹿进水中憋了几口烟的工夫，就将他从滋泥中搜出来。他心说，这事若传出宫去，自己便成为天下千年的笑柄了，于是乎，尽管他呛了几口泥汤，可还是一上岸便喊："都撒手，朕没事！"

一听他喊，侍卫赶忙将他放开。可皇后却道："把皇上搭到旁园更衣！"见侍卫犹豫，她便伸手来搭他，侍卫也一拥而上，强将他搭了走。这时他觉得自己的龙颜完全丢尽，可却不怪罪她，因自己毕竟是讲究干净利落的皇上。只是这老朽之臣张廷玉总教他多次练着说"朕朕朕"的，使他打心里烦透了。刚才说出"朕"字，也被他视为多余和无奈。

秋雨刚霁，由于胸中憋闷不已，所以今日弘历打算再跳一次河。正赶上皇宫内外护军都去忙碌三夏，帮农夫抢收庄稼，夏宫内一时人口顿少。今日跳下去，或许不会像以往那样，未等在水里泡舒服便会有侍卫将他举出水面。最令他哭笑不得的是，侍卫们还会齐声高呼"万万岁"！可他又一闪念，假若，谁都没发现他并施救的话，岂不是成了真龙呢？那史书将如何撰写？以往身边总有多位顾命大臣紧随。因他多日辍朝，前日竟有御史发问，说为何皇上只带着皇后东游西逛的，而置其他于不顾，这令他们实难记述皇上的一言一行。因皇后一出现，他们便要避让后退。清律规定，不能用眼睛偷看中宫娘娘，否则便是大不敬之罪。那好，避开就避开吧，反正这圆明禁苑之内，皇上身边只需要御前侍卫或老公伺候着，大臣们常会弄个没趣。而历代帝王很难遇到像司马迁那样冥顽不化的言官。能有哪一位言官活腻歪了，专等皇上跟他翻脸？每当弘历换上汉装时，以张廷玉为首的顾命大臣会知趣地退后。雍正爷曾说过"朕就汉装，百官即避"。

欲知后事如何，请看下文分解。

第二章
弘历寻短见　弘昼整王府

　　且说年轻的乾隆帝既然要跳河，那就不是在玩耍"跳水"。"跳河"与"自尽"本意相似，而皇上的"跳河"，则是件既可怕又新鲜的事。登基不久，便眼看着皇窦和亲王弘昼耀武扬威，在朝堂之上追打汉臣，最后竟连阻挠的满臣讷亲也照样挨了数记老拳与耳刮。而作为皇上，他却于高高的龙椅上目瞪口呆，不知该如何是好。过后的那一股无名之火更在心口窝内如刀绞一般，让他接连几天吃不好、睡不好，满嘴直起燎泡，虽是铆足劲儿地灌茶水，可嗓子依然同冒烟一般。今日眼看着湖水碧波荡漾，再望望远处岸边那一排的垂柳与芦花，他又想到了冬天的冰戏，那是一番恢宏、能体现出君威与国威的场面。而他喜好戏水，是因他初次见到玛法（满语，爷爷）时，正是在园中戏水之时。所以，凡遇自己头脑发热发蒙或身体不适之时，他一定要来到湖旁，借湖水来舒心养目。他知自己是"乐水"一派，隔日不见水，便会上火，甚至连眼睛都会肿胀不堪。弘历想不到自己虽然登基为帝，却是如此君境艰窘，本来作为血缘至亲的皇窦弘昼应该是百官的楷模才对，可他竟然深深羞辱了自己……想至此，他不由得咬得牙根生疼，三焦之火一阵阵猛烈撞击他的京、章二门之穴，也就是常说的死穴。他顿觉窒息，想用"跳河"来一"洗"前耻！只见他勒紧腰带，飞快脱下那双绣着青龙的单靿鞋，直蹚入水中。"哎呀！

浑身透凉，好不舒服！"他往前一扑，极快扑向深水处，这也省得旁人窥视龙体。以往"跳河"是纯粹吓唬身边的人，因他还有许多先祖未竟的抱负，大清更离不开他。进到水中的刹那，弘历暗下决心，他要挣回自己已然扫地的圣颜，他将会苛求所有的皇亲国戚。不然，他就不配做皇帝！

今日他仍想再捉弄所有人一次。他浮水的方式是满洲人独特的"仙犬刨江"——俗称"狗刨"，他的动作该是矫健的，就像游弋在湖中的水獭。这时自天上降下几只野鸭，在他头顶上扑棱儿下之后，便落到不远的水面上漫游，这些野鸭子早被老公们喂熟了。前几次，湖中即便有几只野鸭或水鸟，也早被他这个"跳河"皇帝吓得如同见到鱼鹰子一样魂飞魄散，连飞带扑腾地逃走了。可今日它们竟然如入无人之境。但此时却突然发生了他听说过的意外，他的小腿肚子开始转筋了……以往他都选择熟悉的水域，明知那里水浅淹不着，所以才毫不犹豫地直奔湖心。但今日选的这片水域却是很少有人问津的野湖，尚未修成像前面几个园子那样的"熟水"，且这里总被额娘说有"水鬼"。不仅旗人笃信，就连他这个皇帝也同样惧怕"水鬼"。他在水中蹬踹逐渐无力，小腿简直像被撕咬一般，近似成偏萎（中医称半身不遂），尽管他玩命地挣扎，却在这"扑腾"中渐离了岸边。当感觉不妙时，他开始责怪起皇后为何还不来搭救自己。想至此，已顾不得什么皇帝身份了，他竭力喊道："皇后救我……"

其实，皇后就在不远处，开始她看到弘历在那儿躲躲藏藏的，以为他是在玩藏闷儿，觉得好笑又可气。但她绝想不到这位大清的少壮皇上，竟然如此快地脱衣、褪帽、扒靰鞡进到水中。当她听到喊声后，即刻甩开花盆靰鞡狂奔起来。那几个御前侍卫犹如弦上的葛行（满语，箭）一般飞蹿至湖边，来不及扒掉黄马褂便扑进湖中，其急切绝不比她差半分。要知道，假若皇上真有了闪失，那便是天下最大、最可怕之事了……弘历在水中欲沉未沉、已然绝望之际，忽然感觉自己的脚踏到了湖底，那柔软的滋泥令人倍觉舒适，于是他踩住后，赶紧往上一蹿，突地冒出了湖面。几侍卫终于看清，那冒起来又沉下去的，正是万岁爷！弘历并未像上次一样很快听侍卫喊"万万岁"，但在他奄奄一息之时，总算有人紧紧抓住他的胳膊将他拽出水，而拽他的侍卫的脑袋却仍在水中……救他的便是御前侍卫什长阿森阿。他连呛了几口有腥味的湖水后才被高高举起来。

这时身穿湿漉漉旗袍的皇后站在浅水中哭喊着叫他："弘历啊……"

在夏宫中，敢叫"弘历"的也只有皇后一人了。只听阿森阿喊着"脑袋朝下"……侍卫们七手八脚忙作一团，遂将皇上脑袋倒过来控水。只听"哇哇哇"几声呕吐，他噗噗地被控出几大口口鼻中的浊水。他在稀里糊涂之中，又躲过一劫。见他已然能喘息，阿森阿又道："轻放轻放，拿你等衣裳垫上、盖上……"皇上终于被放在地上，仍不断在迷迷糊糊中呕吐酸水。见皇上渐渐苏醒，侍卫都长出一口气，而刚才举他出水的阿森阿接着喊道："着衣、着衣！"赤身露体的侍卫们很快穿了衣裳。皇后一个人坐在那里啼哭起来，她道："你这是要干吗呀你……"

这时，迷迷糊糊的弘历仿佛又回到了雍正驾崩的那一日。他猛听得一道急促、凄凉、声嘶力竭的声音在呐喊"雍正爷晏驾"——喊声如同晴天霹雳一般，令京师上至王公下至百官及所有百姓惊骇。雍正爷头些天不是还好好的吗？八旗禁军即刻如临大敌般将禁苑严严实实地围上，所有大臣均停止朝拜，唯独大学士刘统勋、鄂尔泰、张廷玉等顾命大臣在园中依例奉职。

很快，禁苑内变得银装素裹，到处是素色丧棚与素色纸花围裹，白事工匠穿梭于沿途甬道上，不断搭建起更多的丧棚。几日后，王公大臣们被邀约至九洲清晏殿，数百号人身披重孝，集结一处，没有谁敢高声。顾命老臣无一缺位，顶戴上红缨更换成素色，张廷玉、鄂尔泰等正在与宗人府商量如何即刻举丧全国，将善后事一一安排得体。而那些见不得大场面的女诰命们被安排在远处刚搭好的席棚内。尽管离皇帝的棺椁还很远，但早从人群中传出呜呜咽咽的抽泣声。

大清的晴天骤然阴云弥漫，世人都在猜测：明日谁坐龙位？

当日当时，张廷玉告知弘历说："国不可一日无君，请您即刻偕同所有皇子，率三百名侍卫，骑马紧急赶赴紫禁城内的乾清宫，由几位顾命大臣相约，一同打开'正大光明'匾额后'宝盒'——那里有雍正爷立储的密诏。"只见大学士鄂尔泰、张廷玉等顾命元老，沉着冷静地列队跪拜诸位皇子后，乘马轿赶至紫禁城。

当日午后，只听到有人高喊道"乾清宫开宝盒了"……宫殿监的喊声即刻传遍了三大金殿与内外廷，这尖厉的喊声常是内廷许多大事的开场白，一向先声夺人。到底皇子中谁能登基为帝？这猜测很快传至京师各个王府，然后在北京旗人群内渐渐发酵，像水墨画一般，被渲染得淋漓尽致。一时间如静水被乱石激起，天下所有人无不关心备至。等待终于有了结果，当宝亲王弘历成为新皇乾隆帝时，他先得到了几位顾命大臣的赞许，次日后，更得到了朝野一片赞许。多数人认为，弘历或许是个更温顺的好皇帝。而承平日久的满、蒙古、汉旗人，则最盼望的是少打仗或不打仗，这样家里会平安一些，因每个旗人都是大清的兵。正所谓"新君登基三件宝——圣旨、朝臣、大甜枣"……这便是王公贵胄的想法了。新皇续统登基数年，果然天下平安，一是无仗可打，二是风调雨顺、四地丰稔。新皇登基初始，便御封了一连串王。而皇子弘昼早在雍正末年就被封了和硕和亲王。

纯悫皇贵妃耿氏操的心本来就数不清，这几日她更有些絮絮叨叨，既是担惊受怕，又兴奋不已。而五阿哥和亲王弘昼当然不会像他额娘一样去瞎琢磨什么。他想到的是，这回更能放开野性，玩命去玩了，他从不思索什么君臣之道。他认为，四阿哥登基坐殿，与自己做皇上没什么两样，平日里四哥弘历不都是事事让着自己吗？尤其当着额娘面时。想至此，他兴高采烈地喊道："我老四哥做皇上，您可就是皇太后啦！这敢情好，他做皇上跟我做不是一样吗？"

听他这么说，贵妃耿氏立马纠正他："这是两码事，你是臣子，得服从皇上。"

"还不是一样！反正都是爱新觉罗的子孙嘛……我成了人世间最大的和硕亲王了，得算是八千岁，比四哥的万岁只差两千岁罢了。那我就该有个最大亲王的模样！"而弘昼的胆量却是皇子中最小的。比如说，他喊话比不了那些王的大嗓门，可该怎样才能变胆大，得使唤谁呢？他又忽然想起来，当初阿玛汗为何不将皇位留给自己呢？转念又一想，甭管阿哥阿窦有几个，却只能出一个做皇上，谁做不是做啊。再一想，毕竟不是自己登基，这使他一阵阵对额娘愠气。皇子共有十六人，假若阿玛汗最宠自己额娘，是否会将皇位给自己呢？细一寻思，生四哥的钮钴禄氏也非十分得宠，因此，自己照样没戏。谁都能看出阿玛汗与玛法一直对弘历偏疼有加，就算是喇嘛庙中的法轮常转，但哪能就转到自己这儿呢？

雍正驾崩之日，只见大学士张廷玉先当着鄂尔泰等几位大臣，指挥御前侍卫登梯爬高，从乾清宫内正上方那一块写着"正大光明"的牌匾后取出一紫金丝绵锦匣，当众打开，内里有一块尚未裱糊的黄绢，这便是雍正爷的遗诏了。弘昼只听见那不招人待见的老公用鸭不鸭鹅不鹅鸡不鸡的左嗓子，拼命喊叫了一气，其中有一句"皇四子弘历可承继大统"……其他的，他一概没听进去。不就是一封遗诏吗？这可倒好，就这么一下子，转眼之间，四阿哥弘历已不声不响地登上了皇上的龙位，他怎也不跟自己打声招呼呢？也许他繁忙得像帝师说自己的那样，"屁股底下坐根儿针似的"，总坐不下来。也许四哥以后会与阿玛汗一样，什么事都要过问了。

登基大典简要明了，一晃而过。眼看着四阿哥高高在上，稳坐于皇帝宝座，打那开始，弘昼就很少见到他了。净忙乎做皇帝了，见与不见的在他吧。他做皇上百忙，我这个大大的亲王也该有所作为，那就归置我的王府吧，总比在朝堂干仗强百倍，这多亏四哥没挑理。

这一日，弘昼召集和王府内所有管事的、听喝的、打杂儿的，打算说说话了。他先问长史都不阿道："喂！你说，这回本王能够入军机处做首辅老大吗？"

长史都不阿觉得这事有些问大了，他是和王府中的元老，也是黄带子里挑出来的能臣，即便是知道一星半点儿的，但怎敢张嘴就说？

弘昼又道："本王想从老四那儿多要几个侍卫，如何？"

长史都不阿磨磨唧唧地说话了："王爷啊，您老麻利地改口叫皇上吧。"

"什么？叫本王随你们一样叫？想得倒美！门儿也没有啊……这个你甭管！"

长史却道："增派侍卫？这可说不好，甭管亲王郡王，身边侍卫的数目都得依照《大清律例》而定，该多少是多少，只可少，不能多，您老别想没影儿的事。"下面人听了后，都冲着长史点头，然后再一起摇头，意思是说：肯定是没戏唱，皇上不也要遵循祖制吗？

弘昼只好又道："禁宫的侍卫多如牛毛，谁功夫最棒？不能比试布库（满语，摔跤）或刀枪棍棒吗？再说，老四做皇上，总得多允我俩人才啊，谁叫他是阿哥呢！我可是和硕亲王，这天下也有我一份，不对吗？"

王府大管事策尔阿与长史都不阿俩人平日从不宿于王府，只是挂个名号而已，就算他俩偶来一次也不会犯傻多管闲事。策尔阿索性和稀泥，道："咱查查'律例'不结了吗？"

"赶紧拿去！"

很快，一摞摞的文本册簿都堆到了跟着搬过来的几张条案上。策尔阿翻到《大清律例》中的王府典章念道："亲王府人员的配备，与各府皆相同。"

这时，典仪官穆八边翻账册边道："您亲王府的配备一般是：长史（王府管家）一名。头等侍卫六名，二等六名，三等八名，共计二十名。您早有三十名护卫了。"

"不是戈什哈（满语，侍卫）吗？怎变成虎鲁哈（满语，护卫）了呢？"

"紫禁城内的侍卫才叫'戈什哈'，过去叫'戈辖'，您这儿只能叫虎鲁哈。"

"我哪有三十个虎鲁哈？"

穆八又念道："五、六品典仪各二，牧长二，司匠、司牧六个……"

"到底养牛羊还是养一堆司牧长？"

"您不能给庄院刨出去啊，您不放鸡放鸭、牧放牛马猪羊啦？"

"废话！我又不放！没怎么着呢，就这么多废物？"弘昼紧嘬牙花子道，"送他们当汉军去……"

典仪官穆八往手指上吐了口吐沫，又翻开一页，道："按规制，亲王世子也要单配二、三等护卫，各减二名之外，其制亦与亲王相同。"

"嗯，听明白了，合着虎鲁哈叫我孩珠子抢走了。"弘昼连连摇头……

"长史一位，是内务府委派到王府的最大官员。"

"啊？都不阿最大？那我往哪儿摆啊？你过来，跪下！"弘昼上来了脾气。

一见都不阿下跪，站着的策尔阿甚为尴尬，自感没趣，却不敢吱声。

"王爷，人家平日也不来呀。"典仪官穆八觉得都不阿有些冤枉。

"这倒是，我知道他不管闲事，那就起来吧。本王跟您逗呢，不兴急眼啊，哈哈！”刚打完又塞了块冰糖。他明白，这些个骚干零碎（满语，污浊之物）谁也开罪不起，皆为"经年的老耗子——各有来路"。其实王府中的纷繁百事本该由长史主掌，可大管事策尔阿与长史都不阿平日从不进王府，只有在婚丧大事时，才露露面而已。而一切事务实权概由"管事"的掌管，那可是戴三品亮蓝顶子。

当和王府内的各色闲杂人等在银安殿前挤得满满当当时，弘昼站累了，便一屁股坐在太师椅上犯困。见没喊停，穆八只好再念下去了，他道："除内眷住的内院归太监管责范围，府中其他一切事宜，皆归管事官打理。另外，庄园处配六名官员，都属从五品。回事处一般配五、六品官衣官帽等级。随侍处要配十名从三品起到无品的拜堂阿。家庙，以老宫殿监为首，另配两三个苏拉（满语，在册使唤人），负责洒扫祠堂内外，逢初一、十五之朔望日，逢年节时祭祖祀神，以及祖宗忌辰日的烧香上供等……"

穆八见弘昼已打起轻声的呼噜……赶忙后退几步，从小老公手里接过茶紧着抿了口，清清嗓子继续道："……'膳食乃应天之必须'，膳房为有主厨、副厨、下手一十五名……"

"也不少啊……"弘昼忽又醒了，连嘴都不张，说道，"可气啊，光茶房就四人，老子一天能喝几盅茶水呢？《石头记》中管大口灌茶的人叫作'饮驴'，念吧……"

"花园、暖窖与大、小书房皆配十人；更房雇十人；东马圈管理妈子、丫环……阿哈（满语，奴仆）、轿夫十名以上；王府（内院）太监共为二百六十人……"

"这哪是王府啊？不成老公家了吗？叫他们滚！养活那么多不全乎儿人，不是要我命吗？"

穆八笑着提醒他："王爷，是'本王'。"

"废话！本王的命难道不是我的命吗？真是的……简直一堆儿迟

累！什么乱七带八糟的？本王渴坏喽……养活好几百口子人，没人让口茶水！一个个脐儿（满语，废物）似的。"他瞥了一眼册簿，用手翻翻，见下面宣纸页还很厚……

穆八又念道："这其中有首领太监二、回事太监三、小太监七、散差太监三、妇差①约四十人，使女（丫环）八名……"

弘昼听至此，随即大喊道："我这儿又没开窑子！"但慑于站于不远处的嫡福晋的那一对无神而又刁钻的眉目的威严，他没敢再说下去。

"……园寝用人，少说十名。已故皇帝的坟叫作'帝陵'，王爷的叫作'园寝'……"

弘昼拦住他道："停停停，这就不用我了，老祖儿皇陵自有四哥盯着呢，我祖上就是他祖上！哎呀，这些老辈人总算都'嘎儿屁着凉'走人喽……"

"……档子房主要是保存'老档'并严格管理王府包衣的生注死销花名册。司礼房，专司祭祀礼仪，如读'祝版'（满语，祭文），司'百寿图'（亲友生日表）及各先辈王爷、福晋的诞辰、忌辰的'提醒'等……"

"穆老八住嘴！跪下！……你还没完没了……我兴许比皇上还累。"他伸了个懒腰，躺在暖和的老爷儿（方言，太阳）照着的罗汉凳上迷糊着了……这回只见皇上的一双眼正狠狠地瞪着他，他知道该收敛了，不然，额娘也挡不住四哥的"翻扯"，那才叫"毛驴子咧嘴——正要呲蹶子"呢。

不说弘昼在王府倒腾内务，咱回过头再说从水中捞出来的皇上弘历。

---

① 王府呼保姆为"妇差"或"妈子"。

弘历遇此劫难，大病多日。从此，再不敢玩水了。这次呛水使得弘历很久都不能顺畅喘气，湖内的淤泥味道，不论如何漱口，皆难以去除，甚至看见盘中的红烧鲤鱼，他都会闻出滋泥的味道。病榻之上，他终得到一个启示，那就是：生死之间即同梦魇一样，只一闪念。所以，他开始比照阿玛汗的做法，面对一切的挑衅，势必施以刀剑！不仅要直面挑衅，还须狠狠对待弘昼与昭梿这些个没用的混账亲王们。

他决心已定，即刻给予宗室的犯上者制裁。当他能走路之后，便先将前朝皇上定制的"道家可来去随意"等条文一概免除。因那天他在湖中的一切，竟被一个道士看得清清楚楚。为了堵住道士的嘴，他仿照康熙爷，命侍卫将道士一个个毫不客气地赶出禁苑。说法却是，先皇已然升天，公事完结，就请诸位赶紧去云游四海吧。当有一位连牙都掉净的老道长前来询问时，他传话给他们说"深宫皇苑，一切止谈"，并给了道长养老的银子。之后，他长长地松了一口气，自言自语道："尽管道教曾受尊崇，但总不能超过对藏传佛教的笃信吧?"大清自开国便有此信仰传统，凭此才使蒙藏归属大清，谁不知晓? 当道士们渐渐知道新皇绝不会似雍正爷那般把他们捧于手心，致使王公大臣也不敢申斥他们半句时，他们不敢不从。他们逐一被请出禁苑，用老公小石头的话说，是"老道遇天道，慌忙紧溜号"。弘历一听甚觉欣然，便很快赏了小石头一个殿前宫监主管的职位，并命他将禁苑内老道物什尽快清除。

欲知后事如何，请看下文分解。

第三章
新皇登大宝　谁说君言轻

升成殿前宫监主管的小石头，果然加倍效力。那些专炼丹药的土炉与青铜鼎器很快都被抬到废弃的佛堂中去了。禁苑内的几十座佛堂佛殿，被祭器摆放得满满当当。只剩余一些雍正爷尚未吃完的"延年益寿"之灵丹，小石头即刻上禀。弘历赶到后，遂拿起灵丹闻了闻，灵丹倒是香气扑鼻，紫红中透着乌莹莹、亮晶晶，亚似珍珠，置于盘中发出当啷当啷清脆的响声。他顺手塞进嘴一个，嘿嘿——苦中有甜，甜中略苦，满口余香不尽。他不禁赞赏道："这比炒黄豆要好吃啊！"

那肥胖的小老道一见吓坏了，忙道："那不是皇上的灵丹！吃不得！"

"为何不给朕炼制呢？"

小老道一听觉得有机可乘，遂开始白话道："须等雍正爷七七四十九天期满，须做六六三十六天的道场，建八八六十四天的高台，以敬天、地、日、月，水、火、雷、风，须请道长游历三山五岳、三江五湖、宫苑宫闱，还须在禁苑内做一个天下最大的道场……"未等他说完，弘历便转过身去言道："可惜了，你这么云山雾罩的，果真不怕闪了舌头吗？你的道名是？"

"小道珠姜便是……"

"哦，那就赶紧让珠姜带着这身肥猪臕游览天下，滚蛋走人吧……"

道士尽出，茜园也于乾隆五年（公元1740年）初成形。茜园是最神似江南景致的一座园中之园。它北侧位于思永斋前河岸，曾是禁苑墙外一片不起眼的后湖。乾隆帝即位之时，该园尚无像样的宫门、宫墙与紫围子遮挡。只西门才有垂花宫门，是由陆路入宫的唯一之道。而北宫门为水路，可乘船出入，南宫门才称作"茜园门"。若走从长春园进入绮春园的通道，才可入西宫门内。这里立有一块至少有八百多年历史的太湖奇石，石高丈余，石上沟壑遍布，质地细密，罕见稀有，上刻乾隆御笔"青莲朵"三字，是闻名宫外的古董。要说起它自南方远道而来的经过，倒是个曲折故事。奇石原在杭州府的南宋德寿宫内，在遗址中被称作"芙蓉石"。德寿宫内原有一株古苔梅，曾傍置此石。后由著名画匠蓝瑛、孙杕合绘梅石图并嵌刻于碑上，世称"蓝瑛梅石碑"，之后古苔梅枯死，惟余碑石为纪。弘历当初钦定建茜园，是为暗自纪念自己的"跳河"之举。可众臣非说他是为了安置青莲朵奇石。乾隆十六年（公元1751年），他奉皇太后懿旨首次南巡，行至杭州宋宫时，发现此奇石，乍一见，便爱不释手，与此石结缘，这被江南秀才传为佳话。从此江南的文人士子便给他起了个雅号——奇石帝王。他当时见石而发诗性，甚至以龙袍衣袖拂拭该石，怜惜地抚摩良久，并吟诗曰：

临安半壁苟支撑，遗迹披寻感慨生，梅石尚能传德寿，苔华又见说蓝瑛；一拳雨后犹余润，老干春来不再荣，五国风沙埋二帝，议和嬉乐独何情。

南巡之前，他曾于书中得知此石来历，所以抚今虑昔，自是感慨一番。地方大吏即刻领悟"圣意"，各个心有灵犀，都道说此石与皇上前世一定有缘。于是，这块薄、陋、透、瘦的太湖奇石，被数百根滚木、几十匹骡马拉拽，千里迢迢运抵京师献于皇帝。弘历遂赐石名

"青莲朵"，并将其安置于长春园的茜园太虚院中。等乾隆三十年（公元 1765 年），他第四次南巡时，又得知梅石碑当初的镌碑情况，便命人摹刻梅石碑一通，与杭州的旧碑并立成对，称作"子午石"。后又重摹一碑，置于茜园的"青莲朵"石侧，相与为伴。每逢和大臣来此园，乾隆帝总念念不忘这段过往逸事。直到最后一次南巡时，他还兴致盎然地为奇石吟诗作画——当然这是后话了。因茜园甚为静谧安逸，从乾隆帝始建后，便成为历代帝王常游憩的园子。

从湖里被捞上来的皇上平安无事了，可御前侍卫们却湿了个透实，如落汤鸡一般。他们顾不得更衣，便用几件补服将龙体包了个严严实实、密不透风。皇上终于在不断的"咳咳"的呛水声中，渐渐地清醒了，猛一睁眼，先见到哭得梨花带雨的富察蚕妞。皇后见他平安无事，才慢慢地露出了笑颜。弘历身边一向美姬如云，可最待见的却是嫡福晋——富察氏蚕妞。她一向"笑不露齿"——为历代帝王所推崇的妇颜。每见她笑，不醉也醉。此时，弘历猛然间觉得自己做了件错事、蠢事、糊涂事，本想开口说话，但由于两旁的侍卫都像是后羿面前的多余的老爷儿，不仅围住还盯住他，他当然不会像幼时那样大哭一场，反倒是大器得还大家以微笑。听说将他高举出水面的侍卫什长阿森阿在举起他的刹那呛了水，险些丢了性命。没别的，有赏就是了，谁是忠臣，弘历心里可是明镜儿似的。雍正爷教过他一首顺口溜："侍卫好，侍卫妙，大虫难近身，刀枪总围绕，热成御扇，寒变棉袄。"次日，没等完全恢复，弘历便唤老公请出文房四宝，专门用斗笔写了"君颜"俩字，叫老公们贴在正大光明殿内的宝座之前。

"君颜"即君王的脸面。他暗下决心，早晚要挣回颜面，尽管这颜面曾因几个混账的皇窦而蒙尘披垢。特别是那个刚刚承袭礼亲王爵的家伙，不老老实实、舒舒服服地在王府内过平安日子，却"平路不行，非走独木桥"，也甭指望他们能为国筹措思维，为百姓伸张正义。

既然敢欺皇辱制，对汉大臣不尊不敬——您就腆好吧。没见朕一直在极度忍耐吗？朕就如历代文人常说的"大丈夫能曲能伸"。朕并不想再刮起宗室内部的血雨腥风，所以想给皇窦们更多机会，自我悔过，但他们都当作银子破费了。今日，朕已梦醒，才知做皇帝竟有此般难处。因期望你等改过自新，重新为王，朕才一而再、再而三地容忍。

于是弘历开始"稳坐钓鱼台"，不动声色。尽管朝中百官的数百双眼睛都齐刷刷盯着看，但他却故作不知，只是动作便是了。

第一略，开始御门听政。命御前侍卫们全都抹下来脸皮，来一个"大礼寺的屋顶子冲天开门——六亲不认"！天凉时，再挪至乾清门前。他口谕宗人府，挑出每月的三日来，比试"满语骑射"，不成文的，直接处罚。他连降数旨，给满朝的文武百官、宗室一干人等重设规矩：凡迟误逾时不到朝者，当时便罚跪扣俸。敢不露面的，即刻罢官，归家省悔，还须上谢罪折悔过，不然，直接扣没俸禄。结果没俩月，举朝元老皆抱委屈，文武百官面无血色。于门禁再御制几个"官见低"（木台阶）——任你个子多高，也得被侍卫俯视！

次略随即跟进，突然缩减并拖欠王府爵禄。说白了，就是有钱不发或少发，谁敢怎样？京城所有的王府，本是花钱的无底洞，这么一拖欠俸禄不要紧，倒是令福晋紧张起来，一再裁人减员，并与王爷闹腾起了家务，姑奶奶们倒不是没钱花，却是有碍于面子。女主多为贵胄家的格格，满人的面子常比性命金贵。这一番折腾，直弄得王爷不怕也惧。这一招，那叫一个灵验。得知和亲王府内的福晋瓜尔佳氏不断与弘昼哭闹后，线人很快报予皇上。"哈哈……"他大笑一阵，然后道："吵架拌嘴？这不算什么。下一略则是，宗室内也要于校场开考。凡骑射过关的可保原职，凡拙劣不过关的即刻停职，补考武科！这才是较真儿呢！"

其结果却是照样无人敢惹弘昼等人。但弘历明白，其实这还是怕他啊。人家讷亲的玛法是开国功臣遏必隆公爵，赫赫威名尽人皆知，连孩珠子都知道有个顺口溜说："遏必隆，有宝刀，不经请旨就开削，左一刀来右一刀，削得奸佞无处逃！"倒不是说遏必隆随意就敢杀人，不过是太祖老罕王给了他杀伐大权罢了。其刀被放在紫光阁内，受世代瞻仰。其实，雍正爷在世时，弘昼不是没外放过，他也曾在苗疆干得非同凡响，不然怎被封为王？但今日不同以往，若再管不住这放肆的和亲王，谁还敢在朝中说话？想至此，他拿着"君颜"两个字的摹本去给皇后看，并将想法一一讲给她。皇后照样还是那句"皇上明鉴，臣妾不敢问政"……但从蚕姐的眼神中他得到了鼓励，他也不怕身后有跟随的御前侍卫，紧紧地抱住了皇后。皇上从不避讳御前侍卫，倒是几个殿前老公赶紧找来纸笔墨砚，记录这"龙凤相交"的吉时祥刻。这也是宫内最大的规矩了，皇上在哪儿宠幸播种，须备案留中的。御前侍卫还要监督此记录，然后自会悄然退走。

老话说，"找倒霉的人——自会有倒霉的事"。皇上若想找碴儿，当然处处都有。这一日，和亲王弘昼奉旨监考。天色将晚时，于正大光明殿内溜达的弘昼忽觉肚里咕咕乱叫，才想起是饿了。眼前是考宗室子弟满文，饥饿难耐的弘昼便道："天之将晚，皇上不与膳吗？"意思是说自己还没吃饭呢。可皇上却道："君王以天下为重，用膳何急？"他不仅自己没打算去，而且也并未允许谁走。见皇上如此，弘昼低声言道："难道你这做兄长的担心我舞弊吗？"见他如此低声下气，弘历开始还觉得有些可笑，弘昼什么时候这么蔫声细语过呢？但细一琢磨，真是"听戏听声儿，锣镲听音儿"，这小子分明在耍"尿奸坏"。弘历咬牙忍着，仍默然不答。俗话说得好，先学不生气，后学气死人。反正他来之前早已吃饱。早膳未给弘昼，本就是想将他饿一个底儿透，这就叫"百年的老咸菜，不怕你泡不透"。弘历根本不在乎什么天之将晚的胡诌八扯，今日起，便开始治弘昼了。弘昼被饿得饥肠辘辘，开始直不起腰来，居然还不知趣，将绷起来的脸蛋子拉得更长，但弘历却故意视而不见。而几个刚刚吃饱饭的御前侍卫也陆续走进正大光明殿，一见弘昼仍放肆不羁，便悄然围上来，只等钦命了。但皇上却引而不发，有一搭无一搭地在那儿转悠来转悠去。御前侍卫什长阿森阿一直在等皇上使眼色，只要皇上下令便不管他什么亲王不亲王的，定叫他知道个深浅。见侍卫对自己都怒目以望，弘昼可不傻呢，心说"坏啦，四哥真记上仇了"，本还想白话几句的，也即刻闭住了嘴。忽想到近日京城内的童谣——"登了基，一瞪眼，架不住天下都得管"，他似乎明白了，多和气的皇上也是大老虎，伴君如伴虎啊……他饿得眼冒金星，考试一结束便一头栽在了正大光明殿里那坚硬的金砖地上。

照理说，这回皇上总该心软了吧？非也。次日，乾隆帝换了一身明黄龙袍，看到早来的弘昼，便突然走过去，大声言道："你过来！"

"四哥，您叫我？"弘昼吓了一跳。

"你昨日胆敢用眼乜斜君王，这是大不敬！朕若对戈什哈说一声'拿'，你即会被捆成一堆肉！但愿你知过知死，别忘了朕是天子！皇上！万岁爷！"然后，他冲弘昼冷笑一声，随后便哈哈大笑着走开了。这可将和亲王弘昼吓得提着裤子撒腿便往有恭桶的东边庑殿疾跑。可是他被告知，这里没有他那一份恭桶！

而当老公摆出不得已的样子，说他可以出恭时，他早已尿了裤兜，站在恭桶前，半天尿不干净，总是尿意重重极不爽快。等他提着尿湿的裤子回来偷偷看皇上时，却发现皇上脸面上是风平浪静。他心说："就算我昨天乜斜您，也不能叫我尿裤子啊！若四哥开玩笑，当然不能当真。"这么一想才稍感慰藉。可他哪知道，皇上听说他尿湿了裤子，正在高兴当中，心说："小子，你也有今天啊！"敢情这斗气与吓唬人比打人还令人惬意。原来憋了好一阵子的怒气因一时的解气解恨而消失了。渐渐地，皇上心宽了，与一个胆小若鼠的皇窦怄气，不值当也没必要。他想的是，兄弟间是记不完仇的，既然"宰相肚里能撑船"，那作为皇上，不心怀四海五湖与天地万物，怎能独掌乾坤呢？

　　和亲王弘昼受瘪后，心情极差，几日后方才有缓儿。今日他正腻烦自己喜欢玩的花样太老套古板，觉得再无新鲜可言，便命老公小扣子去南城请那位有名的葫芦张来，顺便再带回几个好虫（蛐蛐），补充府内的不足。但人去了老半天，却不见人影，他骂道："额嬷（满语，姨娘）的！若办不成事，非砸你的鸟食罐不可！"这一骂倒好，全捎上了。他在不耐烦中喊了老公随他逛荡到府后的池塘，遂端起鱼食盒子，心不在焉地胡乱喂着水中的金鱼，而一条条五花肥鱼却懒得要命，并不来吞饵料。见此，弘昼大怒道："本王养额嬷的那么多吃货！这屁丁点儿事都办不妥！怎还不回来？"他一生气，便顺手毫不吝惜地将一盒子鱼食连盒带食饵全撒进水中。顿时，池内热闹起来，大小金鱼立刻钻出水面疯狂夺食饵，只见花花红红的金鱼都翻起肚皮戏水打泼。这是京东高碑店二闸的鱼苗儿。此鱼皮实耐活，尽管池塘早浑成了泥汤，但里面的鱼从来不死一条。难怪北京人都叫它死不了。俗话说："死不了的花，死不了的草，二闸的金鱼总归好。"若说起五花金鱼来，就不能不说京东的高碑店村。每当夏季来临，京城胡同里常有人挑担叫卖金鱼，他们多为高碑店旗人。由于看管二闸（京东御闸）漕运，人多事少，收入低微，所以他们便不辞劳苦地挑担子走街串户，贩卖金鱼挣些散碎银两。连前门鱼市口，也常有高碑店人在那儿专卖鲤鱼、鲫瓜子、白条儿、胖头或小青虾。因世代被恩准在紫禁城的筒子河养鱼种藕，就连御花园的宠鱼也由他们供奉养殖。难怪京城有句话说"有鱼行鱼市，就少不了高碑店人"，说他们沾了皇上的仙气儿。就连各王府内的"水宠"，也多是出自高碑店人承管的鱼塘。高村人因御闸而声名远扬，尽管那里是一片沼泽，却有着历经数百年的漕运码头、清太祖的传说及康熙爷立下的几块驮龙碑。

自年少读书时，弘昼便是"没上发条的洋钟——学不出个动静来"，但他在玩上倒是能别出心裁。因整天围着他转的老公只教会了他玩。又因额娘耿氏溺惯过分，专请了熟悉一切京师玩物轶事的玩家来哄他。到了十五岁，他是说玩就玩，不论"扇洋画"还是"得石牌""玩弹球""欻珍珠"，他向来是一玩准上瘾，还玩得眉飞色舞。他府中有天上的飞鸽、笼中的俊鸟，廊下锁着海东青，府内有金鱼池塘可以玩鱼。至于花花草草的，他看都不看一眼。

弘昼坐在池塘边，眼见得面前新秋当景、河柳芳菲、蝶翔燕过、百鸟鸣啭，他忽然想到，眼前的鱼塘早该淘了，但塘底的滋泥，用脚踩上去，一定舒适无比。索性，他撩起遍绣金丝草龙的紫金马褂，甩掉靰鞡，连袜子也不脱，直接蹚进了鱼塘……心说明天定要把神吹海侃的养鱼把式赶走……他一边蹚，一边用两臂比画着金鱼游动的双翅，甚觉舒心……对于诸如此类的行为，皇上早给了他一个"气迷心"的称呼。见他下水，包衣与老公们大呼小叫："王爷！您别扎着脚！上回您可往里撒碗碴子来着！"连他的俩福晋与福其嘿（满语，妾）也急忙地边跑边喊他："王爷！您别介啊……"

可谁料到，皇上正站于池塘不远处，已看了他足有半袋烟的工夫，默念道："这个气迷心！也好，叫他自己玩吧。"心说"你驳朕几次颜面，朕可要要你一辈子。身为嫡系亲王，闲得没事干，就叫你随意玩吧。俗话说'撑船的不怕坐船的'，朕早晚与你见分晓"。他素知弘昼有许多怪癖嗜好，尤喜听丧乐、看丧仪，常于府中做出停棺待葬的游戏，让家人及护卫祭奠哀泣，而自己却高坐于府中阁楼上边看边吃边喝，以此为乐。弘昼不像小老十（果郡王）弘曕，弘曕被谦妃刘氏管得死死严严的，门都不叫出，也因此得了个"圆明园阿哥"的绰号。弘昼此时寻思着，以后就这么玩下去，四哥不至于饿死自己吧？此时一见府中都为他着了急，弘昼倒觉得眼下是最享受、最得意的时候。岸上越着急，他越是乐此不疲，并站于水中大喊道："快来救本王！本王还没活够呢！本王就要变龙子啦……"

阿森阿刚要喊"迎驾"，却被皇上一努嘴儿拦住。皇上道："由他去吧……"

再看池中的弘昼突然不见了，其实是他被自己刚才说的话给吓得不小心脚下一滑，滑进了塘底。只听四面喊声大起："快救王爷啊……"这可叫皇上哭笑不得中吃了一惊。当他听到呼救声时，才见到被众人拖出鱼塘的弘昼满脸满身淤泥，已变成了泥人，是连咳嗽带打喷嚏，鼻涕眼泪哈喇子流个没结没完。弘昼刚才还美滋滋地喊救呢，眼下想到的却是一定要请保定的"丧姨"来演戏，据说那女人哭出的声极似一出不大不小的"蹦蹦戏"。要想不惊动皇上，动静需小一点儿。

这时，福晋急急忙忙蹚进水里，趴他耳朵上说："你没看见皇上吗？"

"皇上？甭管他！"弘昼顺手将手上的淤泥一下抹在福晋那白净净的圆脸上，吓得她"嗷"的一声撒腿就往岸上跑。他却爬至阿哈的背上，哈哈大笑着拉他一起折进了水中……

自康熙帝始建夏宫圆明园与离宫避暑山庄，大清帝王总算是有了自己的文宫、武宫。文宫圆明园亦称禁苑。因满洲皇帝并不喜欢紫禁城那样的完全汉化的皇宫。所以，八旗满洲被吴三桂请进关后，顺治帝本打算永远躲开那已经满是疮痍与亡灵的紫禁城。结果却被摄政王多尔衮紧催着，急匆匆在没被李自成烧毁的武英殿重登大宝，借此压住这里的鬼魅之气，以弥补在盛京的草草续统。鉴于建国之初的天下动乱，顺治帝尚未来得及修建自己的宫殿便别世宾天。而禁苑终是由康熙帝起始奠造，直至雍正帝一再增加宫殿布局，等到乾隆帝这代时，大清终于在京师西北建起了三山五园。

西疆叛王的出现使圆明园内的乾隆帝的心思完全用在了远征大军

的行兵打仗上。

　　乾隆十九年（公元1754年）春起，军机首辅大臣傅恒自担任《平定准噶尔方略》正总裁后，便忙碌得没回过一次自己的家。当朝廷大军与叛军周旋已久，战事胶着、多日无果时，军机处内堆得似小山一般的军咨都要由傅恒来一一打点、揣摩，上要禀给皇上，下要拟旨行文，以确保军需粮草供应。军机处的北墙上挂有一张康熙年间的版图，早被蜡烛与油灯熏得焦黄乌亮，室内既有墨香，又有灯油捻子味儿，再有便是那污浊的莞巴苟（满语，旱烟叶）的气味了。傅恒懂得国事与家事相比，自有大小高低之分。明知萨里甘（满语，妻子）即将临盆，但他却不能离开国事，去关照嫡福晋那拉氏，可谓有家难回。前面打仗，后面驰援，是古来的道理。尽管大清有为数众多的大员，但能做主的人却是少之又少。而他兼理的内务府，也要由他来承管过问。皇上这一扣王府银两，便将内务府推到了风口浪尖处，傅恒更是忙得"脚丫子朝天"了。

　　欲知后事如何，请看下文分解。

第四章
洗三惊圣驾　大姥险失魂

　　乾隆帝自登基后，便带头在圆明园内外以骑马代步，成了马上皇帝。他常随意带上御前侍卫，说走便一阵风似的转瞬无踪。而常被他故意瞒住的殿前宫监，总会在惊慌失措中到处闷声儿谨气儿地寻找他们的万岁爷。这也难怪，皇上身边有那一群如熊似虎般高大威武的侍卫就足已了。他常说："这是朕自己的天下不是？不该随意吗？"

　　有时侍卫什长阿森阿担心地说："是否应该知会一下老公？"

　　但皇上却满不在乎地说道："叫老公们满处蹗摸吧，老公着急，朕不着急，对吧？"

　　别看阿森阿平时是闷罐子，这会儿却道："是，皇上不急，急死老公……"大家听他一说，便都笑出了声儿，更是夹马而行了。

　　皇宫是自个儿的，京师是自个儿的，天下还是自个儿的，除西疆反叛者之外，错开了全是朕家里人，这包括皇后、贵妃、嫔众群钗，当然也得算上世代的包衣——他们是八旗满洲世代的忠将良臣，连襟骨血。在旗人看来，包衣的称呼并非是汉译的"奴才"二字，而是八旗人的家仆，常被称作"家生儿子"。话虽这么说，但找不到皇帝的一干众人实是着急不堪。于是，皇贵妃乌拉那拉氏便召集起所有的侍卫、护军首领，叫大家好好琢磨一下，咱的乾隆爷到底去了何处，他能够去哪儿，他会去哪儿。可她明白，皇上平日间在禁苑骑的那匹乌雅马，脾气秉性与皇上是那么相仿，干哏偏犟。只要是皇上一上身，它便会炸开蹶子，一阵风似的在园内疯跑起来。这么多的大小园子，去哪儿还不是随意？说乌雅马最能疯跑，但它的腰肢总会稳稳地塌下来，这是为让乾隆爷坐得更妥帖舒适。并且它极为仁义，在回厩之后，才会遍体鲜红出赤汗，显示出汗血宝马的特征。而真热得实在不行时，它会示意非要下水去洗涮。这时皇上也会体谅它，只要是暑季，便会放它去任何一个海子（方言，湖），去洗洗游游。尽管园中的护军们害怕将马洗出"卜兴思"（满语，不舒服、病）来，但它总是平安无事。难怪都说它是龙驹呢，还怕水不成？其实，御马的家乡在遥远的北大北（大北边）。虽有几十匹伙伴一同到此，但乌雅宝马却只喜欢与皇上单处，不喜欢与伙伴们搭讪。

此时，乾隆帝在圆明园刚撒下鲤鱼苗的方壶胜境湖边下马，捡起石头打个水漂儿后便问阿森阿道："春和家的生了吗？"

"还没呢！皇上急吗？"

"生个孩崽子急个什么劲？"

"萨满喇嘛都请了……又请了接生的大姥爷，可就是生不出来呀——"阿森阿接连言道，"那可尴啦，别是痴产吧？奴臣就是痴产，额娘生我就是生不下来。"

"那是为何？"皇上有些奇怪了。

"孩珠子分量一大便会痴产……倒都说分量重的孩珠子有出息呢。"

说话间，皇上甩出鱼竿开始垂钓。静谧的后湖四周能听到"伏天儿"（蝉类）的鸣叫声。这时忽见打远处跑过来老公小顺子，他蹑手蹑脚、蔫不唧儿地摆摆手。阿森阿忙走过去问："有事？"

"回阿爷，皇贵妃满处找皇上呢。"

"嗯？你怎知道皇上在这儿呢？"阿森阿觉得有些奇怪。

"小奴头几日去粘杆处寻了许多垂钓之物，什么斑竹缅玉扳手的鱼竿啦，银蜡线的鱼篓、鱼网、鱼盆什么的……您看，不都在那儿呢嘛……"

只见不远处的皇上身披墨绿色蓑衣，头戴斗笠，在那儿一动不动聚精会神地垂钓。甭管从远处看，还是从近处瞧，碧水蓝天与宫殿群的琉璃黄瓦之间，皇上极似一位专注垂钓的渔翁。呵，好一个悠闲至极的方壶胜境。方壶胜境位于福海东北岸的河湾内，是一座三面依水的宫殿，是禁苑内最为秀美的临水建筑。它与茜园一样，于乾隆五年（公元 1740 年）建成。前有三座重檐的巨亭呈"山"字形，下有玉山泉水流入，共矗立着九座楼阁，其中整整齐齐地供奉着数千尊大小不一、年代不一、来源不一的金、银、铜、铁、锡、陶、瓷制的佛像，周边环绕了三十余座大小不一，高矮、颜色不同的佛塔，是一处仿照九天上的仙山琼阁的景观。阁楼还尊重了雍正帝的偏嗜，实为一座寺庙，谓之"天上佛间"。雍正初期，这里为福海东北处的一个内湖，建有祭祀海神的祭祠。大小海子之间还有一座可开启、可关闭的松木吊桥，用作示意性分隔，这样，大型龙舟便可由福海直入内湖，到达湖中的宫殿——迎薰亭。

方壶胜境为三组对称式殿堂，覆以金黄色琉璃瓦，其倒影映于水面，犹如画中天宫之琼楼玉宇降至凡间一般，显得瑰丽多彩、富贵典雅。刚竣工时，当泉水流进园内时，几乎所有人都看呆了，嫔妃宫女们竟然尖叫不已。身着龙袍的乾隆帝站于岸边，看着此番新奇、神幻与豪华的景象，即刻挥毫泼墨，为此人间天境题序作诗，曰：

海上三神山，舟到风辄引去，徒妄语耳。要知金银为宫阙，亦何异人寰？即境即仙，自在我室，何事远求？此方壶所为寓名也。东为蕊珠宫，西则三潭印月，净渌空明，又辟一胜境矣。

皇上豢养的探子，好比是一群蜘蛛，在蜘蛛网四面远端处盲动后，总归要回到蛛网的中心来。阿森阿这回探明白了，明日正值大学士傅恒的孩珠子的"洗三"，他寻思这位傅公爵仍然没工夫归家一趟，以享天伦。想起傅恒坐在军机处公案旁发出"呼呼"的鼾声，皇上也觉得他实在无暇顾及了。阿森阿其实早忘了看鱼，只替皇上发愁道："咱怎么去呢，骑马？坐马轿？"

"骑马去。"皇上倒是言之干脆，他喜欢骑马。

"皇上，这么早就去？"

"哎，这得问你了，当日生子时，你为何不叫朕去呢？"

"皇上容禀，咱满洲人是出生三日后才可探视的……"

"哦，可这又为何呀？"

"听我阿玛说，这叫礼大于天。在这三日内，产房周围要栽柳枝，枝上再拉起彩线，女神佛多额娘便会降下彩云祥霭，一直守在产妇的头上。最是外家的男人，更是接近不得。"

"难道朕也不成吗？好歹生的是朕的侄甥啊，再说了，朕是八旗满洲的皇上啊。"他曾听到过此说法，心下琢磨：难道前几个皇子的早殁与此有关？于是又问："若明日朕去的话，还要栽柳枝吗？"

"皇上是天子，这却是天定的规矩，那就改了吧……"站于身边的钦天监道。

"改喽？不成。朕也该遵守天俗啊，要打朕这破喽，不是教后代咒骂朕吗？这万万使不得。"乾隆帝还没这么傻。

"吉福啊……"

"小的在呢。"

"生孩珠子送什么礼为好呢？"

"小奴得给皇上问去。"小老公吉福心说自己宫门都走不出去，哪知道人间烟火事呢。

"叫阿森阿去问问吧。"

正说话间，小顺子发现漂浮在清澈水中的鱼漂已被水下的鱼狠扯了下去。于是他大惊失色，道："皇上……下去了——鱼漂……"

倒插话，往往是满人的习惯。身边的另一个侍卫狠狠瞪了他一眼。皇上闻之，已飞快提起了一条不大不小的红尾的鲤鱼。小顺子伸手很快摘下鱼钩后，皇上却又将鲤鱼放回水中。失礼的小顺子即刻跪下，刚才的口误使他突然想起来，曾有一个小太监只当着雍正皇上面说了一句"皇上——打殁啦"，结果就被乱棒打殁。其时雍正帝正用弓弩射毙一只贼鹰子。想至此，小顺子浑身发抖，怕是要"凶多福少"。"得，等死吧"——他干脆闭了眼等待。

　　"起来吧……朕没怪罪你。"乾隆帝也想起那次小老公的"口误"。他觉得，无意间的事，都要手下留情，不然自己岂不是昏君？他又想起阿玛汗临终嘱托中特别有交代，说大学士张廷玉器量纯全、抒诚供职，鄂尔泰志秉忠贞、才优经济，"此二人者，朕可保其始终不渝，将来二臣着配享太庙，以昭恩礼"……这可让刚坐上龙椅的他，心里很不是滋味。自古以来，一朝天子一朝臣，任何一位新帝，对前朝老臣都不会在意。鄂尔泰比他年长三轮，张廷玉则更长些。他能否驾驭得住这两位等同于父辈的两朝老臣？他们会否买他的账？他俩的内斗何时能完结？这让年轻的皇帝不免心怀忐忑，直愣愣地盯住水面寻思……忽然道："小顺子啊，朕到底送什么礼为最好呢？"

　　"小奴只知道以往的亲王贝子，皇上都给过金银玉帛或是玩物摆饰。"

　　"那些嘛……朕可是嫌麻烦。"

　　小顺子忽想起来另一个主意，道："要不就送些吃喝之物？民间给月子里的女人送吃喝啊——'大个的枣，红蔗糖，小米鸡子儿棒骨汤……'"

　　"傅恒受大清俸禄，不必送什么吃喝，你是'农夫进城——只馋吃食'，不妥，再想想看……"

　　"万岁爷把这条鱼再钓上来，做个松鼠鲤鱼送去吧……"

　　"你倒是会省事，不还是吃食啊？朕有主意了，就送孩珠子一个前程吧……"

"这鱼吃不得，皇上还得放生啊……"钦天监从来就是个总挨说的倒霉蛋，向来是这也不成那也不可。

有人也许问：像乾隆皇上这么一位纵览家国大事的勤快帝王，真会拔腿就走吗？没错，您也不想想，乾隆帝谁啊？当日，皇上下谕，为叫百官避开暑热，免了正大光明殿的早朝。他同以往一样，闻鸡洗漱，晨练武功，没等殿前老公归置完膳桌上膳具，早带着阿森阿等御前侍卫，以遛弯儿的名义，悄悄绕出了禁苑南门，真来了一个微服出宫。禁苑比紫禁城方便许多，尤其在出入门禁上，从未有那么多麻烦。因此皇帝能随意抬腿就走，并与侍卫在园中骑马兜风。旗人有老话道"敞开的天地——自会有敞开的日月"，他是马上皇帝嘛。此次是皇上微服出巡。其实，微服对应的是朝服。只要皇上的朝服一脱，老百姓就算是见到他，也认不出他是皇帝。陪同的几十位御前侍卫也将黄马褂都换成"武补褂子"（半袖的黄马褂），全都骑了骟过的"熟马"。御马要骟成"熟马"才能骑得稳当。侍卫扶着乾隆爷跨上御马，然后纷纷翻身上马，款款而行。究竟干吗去呢？皇上说要给富察家孩珠子凑"洗三"的份子。

皇上嘱咐道："别忘了带上禁苑的柳枝。"

"拜佛多额娘够了。"只见阿森阿的马背上早带了捆儿手指粗细的柳条，这是准备孝敬佛多额娘的。她是满洲人的女神——也叫送子娘娘。老旗人常说"佛多额多，百代不折"，这是说，人活着与留下根苗同为要紧，尤其要多生男孩珠子。

满洲人生子后，须在第三日做"洗三"排场。说白了，就是以给孩珠子"洗涮"为吉庆。但遇女孩珠子时，这"洗三"却从来简办，只需额嫫之外的诸位额娘在室内用铜盆洗涮即可。即便去请接生大姥爷（官家的接生婆婆），也只会打发过来一个小脚姥姥——资格浅的接生婆婆。称作小的缘故并非是因她岁数小，而是这位姥姥的身份多与汉军旗人有瓜葛，多是裹小脚（缠足）的。小脚姥姥被请来以后，只按部就班，一是一，二是二，既和气又谦谨，并不敢声张。王公贵胄或一般旗人，世代皆如此。等旗人家女孩珠子稍大一些，才逐渐受到尊重。别看满洲人信奉佛多额娘，却同样是重男轻女，往往连家中的女主事也同样不会在意女孩珠子。遇上"洗三"，多是先给女老祖上上香火，再请小脚姥姥念上几句吉利词，如"洗洗胸，洗洗腰，半尺佳人美又娇，洗洗鬒鬏，洗洗眉，丫头长大做嫔妃，头发结实密又黑，双手戴对玉环翠，摇响铃儿等观音，仙姑仙母驱鬼气"……旗人家哪怕是生了双伴儿女，也绝不敢将亲朋好友请至家中瞧瞧睐睐，就像没什么可值得庆祝似的。

　　可见旗人家洗三大多都是弄璋之喜。弄璋指的是生小子。若生了女孩珠子，自会是罢之又罢了，还要在产房门口悄悄地放一块上好的新瓦，并将瓦半盖半掩，或用一块规整的石板替代一下，表明此家有"弄瓦之喜"。言外之意就是，甭管您是金瓦银瓦，反正躲不开您是块瓦，不过是家中多了块瓦罢了。听着就如此的揪心。没办法，满洲人曾是明朝子民，他们的这些东西已受明代的影响数百年，是脱也脱不开干系的。旗人都说"以女为尊"，自认为已超过了汉人的见识。不是家家供佛多额娘吗？咱还有姑奶奶呢不是？

　　单凭此来说，这可就比不得旗人生男孩珠子了。等小小子生下的第三日"洗三"时，主母要"点香蜡，熬明烛，远远生起火一簇，先祭祖，再杀猪，祭天拜地拜先祖，燃表燃香请神巫（萨满师傅）"。若谁家门口突然间响起了炮仗，那便是举家庆贺有了承继人了。家中的动静也会大起来，常会发帖送束，请来一干的贵人或高朋，俨然一派过节似的热闹与喜庆，保不准会有贵胄登堂，最提气的，莫过于有黄带子接踵而至，设若真来个王公登门的话，便是大吉大利的贵人莅临了。假若皇上来谁家串个门子，这可就是开天辟地的大事了。

　　不多时，乾隆帝便骑马来至燕园。他明白，自己可不只是凑个热闹或图吉利来了，还带有天恩浩荡之意。而身边的阿森阿等侍卫倒是真想借光瞜瞜富察公府内到底是如何给孩珠子洗三的。皇上的好奇心带动了一群年轻内侍，他们总算能出禁苑玩上一遭了。给乾隆帝做执事，御前侍卫从来是说走就走，电闪风行。

　　欲知后事如何，请看下文分解。

第五章
皇帝微服走　圣谕陡惊魂

　　若说起清帝微服出巡的穿戴，大多是百姓间传来传去的猜测，甚是没谱了。但见在海淀镇黄庄大街与集市上一队身着明黄马褂的侍卫匆匆而过，他们头上顶着一模一样的红穗白竹篾帽子，帽子均是红蓝宝石嵌顶，佩戴着南雀花翎子。乾隆朝当下最高贵的象征便是头顶凤翎。而皇上就在这群呼啦啦走过的骑马人当中。他早将规矩定好，只留几个侍卫穿着黄马褂。"什么？你们怕有歹人？朕登基以来，不敢说恩抚四海，最起码天下是没灾没劫的。古文王出行，连车都不坐，怕老百姓的是昏君，朕可不惧！"

　　跟随的老公小顺子等早去掉蟒袍长褂，换成短打扮。一路之上，只见黄土官道边的沟渠潺潺流水，路旁田里苞米结果，草木葱茏，官杨成排，季鸟（蝉）、伏天儿鸣叫不止。京师郊外初秋的景色令皇上兴致勃勃。"人兴致，马蹄疾"，乾隆帝心里早吟出了几句诗词，他双腿夹紧马肚，座下乌骓马如同明白事理般，跑得快而平稳，转眼间过了大黄庄、大钟寺、黑寺、马甸的马神庙和关公庙，眼见那雄伟的德胜门箭楼就在眼前了……从圆明园禁苑直抵京城，骑快马不过三刻。当发觉座下御马身上见潮时，皇上已通身是汗了，他这才稍勒马缰，让兴奋驰骋的乌骓宝驹四蹄慢下来。

　　"这外头就是好啊！就算在仙境里活着也不成啊。"他不禁感叹道。俗话说"唱戏的腿，说书的嘴，唱戏说书不如自己动动腿"。一行人说着话，从德胜门转东至安定门进内城，往南绕道地安门，再进皇城，直来到了沙滩就近的一处破败的旧宅院。

"不是去燕园吗？"阿森阿等都奇怪了。

皇上接过小顺子递上的羊肚巾，边擦汗边道："这块地盖一座公府如何？"

"地方倒是不小，可是这……"看着眼前的沙土地，阿森阿有些糊涂了。

"破败是不是？明年，这里便是皇城内最大的公爵府了。走！回去了！"

"啊？真是玩来啦？"一行人回转马头，座下马又甩开了四蹄，"踢踏踢踏"直奔燕园而去……

大清入主中原后更多的是延续了明朝旧制。比如说超品大员的爵位是依照民爵中的"公侯伯子男"爵位而来，然后每爵再各分三等。何为"民爵"？民爵即是爱新觉罗皇氏以外的外姓人获得的爵位。但乾隆帝却将皇亲国戚也算在"王爵"之内。他说过，爱新觉罗家族若不是靠所有八旗满洲的"从龙入关"，哪能有此偌大的天下？正因为如此，乾隆帝才打算给世代忠良的富察傅恒家一个更宽更大的府院作为奖赏，傅恒时下所住的燕园实在是狭窄不堪。傅恒既是富察皇后的阿窦，贵为国舅，还是皇后阿玛——承恩公李荣保的继承人，所以更该有一处像样的府邸。若他这个皇上不操此心，便会寒了天下臣子的心。燕园已旧，便要弃旧更新，他将在平叛大军班师归来时，给傅恒一个意外惊喜，也算是告慰一下富察皇后的在天之灵了。

燕园毗邻圆明园禁苑，是明朝的"王园"，它由漱春园、朗润园和承泽园等多园组成，其中只有一部分被赐给了傅恒的阿玛——富察李荣保。随着清代王公的增多，傅恒的家府遂显得局促狭小，加之多年不曾修缮，燕园已破旧不堪了。见有燕园门子迎接，一行人呼呼啦啦地蜂拥而入，皇上也压帽低首地进入东门内。有内府官员前来送礼物，见到面前来了那么多穿明黄马褂的侍卫，便知趣地谦恭让道，他们送完礼即走，所以，不一会儿府内便显得冷清起来。因女人家生子未出满月时向来是不允许男人来探视的，所以门前早站满一群大小婆子与媳妇妯娌妗子的，专门为阻挡男宾，规矩就是规矩，谁也破不了。

满洲习俗是，即便是生了男孩珠子，也要等满"百日"才能宴请宾客，这就是常说的百日宴。在宴会上须给男孩珠子过"百日抓"。只是摆两样玩意儿，看他到底抓哪一个。一个是小弓弦，一个是贴锦木匣，分别象征"勇武"与"财富"。若孩珠子都抓起抱在怀里，则是最好不过了，当下便会赢得一阵喝彩。若抓到弓弦，象征将来准能为将；假若抓起来锦匣，多寓意将来能富有。当日，孩珠子的玛法与太太（满语，奶奶）还要赠予银质长命锁与银质脚环，女孩珠子则再加一对银镯子。若老辈人早驾鹤别世，后人可将物件置放在祖先的牌位前供上几日，以示意"代祖先奉礼"，方可赠予。

燕园不大，今日打扫得整洁干净。但园中却显得极为土气，过去总听人说，富察家像一个种苞米的农夫庄园，今日一见，果真如此。听侍卫说是随内府来送礼的公差，是从禁苑而来，府内门子与家人都不约而同地愣了一下，随后便更加殷勤与和气。再加之，富察家人认识这黄马褂，皆小心翼翼地赔着笑脸，带他们到园内小草亭下歇息片刻。

阿森阿说先在这里歇息后再往里走。傅恒似乎忙乎得忘了今日的"洗三"，或根本就没当回事。皇上颇有感悟：这位国舅爷如此夜以继日、拼死拼活地操劳，才使西疆的战事日日有捷报传来，大军必胜无疑。

假若不是打着从禁苑来送礼的名号，他们根本没机会去听那窗户根儿。府内大管家老黄虽在，但能看出来，傅恒多是将府中事务交由本族人暂代奔忙。就连园内的人也都是在忙自己的琐事。

皇上笑着对阿森阿道："赶紧种柳枝吧。"

借阿森阿等栽柳枝的工夫，皇上也遛起弯儿来。园中女眷过多，还有跑来跑去的年长护卫。因年轻护卫都跟去打仗了，剩下这些个年长的看家护院。

"皇上……"

"嘘……"还好，没人注意他们对话。

"原听人家说富察家像公主府，敢情里面没那么好。"

"那座铜安殿不好看吗？这可是明朝的亲王驻地。"其实他正叹息明朝的衰亡呢。

阿森阿言道："奴臣看不出好来，檐子上的小兽也没有王府那么多。"

"谁说像公主府的？"

"是黄带子说的。"阿森阿顺口即道。

"你们啊……"皇上品尝着小顺子点着的蒬巴苟葫芦（满语，烟袋锅），喷云吐雾的，很是怡然。"不好也不能说不好。别忘了朕还是富察家的额驸呢，人家会笑话朕的。"

"嚓……"阿森阿不再言语了。柳枝很快栽完了。

"何止是土气！"皇上心想，当朝正宗的皇亲国戚的家府竟然这样寒酸！府内除去老树，还有脏旧的亭台楼阁，破败的水景观，土路弯径，古旧的水榭，现出发臭的池底的水池。满地是放置花盆的汉白玉须弥底座，却找不到几盆鲜花，偶有一两块石笋类的远古奇石，却被栽到土里。甬道两边杂草丛生，最醒目的那一片黏高粱更是土里土气的模样儿。四处还长有蓖麻、黄花儿、"死不了"（一种插枝植物）、茄子，低矮的架子上还长有扁豆与葡萄，好似果菜油布大棚一般。难得那片近乎干涸的池塘内有几株俊秀的荷花、菱角花与芦苇从淤泥中钻出来，真像到了东北老家。

除燕园的阿斯门外涂有倍儿新的油彩之外，里面真如农宅一般。往东走几步，能看到那狭窄的水池中还有几条不死不活的游鱼。西挪几步瞧瞧，还有刚用新土堆起的一座小山，山上有座很糟糕的茅草凉亭，简直与茅房相似，等爬上去时，却又不是个解腻的地方。乾隆帝不由得愧疚万分。"傅恒是钱狠子？怎么这么抠门？嗯？哪儿来的马粪味儿呢？"

"禀皇上，富察家有自己的马厩。"小顺子回道。

"哦。"他点着头，这是听了雍正爷提倡的"战马自养，福国利民"的话呢。"看来没少养马，但马粪味儿忒大了。哼，宅子成马厩了。"

"皇上您看！'洗三'大姥爷来啦！"小顺子早想听"洗三"的歌，专盯着大姥爷来呢。

柳枝栽罢，皇上一行人便绕道来至嫡福晋屋外，屋外早有里三层外三层的妇道人家拥挤一处。不一会儿，燕园护卫又送来了几把杌凳，并择了离产房近的一处阴凉，叫他们歇息。产房外早栽了一圈柳枝，上面悬挂着五彩丝线，将嫩绿的柳枝缠得花花绿绿的，犹如多彩的蛛网，加之屋檐下几块赫然鲜艳的红绸，显得门前五彩缤纷。有几个不大的孩珠子在五颜六色的门前跑来跑去，后面不断有人追逐并不断呵斥着他们。这时，就听屋内的洗三大姥爷念念叨叨起来。皇上也禁不住侧耳聆听她唱的歌："洗洗蛋，洗洗腰，洗洗脑袋洗洗瓢，刮刮眉，密又黑呀，洗鸡鸡呀不绝后啊，洗洗囟脑门儿哪，吓走众鬼神啊……"

大姥爷说："您看，他美滋滋儿地乐呢。"此话引起屋内一片笑声，直将祥和与喜庆的气氛传至屋外。只听得大姥爷又念道："蜜滋滋儿，甜滋滋儿，顶天立地的小鸡鸡儿，皇上见了挑拇哥，阿玛见了伸拇弟，大拇哥呀二拇弟，小妞子来了赶出去……"

"哈哈……"屋内女人们的笑声、叹息声连成了一片。大姥爷的这张嘴真是值了大钱了。

"哎呀，过瘾。"窗外的皇上闭目仔细听完，禁不住心花怒放，倍觉舒爽，若不亲身来此，这些个东西到哪儿去听呢。满人的习俗是，男主只能在产房门外忙活。虽是贵为天子，但当帝后妃子们尚在月子里时，他也照样受不准人内之规的约束，照样不能见皇子女。而皇帝只能出钱，却没机会去臣子家里凑这份人礼。天子哪能随意串门呢？这柳树枝不仅"防"男宾，还要防男人搅了佛多额娘的仙气儿。俗话道"佛多仙气儿，祖祖辈辈儿，沾上了得劲儿"。"金盆洗三"的这套民间说辞，在皇宫内不曾有。宫内是由萨满与接生大姥爷另外念叨一通说辞，那就是："洗净头来洗光腚，自小到大有皇俸，洗洗脚再洗洗爪，麒麟龙孙全请了——"然后，浑身带响的萨满便会不停地扭搭起来，用满语不停地歌唱。究竟为何非要请麒麟与龙孙来，他一直也弄不明白。接生大姥爷总是成群结队而来，其分工十分复杂，他不懂为何在如此隆重的礼仪内不请他这位皇帝出手帮忙。哦，也许正是天子之故。

内务府来帮衬"洗三"的人直等到给孩珠子洗完之后，才在屋外高声念道："圣旨下——奉天承运，皇帝诏曰，赐洗礼孩珠子名福康安。其前兄后弟，皆可继续赐福字，虽未成年，该生母诰命可终身享此恩俸……"

这一宣旨不打紧，倒是将产后不久、本来就虚弱的福晋叶赫那拉氏吓得大气不敢喘，而其他人心下也暗自打着哆嗦，都寻思这是富察家祖上的阴德才招来至高无上的隆恩。产房内外的人听完圣旨纷纷在惊恐中跪下，燕园内顿时一片寂静无声，只剩了那不停喧闹的季鸟与伏天儿的叫声。即算是胆子与脾气原本挺大的洗三大姥爷，一听圣旨二字，也当即被吓得低首俯身，而园中的额嬷、婆婆、妈子、丫环们只顾"嘣嘣"连磕响头。终于，那位洗三大姥爷大着胆子，扯起嗓子呐喊道："皇上爷万万岁——恩典啊，隆恩！"

大姥爷非是老糊涂了，却是被吓糊涂了。昨日还有人告诉她说富察府哪哪都好，只是缺少个做主的男人，所以她嗓门就比平日更大、更张扬。但没料到，竟是真龙天子来给这不大点儿小小子助兴，哎呀不老天，我的老天爷呀，得是多少辈修来的福分！我算是沾足喜气了。也难怪，小子的阿玛本就是个顶破天的大官，还是皇亲国戚，眼看富察氏真要将好事占全啦。大姥爷想到这儿，咬牙唱道："小小子，接圣旨，阿玛额娘不好使，皇上隆恩降福字，国泰民安好福祉……"而此时的小小子决然不会知晓他出生仅三日之时，皇上便赐予他一个福字。

"哇！"婴儿的哭声洪亮高亢，震得窗户纸颤动。闻此哭声，这位镶黄旗下，从娘的娘的娘不知是哪一辈分上起就世代为旗人接生的挂从九品的"迎生大姥爷"，已然是双腿打战。当丫环来搀扶她时，她竟然是左右歪斜，如何也站不稳了，她如鲠在喉，大口吞吐着气息，突然没了刚才那"主掌"燕园大小人等的气派。久在身边的使唤丫头连忙取来那支长杆儿的铜头烟袋锅，给她装满蔸巴苟，点着后，紧呼喊着"姥姥醒来"。加之丫头一劲儿地摩挲她心脯（胸口），大姥爷才算是不再翻腾白眼了。只见她急赤白脸囫囵着紧嘬数口，这才"哎哟"一声喘出口烟气，顿时弄得满屋烟云缭绕，可忽又想起面前还有这刚雏分儿（刚生下）的孩儿，忙磕了烟灰道："有他，便不能抽啦……"

乾隆帝透过那块不大的水晶玻璃看着屋内的这番情景，真是看呆、看迷、看蒙了，倍觉好玩，但他并不敢乐出声，只是憋住气息，忍了又忍，笑不露齿。要知道，这不是在紫禁城内畅音阁戏台上演秦腔或盛京小唱，这可是满洲旗人自个儿家的真真切切的真事儿。他隔窗而望，净顾看那小孩珠子了，不料竟看呆了。这不是自己的皇子永琏吗？一想至此，他登时傻了眼，有些茫然地四顾，真不知道该对谁说，该说什么好。

当年他大婚时，阿玛汗已成为大清入关后第三位在紫禁城登基坐殿的皇帝。他自己还被朝内外称作"宝亲王"，而皇窦们，比如弘昼、弘瞻等大多已被冠以王爵。当时的富察蚕妞只是他的嫡福晋，是阿玛汗保的媒，是他用十六抬大轿明媒正娶的。他曾在轿前做引路使者一样的新郎官。而皇室的宝亲王能学着普通旗人来迎娶富察家的人，当时就引得朝野轰动。宾朋多得令雍正爷都感到意外，当然，也少不了诸多的藩吏与异邦使节，甚至有蓝眼、高鼻梁的西夷人和长瘪鼻子的倭奴使者。

从清太祖时代，富察氏历代就以大员的身份露面伺圣。及至康熙爷时，议政大臣富察米思翰曾在朝中力主削平三藩，在与朝臣争执中，力排众议，主张撤藩不成即须扫平三藩。始终支持皇上的只有米思翰与明珠，最后又多出个佟国维。他们仨人是朝中仅有支持撤藩的大臣。而佟国维则在关键时刻率兵迅速剿灭了藩王之子吴应熊，因此成为名震朝野的佟半朝——佟国维公爵。其姊入宫伺圣，尊为国母。米思翰与明珠也被重用。至今为止，这些事都被皇上记得牢牢的。而一个家族一旦不能谦谨从事，势必会给朝中带来不尽的危机。历朝历代都曾发生过"国戚乱政"。昏君也罢，明君也罢，谁也躲不开这个噩梦。乾隆帝当然不想做这个噩梦，他深知对于皇亲国戚如同对几个王一样，心思须放得端正。而在这个庞大的清王朝中，维持帝王的尊严，使万民平静地生衍下去，并非易事。

"哇！"又一声敲钵落玉般清脆的啼哭声，乾隆帝再一次惊呆了，"嘿嘿！好个大嗓门子啊。"

宣读圣旨官员的嗓音可谓是高嘹尖亮，说满语时口齿清楚、利落。虽说刚好立秋，但仍在三伏天中，就算是戴着遮阳的竹笠，不一会儿也汗流浃背。阿森阿说这位官员由于曾去江南办差，为自个儿增加了一嗜好，喜好上了黄梅戏，再配上他天生唱曲的嗓子，真是天造地设。

"圣旨听明白没有啊?"读旨官员又言道。

屋内外鸦雀无声,没人敢应答,因主事的傅文、傅清都还在路上,没来及赶过来。

于是他只好再问:"您几位听明白圣旨没有?"

听明白与听不明白的人照样是面面相觑,只能听到喘气声。在没有主事男人在场的富察公府内,谁敢吭声?看来他做皇上的得自己说话了,这台阶是他码给自己的,还得他自个儿走下来。再怎么微服,他不也是皇上吗?于是他紧拦住欲喊迎驾的阿森阿,不等分开人群便道:"朕的天下,朕的爱卿,朕的侄甥洗三,朕的亲家府,你等有什么怕的?"

他声音稍高了些,弄得侍卫们"唰"的一声让出一条通道。今天他非要仔细看一眼他的侄甥……他以极低的声音脱口又说出几个字:叫他继续承袭父爵的阿达哈哈番(轻骑尉)吧。言罢,皇上随手摘下腰间刻有"金玉长生"几字的玉佩,叫小顺子小心翼翼地进屋,转交到早吓得不知如何是好的福晋手中……此时,皇上稀罕男孩珠子的缘故是:庞大的大清帝国要靠无数的巴图鲁撑起这万里乾坤……他本还想张罗抱抱孩珠子,可脚下猛然停住,因他突然看见了屋外那一片柳枝与彩线——佛多额娘的可见化身。于是他心说还是走吧……后来,在流传下来的史书中,曾有人如此记载:

福康安生于立秋前三日,金水进气,原命火土伤官,印绶太旺,初行癸酉运丁亥年……授侍卫……

欲知后事如何,请看下文分解。

第六章
曹霑遇皇旨　傅恒建奇功

　　待皇上亮明帝身，老爷儿也西行落山。尽管稍不尽兴，但乾隆帝决定回宫了。此行好玩舒心，获益匪浅，他边往外走边暗想：旗人的"洗三"定会是五花八门，各有新奇。想着走着，他深觉此园与园内的物什的确很难与新修的公主府一样，他早该赐予傅恒新府了。不一定到处有亭台楼阁、曲水流觞，但点缀些奇花异石，还是应该的。他踩着有杂草的土路经过一处洼地，当见到洼地里随意开放着几朵不知名的蓝色小花时，即刻想起早驾鹤西去的皇后蚕妞来，不禁心头一震，真是"天有不测风云，人有旦夕祸福"啊……他忽然感到今日像进了一个佃户的田园里。真说不定，当年满洲人的故乡也许就是这个样子。当他走出东阿斯门的刹那，脱口道："阿森阿你说，这地方是不是真该重缮啦？不然真像一座荒园了……"

　　说者无心，听者有意，阿斯门庑房门内的一位胖乎乎、黑黢黢，长有一副紫红脸儿的师爷倒是将这句话听于耳中，他心说：要修缮此地啦？那可好了，这回我曹霑的饭碗可是要端大了，可以不必去书馆收取碎银子。这位便是一边在西单牌楼东侧镶蓝旗翼学教书，一边在富察府内做师爷的汉军镶白旗人之后曹雪芹。他年届四十，身体看似硬朗，但因过于贪酒，发辫已开始发黄干枯，过早步入"风烛残年"了。令他想不到的是，呼啦啦又跟过来一群内府的官员，他慌忙恭敬地出门跪单膝，只听侍卫言道"年过五旬，可以免拜"。

"什么？皇上来啦？"直等到一群黄马褂匆匆过去之后，他才醒过闷儿来。这可真叫他糊涂了。瞧瞧，当今皇上是多么的仁慈宽厚，未等花甲，只需五旬天命便可免去很多麻烦。比如说，上街可不守夜巡规矩，关城门后，照样可以遛弯子、出远门；到哪儿皆可免费吃饭；每年还得一份旗（都统）衙门发放的"钱粮补贴"；凡家中遇有不孝子的，皆可敲击旗衙门前的"法鼓"状告儿女——法鼓上清清楚楚地写着"以孝治天下"五个字。世道似乎好了，但被曹氏祖上失去的旗籍却重获无望。他也只能通过故旧教教书，做个笔差，却是永远不能做官了。尽管他没完没了地"熬灯油"，笔耕不辍，没日没夜又费劲巴力的目的，只是想奔出个前程来，哪怕能给儿女留下来一点念想。但事与愿违，眼前他仍是小小的笔差。而他以往的回忆也只有在永无尽头的忆述梦境中随意徜徉，就算有着一本在坊间人人皆知的《新编石头记》，却很难成就自己的功名。面对自己一对过小的儿女，他如今只剩下了挣钱养家的心思。他不由得一阵阵心灰意冷，只有在喝烧酒喝得迷迷糊糊时才能感到无尽的舒爽。多亏富察家府顾念祖上的世交，他这才有了个安身"寒舍"，但他连普通的拜堂阿都算不上。沉醉酒中时，他才会偶尔看到自己的发达，酒一醒便万事皆空了。富察家是京师第一家许给包衣奴才自由的世家，也开始有包衣不断升官。曹霑曾因此短暂地兴奋过，他感恩当朝，以为自己终于有了渺茫的机会。

府内笔差不多。所以，曹霑便有空著书立传了。他编写的大鼓词不断出现在外城书馆内。他盼望终有一天，用自己的辛酸与勤奋能获得一个天翻地覆的做官的机会；终有一天，能将这本同《康熙字典》一样厚的《新编石头记》印成一本大街小巷都传颂的评书，兴许还会得到君王的意外赏赐。尽管他的腰此时挺直了，但心里照样是五味杂陈。他是一位典型的悲观书生，只是希望不比别人活得差。忽想起刚才听到侍卫的话，禁不住心酸了。眼下他的萨里甘——曾是他极中意的汉家小脚女子，身染重病，他生怕她的病无药可医，他不仅需要银子，还需要心气儿。

刚才那位黄马褂说年过五旬可免拜。怎么着？我像五十岁人了吗？想至此，曹霑似乎挨了当头一棒，实有些灰心丧气，难道说自己竟变得那么老了吗？那个黄马褂与他素昧平生，不会故意编排他。一句话，令他大灰其心。他低头看着嘴上叼的这根大烟袋，想起这日日的大酒，心说都是这些给蹂躏糟蹋的。无论谁见他都会说他面有烟气，兼带酒色，肝肺皆损……哎……他想寻找一方西洋镜照照，却突然意识到，难道是皇上来啦？他连忙奔出燕园大门向外张望，眼前只剩下一片马蹄带起的烟尘，哪还有皇上的影子呢？这可真是"梦遇天龙无数次，如今相逢却无缘"，咱姓曹的命薄啊。他即刻自卑地低头看看自己一身师爷打扮，就听洗三的大姥爷边返回边在念叨着"吉利啊，得见天颜，三生有幸啊"……他禁不住暗自吃惊，竟然与"天颜"擦肩而过。

无缘便是无缘了。一向多愁善感的曹霑，自小生长在江南名城，心细如发，不敢说经纶满腹，也自信有才华一身。每逢想起，总会自感悲哀，只一瞬之间，便错过一个观瞻圣颜的机会，他感叹道："我真是书呆子啊。"在他誊写《新编石头记》之前后，帮助他的有敦诚、敦敏哥儿俩及好几个富察氏友人。谁若传抄出一段评书《新编石头记》，便会付给他银子，他多少可以偿还上赊欠的酒钱。那些愿意买书的，也都是些满洲权贵，而能听到书的，也不乏脑满肠肥的富户。贵胄们可以在酒桌上一掷千金，但谁也不愿花钱购买几回他的手抄书。当然，最得济的却是香山大营的旗兄旗弟们。隔数月时日，他总会去那儿一趟，常凭靠一张嘴，将评书《石头记》细细讲来。而他最拿手的是讲述《拍案惊奇》，每次必会招引来不少旗人恭听。

香山旗营里尚有他一个嫁予佐领的堂妹曹氏。他不时要去看望她，因她从小便父母双亡。堂妹嫁人时，都是他拉来富察家的好友，去捧场送亲的。香山是山多僻静，家眷多随军，那里的旗人，无论老少都想听《三国》与《水浒》——这两本书在旗人入关之前便成为满洲人向往之书。旗人间都会传来传去，当作真事来传来说。不论是《关云长温酒斩华雄》还是赵子龙的《长坂坡前救阿斗》，整整一本书，他都能娓娓道来，讲得绘声绘色。待大家听烦时便会喊着他更换花样，于是他便会唱几段满洲旗人的子弟书：

八方烟云堆山海，

八旗虎狼斗群雄，

八角鼓上马蹄疾，

八角八旗六四吉，

长白自有八方色，

黑水六地亘古奇，

太祖起自十三甲，

龙里风来雪里霁……

这是说唱大气魄的，小的呢？也有，便是打算盘书了：

……爷的算盘，

有珠也有盘，

占完大都，

再据江南，

一百里就算是能算尽，

一壶老酒喝了才算是完……

单等那乾隆爷那个《贰臣传》，

谁把大明皇子用弓弦勒玩？

此时众人总会跟着比画打算盘的模样，并齐唱"噼里啪啦、噼里啪啦、噼里啪啦"……

当曹霑手持八角蟒皮鼓，按节拍打得哗棱棱作响，满怀激情地引喉说唱起来时，顿时会觉得自个儿已然成为正在沙场挥戈驾骧的将军。他还会将儿时在南方习练过的几套拳脚耍弄一番，当然还会借用布库戏法等花架子，比画成很气魄的样式，给看官一种风云变幻的亲临感。他最拿手的就是边唱边练。乾隆帝初次南巡时，便将"徽班"定位在"御戏"之内，所以，京城内总会接长不短地有大小戏班露面，但却没香山营甚鸟事。若真等戏班子来香山营演出时，兴许京城内旗人早已能哼唱出整个剧目了。而曹霑最受旗兵拥戴的独特之处，就在于他常是紧握手中的斗笔当兵器舞动，当他引吭高歌时，众人便拍巴掌应和，竟是地动山摇，在香山几里地以内都听得着。而他的酒量，则是与旗兵混成自家人的凭借。

香山营旗兵们常会随着八角蟒皮鼓与胡琴应和。健锐营旗人最朴实的报答即是早早沽来上好的高粱烧酒，再采回一些山珍野味儿，一起来个一醉方休。曹霑当然不拒绝这番美意，更巴不得与他们一起，山高天阔，古今中夷，一通胡侃乱聊，若醉了，便躺在兵营大火炕上滚上一宿，次日便因尚有公干各奔前程。越逢年节，他越受旗兵的欢迎，家眷也绝不拿他当作外人，谁不知曹先生是老富察家的"门客"呢？来大营还是多罗额驸福灵安保荐的。

此时，忽听燕园黄老门子一声喊："曹师爷，皇上降恩，您又有笔差做了……"笔差指誊抄圣旨，曹霑的一笔颜体字也是居众人之上的，师爷嘛。

当富察家的福康安满月时，西北战事是大捷频传。见朝野欢欣，皇上愁眉释然、龙心大悦，傅恒这才回至府中。得知皇上趁他忙碌之时来了燕园，且发圣谕，赐了小不丁点儿的孩珠子一个三等侍卫前程及名讳，他顿感诚惶诚恐。而此时，皇上刚能睡个囫囵整觉。现在只待兆惠大军班师归京了。又见福晋叶赫那拉氏怀中抱一个胖乎乎、细长眼睛、满脸喜气、白净净、酣睡不醒的男孩珠子，他直打心尖里头乐得不行，咧嘴笑个没完。这回几子都得到皇上赐字，也算是天生来的福气。天下最大的福气，当然就是皇恩浩荡了，如同当年圣祖爷赐予的"富察曰李"一样，都是皆大欢喜。两位福晋也这么想。

叶赫那拉氏问他："三福属狗好是不好？"

傅恒道："属狗最好，狗是咱满洲人最好的属性，是良友忠臣嘛。"

而侧福晋乌拉那拉氏却问他："难道属大龙的不好吗？"

"天子骨子里属龙，可旗下人都成了龙，岂不天下大乱吗？"

"与天下有何瓜葛？您这话怎说的？"侧福晋短暂扫兴后很快又恢复兴致，连忙去看赐予傅恒的几匹南杭绸缎。半载之内，嫡、侧福晋盼他犹如隔世，见了面却又不知该说些什么。于是侧福晋将饭桌挪至产房之外，叫傅恒边喝酒边说话。而姐儿俩还未说几句话呢，便先湿了眼眶。两位福晋见傅恒双眼布满血丝，无精打采的，异口同声道："吃完饭还是先休歇吧。"他也连忙道："您俩受累喽……"

乾隆二十二年（公元1757年）三月，乾隆帝便命定边右副将军兆惠出西路，左副将军成衮扎布出北路，大举征伐西疆叛军。此时西疆正是痘疫盛行。于是兆惠率军乘势长驱直入，连战连胜，攻城略地，直打得叛军各部四分五裂，溃不成军，连叛军头目都逃到了哈桑国，再不敢露面。同年六月，大军穷追不舍，进至哈桑。叛军主动归降，可当大军稍退之后，竟然又暗自反水，再叛朝廷，并假意投诚，诱使八旗都统满福大军陷入重围，致使数千清军在被叛军围堵时重伤身亡。叛军采取时聚时散的方式，"时而将各贼众聚分四支，每支各一二千，伺间出没"于沙漠丘陵地带，到处寻机，袭击清军散部。因此大军一再溃败，实难攻进。

奏折飞报，乾隆帝闻讯后大怒，决定对叛军不再劝降，也不再准降，不再阻拦旗兵的复仇，并下了绝杀指令，说："凡遇叛军，即杀无赦！概绝杀！不姑息！"乾隆二十三年（公元1758年）正月，兆惠与车布登扎布再亲率大军万余人，分左、右两翼，包围进剿厄乌国叛军。乾隆帝旨令兆惠坚决地平定叛军，决不容情。兆惠遂将大军兵分四路，拟在伊犁会师。在八旗骑兵的锐利攻势面前，叛军纷纷溃逃至罕无人烟之地。兆惠遂令大军骑兵篦垄推进，"凡山陬水涯，可渔猎资生之地，悉搜剔无遗"。大军像是在挑鱼刺、剔骨头一般，沿线并进，见一杀一，遇十即毙，似乎要使该地寸草不生方才罢手。结果，西征收土，大获全胜，尤其是回回营在征战中是逢仗必赢。其将领最满足的是，清真寺的阿訇们又会将皇上的赐赏圣旨及其功臣簿摆放在寺内供奉了，因这是回回营永远的殊荣。

朝廷大军摧枯拉朽，终于获胜。在大军班师归京之前，傅恒总算有了释然与轻松之感。头些日他比皇上更心急如焚，几乎时时在盼望西北报捷。闻说皇上微服探访，心中倍感天恩。虽然他与皇上年龄近似，年轻时曾是打打闹闹的，不分彼此，但当皇上成为当朝天子之时，就必须要有别于他年少做亲王之时了。而傅恒还有最担心的事，便是西夷人南怀仁所绘制的火炮。经此次"再试"证明其实用简单。而这个大胆的主意，便是由他初定，终获成功。

翌日，傅恒偕护卫骑马赶往马甸接师。他回想起此子降生前，曾生有个三子，诞后不久却夭折。满洲人最心疼的，莫过于男儿的早夭。那回他还哭了一鼻子，弄得一对福晋惭愧万分。当他抬腿翻上马背后，顿觉周身轻松起来，似乎听到了福康安的咯咯笑声，他疲惫的脸上竟闪现些许光彩。今日他是辅助皇上迎接得胜将军兆惠班师。按照皇上的习惯，只要打胜仗，旗人家的老少都会沾光，封爵挂彩，诸将佐都会得到皇上的嘉赏。想起这数月之忙，身心疲倦，终得正果，他不由得在马上春风得意，坐骑也轻举铁蹄一路小跑起来。

远远望去，德胜门外的马甸一带是彩纛飘舞，旌旗林立，而自西疆班师荣归的将军兆惠、富德等将士，早已列好军伍，切待迎驾。由于得胜凯旋，将士的脸上都闪烁出骄傲的光彩。早在大军途经宣化城时，已经过几日休整，军伍也恢复了活力。几乎所有旗兵都盼望即刻能见到那高高矗立的德胜门箭楼。老旗兵常会用手捋着稀烂的旗帜笑说："给咱记住啊！出德胜，进安定，自此天下皆平定！咱班师只会进安定门，这便是'出师旌旗招展，班师拿去刷碗'！"而身边的将佐也常会讲出一个个与德胜门相关联的典故来。虽然有几句笑话，却能使军伍振作，看着那成了条缕的破烂旌旗及将旗，旗伍中传出来阵阵的笑声。

八旗满洲大胜，将或卒升晋获赏，多会有额外惊喜。但傅恒却不想再有任何升迁，自己在朝中稳如泰山，职位已升至顶点，相当于主掌国事之宰辅了。富察人历代为臣几十载，大多十分谦谨并小心翼翼为官处事。傅恒之所以能受到如此恩遇，外人都说是因其姐为皇后。其实，这份恩遇带给他的反倒是苦不堪言的劳累。而皇上则更不轻松，他表面却总装作轻松。现在，君臣终于在辛苦与劳累中运筹帷幄，朝廷切实配合了大军获胜。而在班师前几日，傅恒最终完成了主编的目录册页，并在满文修编上做出了前人难能的作为，这就是配以满语拼音。满洲人能有自己的语言与文字，这该是多大的进步！满语拼音将会在八旗翼学中逐渐推广，上至皇子下至庶民，所有读书的满、蒙古、汉军旗人都须过这关。他多年来主编的书目皆用满、汉楷书密密麻麻标注着册页，这些书有《周易述义》十卷、《春秋直解》十六卷、《西域同文志》二十四卷、《增订清文鉴》三十二卷、《补编》四卷、《总纲》八卷、《补总纲》二卷、《附明唐桂二王本末》三卷、《平定准噶尔方略》一百七十二卷、《皇朝职贡图》九卷、《吏部则例》六十六卷、《钦定诗义折中》二十卷、《钦定大清会典》一百卷、《钦定旗务则例》《西域图志》《御批历代通鉴辑览》……

皇上并不赞同将其他翰林学士一一赘名，这使傅恒惭愧不已——毕竟还有别人的功劳。从此，再不会有人说富察家族只是凭近卫世家来保住官位了，其族人本就是文武兼备。当今皇上正是靠文武全才赢得皇位。当年的宝亲王在雍亲王府邸就曾问他道："春和，我若当了皇帝，你该怎样呢？"

傅春和笑了："那……我就做忠臣呗。"

"你来做忠臣，我就处处支助（方言，支持）你做大！"

"您是圣上了，当然是我来辅佐您……"

"咱俩彼此彼此，做孤家寡人，不如做明君帝王。"只一个如梦的时机，宝亲王弘历不仅先娶了静若止水的蚕妞做福晋，而几年后，他果然登基坐殿成为大清天子。民间旗人得知皇后小名叫作妞子时，便渐渐地效仿起来。从此北京城的姑奶奶们便都有了一个响当当的别名雅号——"大妞"。

欲知后事如何，请看下文分解。

第七章
大军赢征战　皇上谕班师

　　当用兵西疆时，军情多为半夜抵达，皇上也要起身亲自过目，或即刻召集大臣说话。但从腊月二十四日以后，皇上从寝殿出来，每穿过一门时，炮仗必会响一声，各门侍卫凭此便知圣驾已临何处了。这时，蜡烛仍要燃烧一寸长才会天明。他知道此时的傅恒要连过五六日才轮上睡个整觉，颇为辛苦。这回，八旗满洲，万里征伐，剿叛缉匪，在沙漠中拉锯般发起战事百场，经浴血苦战之后，终解决了西边劲敌。

　　此役之初，因受雍正朝西征败绩的影响，文武百官大多说此役难成。说白了就是打不了就撤吧，不然会贻误家国。但就在众官议论纷纷、瞻前顾后之际，乾隆帝的铁膀臂富察春和挺身而出，孤注一掷，只身在朝堂上力排众议，独自"奏请办理"西北战事，获准后，便全身心投入到军务办理中。他候报抄录，日夜随侍，不断制定攻略及战术，并调兵拨饷，保证必要之军需等。只后备的柴草、兵器、粮饷等，他就凑调了数千辆次的骡马大车。要知道，在荒无人烟的西域，粮草能否准时到位，关系成败。鉴于残匪凶狠狡诈，利用承诺叛而再叛，皇上最终下决心，下达"全行剿灭，不得更留余孽"的旨令！

　　结果，前方如期屡胜，可向来身壮如牛的傅恒竟在数月中被熬成一副瘦骆驼般骨架。皇上说他是"瘦死的骆驼比马大"，这也是告诉百官"至同朕办理军务者，惟大学士傅恒与朕一心，日夜不懈"。总算苦中为快，终胜此役。傅恒认为，只要皇上中肯就成。他佐助皇上，本就是无条件的。

回想皇上登基不久时，先是南疆苗地造反，遂将刚续统的皇上惊得有些慌乱。现在，他几乎不知该如何对待汉将了。由于当年年羹尧曾有被惩处的先例，所以他最不知如何遴选将佐，他知道傅恒去过沙场，便请他来，求教一番。

皇上道："该如何面对诸将呢？"

傅恒答："用之，便奖赏之，擢升之。重赏之下，当有勇夫。古来如此啊。"

皇上又问："该在何地选将为最好呢？"

傅恒答："当然在大殿上，那是天下将军的最荣誉之处啊。"

皇上再问："这又是为何？"

"皇上代表家国，金殿又象征天子的恩威，在正大光明殿最妥。"听傅恒言后，皇上翻来覆去足足想了半日，终是听了他的主意。

当皇上面对一位汉将中的将军时，他真想从中得出此仗的输赢的结果来。那一位大步流星进正大光明殿内觐见的悍将个头大得竟然令皇上暗吃一惊，第一印象是"悍将极高"，居然九尺。他边打量边问道："张广泗，你可知战场之局势？"

"回皇上，奴臣知道一些。"跪在大殿中的张广泗，即便是跪着也依然伟岸，真似卧于地的一只猛虎。皇上打心眼里喜欢他这副将军的身板。

"仗该怎么打，你心中到底有数没有？"

"回皇上的话，臣以为，不可一味攻打，须以安抚为主。"

"嗯？这又为何？给朕讲讲吧。"

"安抚一人，便减少一抵抗之匪。微臣恳请皇上多给些铜板与粮食，也好招降纳叛。"

"嗯，你的想法很是特别，朕问你，你的偏将与佐领个头都这么高吗？"

"禀皇上，既然是将，就该有别于兵，个子自然要高挑些才好，平时招兵也专找个头高的。"

"好，若有事，可用密匣与朕奏报就是。"

"谢皇上！万万岁！"

乾隆帝突然觉得召见张广泗太晚了，若汉将都能如他，该是家国的幸事呢。他即道："传旨吧……"

随后响起来小顺子的尖嗓："奉天承运，皇帝诏曰，由湖广总督张广泗替换张照一职，总揽贵州苗疆事宜，务必平定古州、台拱之乱……钦此——"

之前，乾隆帝曾派书生将军张照征讨苗疆。张照得令后不畏劳苦，号称"上得了高山，打得了恶仗"，但却不问青红皂白，无论乡间或市井的老弱妇孺，都痛下杀手。凡进山寨，便是一通胡砍乱烧枉杀，五畜尽灭，六丁不留。张照被称作"魔头居士"，他的凶狠使当地百姓随即产生顽强的抵抗情绪，并用童谣传道，"反正没粮吃，早晚要饿死；不如造了反，去捉张居士[①]。在家也是死，在山也是死；干脆去打仗，打仗别怕死"。结果是，村村寨寨的佃户因几乎都被张照伤及，被当地土司一一煽动起来，联手抗衡大军。几十万苗民百姓四面为兵，处处开战，声势浩大，战力颇勇，波及甚广，使得张照大军行走艰难，到处挨打，毫无战绩可言。加之当地人熟谙地理，更使得张军孤立无援，被动不已，虽是一再增兵加将，但却无一支劲旅。他只好追追围围、打打歇歇、停停跑跑，四面支应，稍不留意，便被偷袭搅扰。张军声名狼藉，将士逢仗必败，越战越怯，再无心思剿匪

---

① 张照自号为天瓶居士。

了。而现在换一个张广泗又能如何？但傅恒却说此将必胜。

且说悍将张广泗本人果然未辜负皇恩。他率大军初到贵州伊始，便采取以安抚当地土民为主、以征讨为辅之法。先是无声无息地驻扎外围，既不清乡静野地出动大军骚扰土民，也绝不进寨为乱。同时派人集结起当地所有的书生，迅速誊写出数百张安民告示并张贴于四野八乡。因张照使得当地民不聊生、缺粮少米，饥馑连连发生，他便通过这些书生送粮米、送清油等，一再争取各部头人谅解，以分化所有苗民的抵抗意志，并以书生作为引线，与土司及其族长频繁接触。没多久，朝廷的安抚主张被书生们带至民间。眼看着张广泗"旱地拔葱，鹤立鸡群"，进而马到成功。而张将军本人的领军做派更令新皇上信心倍增。俗话说"新官上任三把火""新皇登基火自旺"，哪位帝王不想树立恩威笃信，任用能将呢？虽然张广泗是汉军文官出身，却仍被乾隆帝一再看好，寄予厚望并连连重用。

但凡天下的百姓，大都愿做顺民，更愿意循规蹈矩地耕地种粮收谷，来维系天伦之乐。很快，凡愿意继续耕种的部群不断放弃抵抗，当地人开始清晰地分出两个阵营：顺民即被招安，归家种地；而另一部分则被孤立，成为极少数的叛匪。经多次说服后，叛军从甚众变化为稀少。几个良策下达后，苗民的抵触情绪随即减少了，不少家眷还偷偷去说服仍结伙抵抗的匪徒，成百上千的苗民开始悄悄逃下山来，向官府自首投诚。没几个月，战场的厮杀场面变成农民忙碌的场景，苗民皆开始打铁贩物，耕田耙地，都攀比着做起顺民来了。只有个别人仍继续占山为王，与大军抗衡。

这时，张广泗紧抓时机。突然一日，官军号角齐鸣，发炮开战，大攻匪寨，不到一个月，便干净彻底地将叛匪切割、包围、尽数剿灭。大军得胜后本该即刻撤走，但张将军仍像刚来时一样，将精米白面、粮种及新制的金黄色铜子儿发放至各山寨，这可叫当地百姓更相信老张。随后老张又奏请皇上，希望即刻减免几年的赋税徭役。最绝的一招便是，他在尊崇苗风苗俗同时，实行汉军屯田，挑选本地的守令。他不轻易捕人入牢，且鼓励苗民"立地成佛"做顺民，还安排多余的劳力做工打零。一时间，其做法竟然在苗疆产生奇效。最后，竟然有苗民带头，开始供奉起老张的牌位来。行至村寨时，常听小儿四处喊唱童谣道"山上匪，眨眼退，张大吏，说无罪"。最令皇上惊叹的是，张军中用了彪悍的苗民替做驻地"官军"。但朝中纷纷议论说张广泗不就是去赈灾济贫吗，这要赔银子的！说的可怕，其实却是可乐可喜。

转年，在皇上也犹豫之时税银却流水般交回来了。第三年，苗地便丰产增收，令朝廷赚回了巨额的粮银。张广泗竟然帮了皇上！这位儒将张广泗成为令皇上赞不绝口的将军。张广泗意外的安民措施与额外的收获使云贵动乱平定，而其部还很快收复古州、台拱等重镇。张广泗又与诸军合围，捕获匪渠包利一干匪孽，苗地之乱悉定。眼见苗乡报捷，皇上几回高兴地对傅恒拍手称赞道："张广泗竟是这么一个能将，春和你看，再给他升个官如何？"

傅恒言道："奴臣赞同。不论是谁，赢了仗的就该升官。"

"传朕旨意，擢授镶红旗汉军旗人张广泗仍为云贵总督，增加兼领巡抚一职，再进三等阿达哈哈番世职。并准奏，钦定镇远、安顺、大定、平远等诸营制，贵州兵额增至二千九百人。"

而后，西疆烽烟突起，叛军嚣张至极。傅恒授命于军机处调派大军，并亲身直赴察哈尔草原，意欲出精锐之师奔赴至准噶尔平叛。皇上在朝堂上称傅恒为"朕之张华、裴度也"[2]。在满朝大臣反对皇上出兵征西时，大军仅出师一年有余，便攻克伊犁匪部，并将准噶尔首领

---

② 见《啸亭杂录》。张华是西晋文臣，裴度则是唐朝忠臣，是帝王的左膀右臂。

一举捕获。当年六月，准噶尔之乱终被平息。一直耐心等待战事结果的皇上，再回想起前年决计用兵时，于朝堂之上竟然是曲高和寡，赞成西征叛军的人寥寥无几，独有傅恒等少数几人直身不移，佐助圣裁。清有规矩：朝堂之上，朝臣如赞成皇上的裁定，必须跪地直身，表示坚定支持。反之，就要俯首拜地不起。乾隆帝看着跪地俯首的诸多大臣，打从心里腻歪他们："一群胆小鬼！"

下朝时皇上叫住傅恒问："春和如此执着，有何主见？"

傅恒一时语塞。"这，"他又结巴又跺脚的，好不易才说出句话，"奴、奴臣说不出来。"

"那您这不是认帝为亲吗？"

"咱俩早说好了的，不论错对，都该支助啊……"

"哦，难道错了，您也支助吗？"

"那也只好下来再说。不是还有机会吗？除非皇上不叫说话。"

"那朕还用您当军机首辅干吗？"皇上顿觉他的寄托几乎成空，付之流水。

"皇上叫奴臣做蓝翎侍卫时，风来泥去的，奴臣从未与皇上反目啊！"

"这个嘛……"弘历泄气得干瞪眼，哑口无言。他自打做宝亲王始，就曾与傅恒定下"对错"皆不区分的诺誓。当然怪不得春和了。这是与朕同心同德啊。皇上万般感慨起来："果然帝王也有党啊……可是您不能说'风里雨里'吗？"

"干吗非这么说呢？难道在风里雨里不会弄一身的滋泥腌臜吗？不是净归置圆明园了吗？皇上若不高兴时，奴臣再反对便是了。"傅恒竟敷衍起来了。

"朕看你敢？你敢？"皇上真急眼了。

"满朝文武都敢啊。"

"……嗯？你！大胆！跪下！"皇上脱口而出——俩人都吓了一

跳，"嗯，免跪就是了。"

平日里一向听话的傅恒就没打算真跪，却道："皇上想好再说，怎能来回说话？"然后凑在皇上耳边道，"军机首臣，不能说跪即跪的，咱不是早说好了吗……"

"嗯，那你着急走什么？怕朕吃了你不成？"

"这还有事呢不是？奴臣总不能像皇上那样只动口用心即可。明鉴！"

皇上一想，可不是吗？傅恒还有一堆事要做呢。想他初登基时，少年壮志，百废待兴，处处想革弊改良，为了多与傅恒商量，又将傅恒从蓝翎侍卫提拔成头等侍卫。乾隆七年（公元 1742 年）授他总管内务府大臣，再升成掌管禁苑（圆明园）的事务总理大臣、户部右侍郎；乾隆十年（公元 1745 年）六月，擢升军机处行走，同年十月授内大臣；乾隆十三年（公元 1748 年），授他为领侍卫内大臣、太子太保、协办大学士……多年来，傅恒兢兢业业、克己奉公之为得到满朝的赞誉。他的的确确总在忙。回首往事，皇上感慨万端，自言自语道："傅恒就是指望啊……"

尽管傅恒周身无力、晕头涨脑，但他打起精神，挺起腰杆儿，率队行至马甸，远远便见旌旗招展下的军伍正在列队等待。而此时隐约能见到，安定门外已由禁军摆开卤簿仪仗，作"君迎胜师"之阵。眼前，著有八旗将佐名讳的彩旗，借着强劲秋风呼啦啦作响不止。在鼙鼓号角的鼓噪声中，傅恒抖擞了精神，铆劲儿搓几下脸孔后，才将眼睛睁大。皇上的出现使班师大军振作起来，将士都高举起手中长枪奋力呼喊着"杜乌拉（满语，指胜利时的欢呼声）！杜乌拉"……大军得胜，等同皇上得胜。大军无论出德胜或进安定，都会呼喊这句满语"杜乌拉"。

此时正得意的乾隆帝，身裹锁子金甲，头顶紫金亮盔，盔上直竖金塔，腰缠镀金戎带，肩披乌龙斗篷，足蹬蟒龙轵靴，腰挂白虹宝刀，在一架黄龙罗伞的笼罩下，骑着那匹周身透青油光瓦亮的"乌骓"御马——好一个威武的英俊皇帝！他目光炯明，威风八面，神采奕然！其左右前后，锦绦、锦旗、锦带随风飘动。

乾隆帝环视大军将士后，高举起右手来示意，由衷地为八旗满洲的威武骄傲。一见傅恒赶来，更为欣喜不禁。若非国舅爷傅恒力排众议，运筹高深，怎能见到今日之阵势。傅恒的能力远超自己的估量。傅恒延续了富察家的文武全才，他做得比当年其先祖更为圆满。

在八旗将士的欢呼声中，只见傅恒对将军兆惠挥手，示意皇上要说话了。这时，只听皇上言道："大军班师，天下平安，八旗将士，皆有战功，将士辛劳，举国欢庆，杜乌拉……"

皇上带头欢呼，八旗将士即应声："杜乌拉——"

欢呼过后，就听一身蟒袍的小顺子高喊道："聆听圣谕——

"奉天承运，朕自诏曰，今日大军于准噶尔平叛班师，朕特颁谕，晋封定边将军兆惠一等武毅谋勇公，世袭罔替，并擢授其为御前大臣。

"晋封大学士兼署刑部尚书傅恒为一等忠勇公，赐第东华门外。

"依照大清例律，全军将士均赏赐一年俸禄，并赐晋升三等……"

"杜乌拉……"能听到皇上亲口说赏赐他们，下面将士又发出一阵潮水般的呼喊声。

与精神矍铄、英武的乾隆帝相比，傅恒无论再抖擞精神，也掩不住他一脸的萎靡不堪及身疲气倦。见到骑马奔至的皇上，他不由得百味杂陈，顿时迷糊。待一侍卫提醒，他这才囫囵滚鞍下马，随行大礼，由于战袍加身，只能是请安了。"皇上哈瓦哈（满语，请安）！万万岁！"他嗓声虽然浑浊厚重，但却像翰林读诗一般中听。

皇上道："若兆惠没你来运筹帷幄，他这个大将军只能赢一半。今日不必拘礼，朕已于昨日派人祭拜你的先玛法米思翰了……"

傅恒顿感受宠若惊，朗声回道："奴臣拜谢皇上。"盔甲在身时，拜礼多是从简一躬罢了。

　　皇上随即在马上再提高声言道："今日大军，武功盖世，将军兆惠，马到功成！今日凯归京师，万民欢腾！满朝文武，喜迎大军！礼炮十三，地覆天翻！开炮！"

　　只见礼部官员得令后手一挥，不远处的大炮开始轰鸣起来，全军再次欢腾了！

　　礼炮声过后，皇上对傅恒道："朕想起当年富察米思翰力主裁藩，尽管被罢黜，但终是不屈不挠啊！而现在……"他举起来右手喊道，"杜乌拉！"

　　"杜乌拉！"将军兆惠那侧的班师将士都迎合起皇上来，可谓是三军群情激奋。

　　皇上再言道："今日朕至，也有三拜。一拜天地祖宗！二拜出征旗兵！三拜忠臣傅恒！"他突然翻身下马，对着傅恒与众将士躬身就拜。这可令所有的人——包括出征将军兆惠、副将车布登扎布等将佐在内——惶恐不已。而皇上此时想的是：刘玄德为谢赵云救阿斗能"摔子"，朕怎么就不能拜上一拜呢？

　　未等皇上完全拜下去，将士便听到朝令官喊"跪"。于是呼啦啦反倒跪下了一大片将士。此时的鼓号声正响到了最高……

　　这时皇上忽然问傅恒道："依图纸制的巨炮还好使吗？"

　　"还好，还好，就是重了些，车拉马运的几经不便，还需慢慢再修缮得法……"

　　"那就好，朕可以宽心了。"皇上只顾与傅恒说话，却忘记了前面跪地不敢起来的将军兆惠等将佐。傅恒挂念起这些满身伤痕的将佐，见皇上抬头看他们，忙捅了一下身边的传旨太监小顺子。小顺子即刻朗声念道："奉天子口谕，兆惠之外诸将佐，因立卓勋，分别加封阿达哈哈番，可世袭罔替，并加恩赏赐御用荷包、玉牒、鼻烟壶，各赐四开启儿补服一袭……钦此——"

接着小顺子交予的赏赐副本，还跪在地上的将军兆惠一下跳起来老高，喊道："万万岁！杜乌拉！"

欲知后事如何，请看下文分解。

第八章
三福拜骥庙　东岳立御碑

日月交替，白驹过隙，眨眼间五年匆匆而去。

农历六月二十三日，是北京旗人祭拜马王爷的日子。在富察公爵府南面不远处就有座马神庙。今日由傅恒长子福灵安恭代阿玛来祭拜马神。随行行列中还多了一个被奶额嬷领着的孩珠子三福——福康安。旗人供奉马神，本是对世代笃信的萨满教的传承。在清太宗皇太极入关前，以皇室为首的旗人就大张旗鼓地提倡尊崇藏传佛教，并将寺庙内的禅规戒律逐条增加、细致化。后顺治帝进京，随即开始用满洲人独特的拜庙方式，并再度阐释神灵与僧、道、尼、藩等教义。因藏传佛教的供奉多在皇室或国庙，所以在奉神祭祀时，常会将牦牛开膛破肚，令人直面鲜血淋漓、触目惊心的场景。而在祭拜马神时，倒只需烧香与磕头，供奉物也是平日间马的饲料——生熟粮食与青草。

说起祭马神，就不能不说起这马匹。千百年来，马不仅是满洲人，而且也是其他各族人的朋友。入关前的每年春夏之交，所有八旗人总要牵上自家豢养的马匹，无论多远，也要去马神庙内拜拜马王神龛。入关之后，旗人再不必拉上马同去庙内祭拜了。但祭拜马神仍然是必须的。骏马为不老天公赐予，足足撑起来了一个不老天公下的大清王朝。老旗人总会讲述祖宗在关外的习俗，会说曾与契丹人在一起豢养、驯服野马的故事。传说中，骏马就是"牟胡里阿玛"——骑马人阿玛。

京城旗人拜庙，多是按八旗都统衙门规定的日期。此外每年还会去祭拜那数不清的寺庙里的神仙。这也是八旗人最无奈的事。因是由大臣们搭台，旗人当然就要跟着唱戏。到头来，老旗人几乎是见庙就拜，生怕得罪哪一方神灵。旗人也常会用"马王爷三只眼"来吓唬不拜马神的人，意思是说，马王爷神通广大，所以一定要敬，谁出门不骑马行路呢？

第一次去马神庙时，三福已是六岁虚龄的孩童了。现在他被奶额嬷一把薅住衣襟，悄悄地拖到神像后去了，因他实在憋不住自己尿泡的尿了，一个劲儿地吭哧吭哧。额嬷怎敢叫他尿在当院，只好拉他直奔殿后的茅房如厕。而前来祭祀的福灵安正于殿内磕头，默默祷告昨日背下的祭辞。然后，他还要接过包衣老林手中的一握藏香，一支支地插进青铜香炉内，并等藏香焚烧殆尽，才算完成"祭拜"。三福之所以憋不住尿，全因为殿中那位高大威武、顶盔着甲、瞪着铜铃般眼睛的马王爷的威严实在令他发怵。

老话道，"孩珠子多事，因是尚小"。后院的茅房，虽没有多远，可三福裤兜子里早已是阴雨绵绵，尿出了多一半。三福道："哎哟，真憋死我了……"边尿边吐出一口长气。奶额嬷提醒他道："小孩珠子不能说死，你怎记不住忌讳？"

"哎！"三福用力点着头，提着裤子急急忙忙赶出来，皱眉头噘嘴道："记着呢，只能说去了、走了、没了、长辞……可是撒尿就是撒尿，那句'活人不能叫尿憋死'总不能改成'活人不能叫尿憋去了''憋走啦'？还是离不开死字呀！"

老太太怕他上火，总叮嘱他喝水，却不叫他喝白糖水，说会酸掉牙……总之，他和许多孩珠子一样，总会远远地躲开太太、额娘、额嬷们。越亲近的人越是麻烦，总是连哄带吓唬……等照原路返回时，他才大着胆子狠狠瞪了马神一眼，这回总算是看清楚，马王爷的眼神之所以凶恶，是因他的眼珠凸出了眼眶，无论站在哪一个方位，马王爷都会盯着自己看。从侧面看时，三福又忽然发觉马王爷共有三副面孔：前面、左面、右面。哪一面都有三只眼。什么三只眼，大人都没说对，分明有三张脸九只眼嘛。这么一看，倒觉得不怕了。奶额嬷却追着他道"系裤子"……

等他提着裤，挺着肚皮叫额嬷来系时，长兄福灵安也正好烧完了手中的香支。奶额嬷从来是好脾气，三福一向听从于她。刚才尿憋得小肚子还在难受，被尿湿的裤子已贴在身上。

原来马王爷倒是有九只眼！说"三只眼"的都是糊弄人！其实，拜马王爷的人净顾虔诚地叩首，着急为自家马祈福，谁还绕后面再瞅瞅？而庙内主祭的萨满从来也是说"凡人只见三只眼，道行深者才晓得是九目神仙"呢。话又说回来，二郎神不也是三只眼睛吗？谁还到后面去看还有没有眼睛呢？三福念叨了半天，奶额嬷只是一味想着，难道公爵老爷真舍得叫三福进宫？自己虽舍不得，但这可是天恩。得！倒把个心尖子给浩荡到皇上跟前去了。

"马明王菩萨是马神吗？"三福天生是个爱刨根问底的孩珠子。

"马明王是马头人身的女孩珠子，是蚕神。"额嬷唱道，"马明王菩萨蚕托生，十二月十二泡蚕种，正月里等到清明末，大慈悲阁里转三轮，歇了三日咱瞅一眼，蚕宝蚕种都绿莹莹……"

"我大姑爸爸（满语，姑姑）是蚕神吗？"这句话将奶额嬷问得红了眼睛，忙道："她比蚕神高贵。皇上每年都在蚕坛祭拜她。"

"皇上姑爹也哭吗？"

"嗯嗯……"奶额嬷再也忍不住眼眶中的泪水。她与孝贤皇后同一属相，若没皇后指婚，便进不了富察家门。她原是承恩公李荣保府上的孤儿，是裹脚的汉家女子，蚕姐姐姐对她有再造之恩。这时三福暗想：看来，这些事只好去问曹霑师傅了，府内叫他"百事通"，就连阿玛也常说他知道的多。此时三福哪里知道，他即要离开公爵府，进至紫禁城内读书了。

　　此时的福灵安正值春风得意，他沾了三福的光，同被赐予一个福字，傅灵安自然改叫福灵安。几天前，他已被皇上指婚，成为康熙爷之孙、十五阿哥胤祹第三子愉恭郡王弘庆的西宾——多罗额驸了。福灵安赤红脸庞，身材苗条，是个不说话先笑的后生。再就是，乾隆帝又相中了福隆安，见其文武双全，十三岁便破例拔他为三等侍卫，后又招做额驸。为此，京城旗人大呼："皇上和王爷都与傅恒结了亲！我天爷！"这令傅恒的两位福晋惊喜万分。上辈人不曾断过与宗室沾亲带缘，这回更是要占尽当朝的无限风光。与皇上、王爷都结成亲家了，这当然是作为国戚的富察家得到的旷世隆恩。转年，福隆安与和硕和嘉公主又被专赐一座公主府，就建在紫禁城东北角楼外，对面便是历代帝王常去祭拜的大高玄殿，旗人称它为大高殿。长兄、次兄一做额驸，府内只剩下三福了。每逢见到长兄福灵安乐呵呵的样子，他自然会联想到公主与郡主。

　　三福的长阿沙（满语，嫂嫂）又瘦又高，一见三福，上来就"啵儿"了他个亲香。呛鼻子的香脂油熏得他满脸不得劲。好在郡主并不小气，赠他的玩物数不胜数。额娘说郡主玛法曾被雍正爷一贬到底，若不是乾隆爷主政，兴许与多尔衮一样，连祖坟也进不去。愉恭郡王弘庆当然乐得与朝中如日中天的傅公爵做亲家。弘庆在前朝吃过几天苦，当然知道如何去珍惜，于是，他常嘱咐尚未成婚的郡主要关照三福。再赶上他俩一见面便对上了眼，谁不待见将要去皇宫读书的孩珠子呢，而她还早为三福选了"婚配"，说她做阿沙的要尽心。额娘说长阿沙是皇上同一龙脉的金枝玉叶，是万万开罪不起的。三福只好憋住火气，悄悄瞪她几眼，但郡主却认为小孩珠子多是撒娇罢了，反倒取了几件稀罕玩意儿送三福，结果，俩人居然成了莫逆之交。令三福感兴趣的是，阿沙竟然送给他几串朝珠，他这回可有"弹球"玩了。额娘说，郡主大门不出，二门不迈，好不容易长到十四岁上才招婿进门，这下她可自在了。她整天不穿盆靯鞋，只跳跳蹦蹦的，自称姑奶奶，能不喜笑颜开吗？三福干脆叫她"金枝阿沙"，阿沙更是爱听，挺好。不久，长兄福灵安升为二等侍卫，而"多罗额驸"算是朝中的超品大员，可再想见他就难多了。三福一听说要他进紫禁城内读书，想哭却没敢哭，他觉得能玩就成。额娘说，好事都连成一串糖葫芦了。阿玛却说侍卫是在皇上身边当差，进门就穿黄马褂，神气！俗话说，"侍卫妙，侍卫好，皇宫前大襟儿，圣上的小棉袄"，八旗人都是皇上的奴才。富察世代做侍卫爷，还不是靠皇上信得过吗？每听到此话，一家人自是欢天喜地得不得了……

六月二十三日祭拜马神。头几日钦天官、上驷院卿联禀皇上说已选择好黄道吉日应对马月马日。未曾到马时，皇上该依照惯例遛马了。每日清晨，乾隆帝必须要随意写或画上几笔，说是效仿先皇。他很小时在雍正爷身旁总会闻到墨汁的奇香和那混杂味道的奇呛的烟味儿。雍正爷提倡多种植莞巴苟，他对莞巴苟的品评超出所有的王公大臣，说这是"无奈之食"。老臣们曾记得雍正爷用朱批"判"过的折子都有难以挥去的烟味儿。过去，乾隆帝常会一边吸食莞巴苟，一边挥墨，这是他多年的习惯使然，而这要感谢阿玛汗教诲鞭策。都说他继承了雍正爷的一切，这他并不爱听，因他最终戒烟了。他从不想靠自己来积攒这"烟税"，这令举朝臣子不敢想象。其实是天意难违，因他曾在卧榻上打瞌睡，不经意间却用点燃的烟袋烀出了一次火祸。等老公浇灭这意外的火之后，那尊紫檀龙榻仅剩了"龙爪"。这是他登基后自己精心设绘的床榻，是用正儿八经的紫檀制成。物什稀罕，令他心疼得不得了。于是他直接摔坏了翡翠烟缸与银镶玉的水烟袋。从此，他励志绝不再抽一口莞巴苟。当然，为使银税如水般涌来，他暂不敢反对吸食莞巴芍。于是，在宫内的老臣们遂开始效仿皇上戒烟。

眼下帝师们都对皇上说吃烟不该是好文曲的习惯。皇上不等他们吭气儿，便知他们要奏烟农的本了。但烟农何罪之有？殊不知烟税是好大一笔银子，家国实在丢舍不起。比如像每一座寺庙，国都要贴补银两。而今日，御史窦光鼐上奏说，案上那厚厚的奏折多是大小寺庙"恭请圣恩御笔"的，都想立御碑，铭记圣恩。窦光鼐言道："动不动就立御碑，这比要钱还狠！干脆甭理他们，都想拿皇上的御笔招摇罢了。这其中就有京东齐化门外东岳庙的呢。"

"哦。"他边答应，边翻看那些个折子。北京东岳庙是一座始建于元代延祐六年（公元 1319 年），由玄教大宗师张留孙与弟子自行募建的道庙，颇有影响。康熙爷曾在那儿立过一通御碑，但雍正爷却丝毫不搭理那儿的老道。乾隆帝见上面写着元代圣文钦孝皇帝——爱育黎拔力八达，便仔细揣摩下去。"同是异族为皇，不只恭崇道教，也对儒学尊而不厌。他能，我如何不能呢？"他认为，雍正爷许是听了道士的挑唆才未给东岳庙赐碑，而各代宫廷对东岳庙的态度都为老百姓所拥戴。老百姓一向赞同"善恶皆报"，何乐而不为？想至此，他即拿起蘸朱砂的御笔起身写道："立御碑，朕准奏，康熙左，乾隆右……"遂命大臣拟文书写，再命军机章京工整地誊写在专门书写圣旨的细绢上。没几月得禀报，说城外百姓都来拜石碑了，说当今皇上"最为开明"。乾隆帝听后，乐在心中，喜在眉梢，还没哪个皇帝不爱听百姓褒奖的。

欲知后事如何，请看下文分解。

第九章
无意镇惊马　哥为皇侄甥

　　眼下，乾隆帝正在看小恩子整理的那些火漆密封的"密匣"。只有少数具备特殊权利的大臣才能用"木质锦匣"——密匣，与他直往书信。当朝官员用"直达天听"来形容密匣的神秘与特权。密匣内有封疆大吏的绝密级别奏折。除非皇帝亲自打开，外人是绝不可触碰的，就连书写奏折的大臣，一旦封好之后，也再难打开。因密匣的钥匙属于御制，钥匙在皇上手里，用过一次后便销毁，绝不再用。

　　还是先将诗写罢再说吧，不敢说让后人夸奖朕为事虔诚，是个勤勉皇帝即可。想至此，他顿时眉开眼笑起来。他的诗或笔墨会被传颂。历代的帝王未曾有谁像他一样每日写诗作句的，甚至在病恙中，他也不忘吟出几句诗来。他忽然认为，在东岳庙内既然有康熙爷的素玉白马，那也该有他的神勇坐骑——"铜特"，一东一西，一左一右，正好成双成对。而后来的东岳庙果然是香火旺盛。乾隆帝正在思寻与马有关的词句，刚初成了一句"追风扫顽玉门外"，就听小顺子外面说："马时将至，皇上还要在紫禁城外遛一遭御马呢。"

　　不错，这是仿了康熙爷的习惯，骑御马出西华门往北转一圈儿后，再从东华门回宫。上驷院被称为"天子御厩"，位于紫禁城东华门内，紧依文华殿，毗邻阿哥所。康熙爷将御马厩安于前明御马坊旧址，是为骑马出宫便捷，好叫皇子不忘帝王之家的骑射本分。

上驷院门前早挤满数不清的侍卫与一群瘪嘴无须的老公，再有便是一群整天在宫内读书的皇室与国戚子弟。这些"天皇贵胄"，年纪小胆子却大，不仅敢偷偷地溜进上驷院，还敢将御马牵走拉着游玩，就算院卿知道，也只能是有事化无罢了。平日间的景运门外常拴有几匹"待驾"的御马，都是草夫们多年辛辛苦苦摆弄好的、训练有素的牲口。这有脾气的畜生也因被骗，早没了昔日的暴戾脾气，成了谁喂、谁牵、谁骑都成的"乖马"，成了纯粹的摆设。因所有御马都要被驯成坐骑，也就免不了人人沾身。当然是谁牵跟着谁走，御马也不会去挑人头。

但今日这匹御马可不成，连喂养它多年的草夫、侍卫，只要是一撒缰绳，就再甭想近身。再想骑它，那可是做梦。为讨圣驾欢喜，上驷院卿专门为这匹宝马配制了整套鞍鞯，驯驭它时，还给它戴上金丝乌纱眼罩。不然，这家伙稍抬蹄，必会伤人，甚至连伺候它的草夫对它也是加倍提防，生怕它使性伤人。此御马与皇上的那匹乌骓御马不同，它周身是白底儿花斑五色，极像皇上豢养的那只长足、高个头的猎犬。因不同于通常色彩，于是乾隆帝便赐其名"五骓"。五骓闹起混账脾气来，就算伤了谁，也绝没人敢动鞭子抽它。那不是"作死"呢吗？先冲你翻白眼的便是上驷院的侍卫，其次还有上驷院卿，那个刚被钦定正二品的肥家伙，据传他养的御马大多寿终正寝。

按规定，御马"五年不可伤病，八年不得死殁"。虽说规矩厉害，但这个胖子，吃喝住都在上驷院，是舍了性命的经心。难怪他升官呢。最后，总算将五骓驯成规规矩矩的一匹御马。可今日却突然出了闪失，它开始看谁都不顺眼了。它这一发飙，谁都抓了瞎。御马惊厥这事向来不多见。其实，也该着五骓倒霉，它刚一出门，便中了几位皇子的一气弹子，正巧打在了它的卵子上！只见五骓疼得前蹄抬起来老高，扬头"咴儿咴儿"直叫。几个小皇子见此，竟然高兴地蹦跳起来，认为再没有比这个结果令人兴奋的了。五骓将蹄刨在了前边的御马背上，导致所有御马都随即惊厥起来，特别是那几匹没骟的马驹子，更是惊翻了天！俗话说，羊有头羊引路，马有头马领道，这本是牲口的习性。五骓这一折腾不要紧，厩中那"头马"竟然惊得往上一纵，轻松地飞过一人高的木栅栏，导致众御马全部效仿它，或越过或撞翻木栅栏，都呼啦啦地尥蹶子四下奔跑起来……

而此时，皇上正骑马进东华门，眼前的一幕叫他顿时惊呆。他知道，这群马若胡乱奔跑，那上驷院的所有种马都要完蛋。他即刻喊道："赶紧拉住那马！快！"

小顺子嗓门尖厉，跟着喊道："皇上叫抓住它……"

抓马？哪那么容易？跑起来的惊马，除个别带马缰之外，几乎全是光背。而那匹边奔跑边尥蹶子的御马五骓，是马匹中身躯最为伟岸的。它周身如闪缎般光滑细腻，如梳好的水獭皮子，溜光水滑，是绝好的货色；它四蹄踏雪，蹄处的那一缕锥毛简直像是两对"御爪"；它眼皮成双，两目莹莹冒光，牙洁似玉。都说它家在万里之遥的鞑靼，它的祖宗从汉代起就帮着汉武帝追剿匈奴阏氏，最后因得胜成名，被叫作"汗血宝马"。

"快擒住它！"骑于马上的皇上因着急而大怒！他照直驱马向前，打算拦阻惊马，但地上的阿森阿却死死拽住了他的马缰，阿森阿怎能叫皇上往前，这惊后的御马早已变成为豺狼虎豹了。御马受惊，惊恐不堪，将东华门内尘土踏成了烟云。如何拦马？这念头在所有人心内闪现，慌了手脚的侍卫、老公们都不敢上前。眼前成了御马横行无忌的天下，五骓在扬尘中忽隐忽现，好似天马出入云层。现在到底谁能擒住或镇住御马五骓？那人真可谓近在咫尺！

离御马五骓最近的人是一个无意中爬到树上的顽童——正够樱桃吃的三福！如此，便是天意了！刚才说过，毗邻的阿哥所里有正在读书的皇子、皇戚，他们是一群没人敢管的幼童，其中就有已进宫将近一年的三福。既然都是玩自己的，也就各有例外，他既没有做弹弓去绷纸弹，也没去文华殿前跳台阶，却爬到果树上去摘樱桃吃。就在一群御马开始惊厥狂奔时，谁也想不到，三福正将树上肥嫩香甜的樱桃一粒粒塞到嘴里品味儿呢，不时还会将樱桃塞进衣兜。文华殿与上驷院相邻咫尺，殿前的老树向是密集成荫，下面往往被树叶遮挡住，几乎看不到草地，而往上看也是不见天日，谁都没发现他。当听到老公的喊叫声时，三福竟被吓得双手失控，松开了紧抓树干的手，直接掉了下来……他就像是从天上掉下来一般，一下便掉在了马背上！慌乱之中他抓住马鬃，在无意中，他小小的身子竟将御马五骅砸得片刻一愣怔……

这时，御马五骅逆反心更重，它跑着跑着突然间猛一仰头，欲将三福甩下来！从南书房赶来的帝师、大臣、侍卫们聚在一处，扯嗓喊道："留神啊……"那马就像与众人叫板一样，"唭儿唭儿"地嘶鸣打喷……暴土中马背上的孩珠子竟是危急十分，多亏他死活也不撒手！皇上这会儿也同样顾忌着马背上孩珠子的性命，只好使出绝招来。谁叫普天下都说他是马上皇帝呢？连一匹烈骥的畜生都对付不了，那还得了？说时迟，那时快，只见皇上将手中的一柄硬木把儿马鞭冲马撇过去，随后又从身边一个侍卫手中拔出来寒光闪闪的方把御刀……但这要伤着人怎办？他忽然停住了，不然，就算五骅是稀世的宝马，也禁不住这把削铁如泥宝刀之一击！

皇上到底砍马没有呢？砍马干吗？马是不老天公配给的坐骑，和自家人一样，绝不能拿刀去砍！皇上是想用刀鞘去砍，此鞘为紫荆藤木外包鳄鱼皮，鞘上嵌有十三颗宝石，其分量重过了一般的刀鞘，只要打到五骅身上，它不被打趴下也得是一个趔趄。可皇上却犹豫起来，就算舍得刀鞘，但不能伤着孩珠子啊！上驷院的侍卫尽管知道马的底细，但有皇上在此，谁敢吱声？这匹御马之所以珍贵，还因它是另几匹宝马驹子的马阿玛。十八厩御马院养育着五骅的许多儿女，要知道，御马并不会因老而被丢弃，不会被赶出皇宫之外，更谈不上杀马取肉，这可是大清的一大禁忌。甭说是御马，就算民间马匹也不许屠宰，这是老罕王努尔哈赤立的规矩。皇室中人每年在马神庙敬供烧香燃表时，头一句话先要说"太祖、太宗天上可安？后代子孙祭祀马神来了"，然后才会念祭文。

御马五骅继续在院内尥蹶子折腾，上驷院卿与侍卫们都怕它死在真龙手中。院卿急催着草夫取套马杆，眼前发生的一切令他慌了手脚。皇宫之内道路狭窄，对御马来说，套马杆一样使不得，难不成要等孩珠子被勒毙吗？这时只见孩珠子抓紧缰绳，出溜到马背，而五骅却跳得更邪气。大家的心又提了起来，若御马撅腚再尥的话，孩珠子一定是必死无疑！所有人拼命地一齐在喊"撒手啊"……

孩珠子不大丁点儿的身子骨，若稍歪一点儿，瞬间就会被甩到马肚之下。又有侍卫试图拦马，但无奈五骅难以近身。就在这时，一种作为皇帝的尊严使乾隆帝将手中刀鞘打向了五骅。那马见有飞来之物，随即便甩头躲避，但刀鞘还是砸于马前腿之上。而此时孩珠子的双手也伸向似乎是疯了的五骅的马尾……尾巴被拽，五骅奔速被迫转慢。阿森阿与苏和麻阿两人一前一后飞奔过去，阿森阿一把薅住马鬃，却即刻被御马弹出了一个豹子滚坡！而等苏和麻阿伸手去抱马腰时，只见御马后腔高抬，尾后的硬蹄如兵器般，又将苏和麻阿踢出一个跟头，摔倒至尘土中。等人们抬起头再寻时，俩人都不见了踪影……眼前只剩下一片暴土扬场……

皇上一见，即刻言道："围上它！看它还跑？"众侍卫随即呼啦啦地一并向前移动，果然，无路可逃的五骅竟通人性般，不仅突然停下来，还回转马头，接连"咴儿咴儿"嘶鸣，回头去寻找被它拖行的孩珠子……在场人们又大惊失色，但却是有惊无险。只见一片扬尘之中，那个小孩珠子早滚进不远处一片浮尘中。更怪的是，那匹千里御驹五骅竟然马蹄嗒嗒地奔了孩珠子而去，这可真叫皇上与众人看呆了。五骅不慌不忙地打着响鼻儿，站住不动。那孩珠子站起身，举着从花池内拔出的芍药花，径直送到了五骅的嘴旁。更令人不解的是，五骅不仅吃得很有滋味，还摇尾表示顺从。

皇上脱口道："只有龙种才会天生降马啊……宝马通人性啊。"既是金口玉言，周围人皆点头认可。而皇上也在猜测这个满脸是土的小家伙到底是谁。皇子、皇戚们在宫廷之内同享恩宠，一起读书作息。好几十人，都穿一样的马褂，系一样的辫子，就连靰鞡、布袜也都是一模一样，皇上怎能认得清眼前这位土孩珠子？

因险些伤及阿玛汗，皇子永瑆心里是一阵阵的胆怯、后怕。多亏谁也没见到他刚才做的手脚……此事一旦被阿玛汗查出，也许就连亲额娘都要跟着倒霉，他真真是"长虫吞了蛐蜒①——百爪儿挠心了"，真期望面前的尘土能遮挡了曾经发生过的一切……

四下灰尘已落，兀自一场虚惊。虽有惊，但无险。再看五骅的腿，早被刀鞘打得是鲜血淋淋，上驷院卿赶紧吆喝御马郎中拉御马去敷药，远处的皇上心疼得不得了。他又叫过已变成土娃娃的孩珠子来，问道："你又是谁家的呢？朕怎想不起来你？"

"马是圣上宝，哥乃皇侄甥，这里都认得我！"孩珠子脸上的尘土似乎有铜钱儿般厚。

"你是从哪儿下来的？"皇上只记得他从天而降。

"不知谁崩了我的屁股，便从树上掉了下来……"

欲知皇上还会问什么，请看下文分解。

---

① 蛐蜒也叫千足虫。

第十章
紫禁城内长　受诲诸帝师

这时老十八却傻乎乎地回答："是我打的！"他神气地举起手中的绷弓子。

皇上不由得一愣，问他，"是用石头子儿吗？"

"瓷球呗……"

"瓷……小恩子！把他给朕关敬事房去！"

"嗻……"小恩子低声道，"皇上，那么小……"

"叫他额娘陪着！"皇上气得不轻，接着问道，"哪儿来的绷弓子？都跪下！"一群皇子吓得挨个跪下，都将手藏在了身后。

"你家大人是谁？"皇上仍没想起来这孩珠子是谁。

"我老太太说过，要我听皇上姑爹的……"

"傅恒之子？"皇上没料到面前正是他的甥侄三福，连福康安的名讳也是他亲赐的。"是什么都听吗？"

"那当然，我家是'从龙入关，随龙入云'——您真不知道？"

"我？哈哈，知道知道，可是你知道我又是谁吗？"

"您……我得想想，"三福细回忆起额娘教的歌谣来，"没补子，有正龙，头上顶着满天红，正是万岁爷乾隆……您是我皇姑爹？哈瓦哈！"三福撩起来马褂，扑通跪下来。

这可叫皇上有些意外，这么丁点儿的年纪，还这么懂事，怪哉了。"认识朕就好！哈哈！可是，你怎敢骑马呢？"

"皇姑爹刚才不是喊人把它按住吗？"

"朕喊了吗？哦……"

"金口玉言，不听不成……再说，屁股疼了，就掉下来了啊……"

"哦……你这孩珠子好玩……哈哈！"皇上大笑起来。

可三福突然发现，此时永璜、永瑆等年龄大的皇子们都一声不吭，怒视着他，对他是妒忌至极。

皇上笑罢，转念一想，傅恒次子福隆安已为当朝额驸，老大福灵安也做了多罗额驸，若复降恩典，再赐傅恒一个公爵，则是毫无必要。过多的恩典也许会使富察一族过于隆盛，也许会生出麻烦。岂不知前朝的大臣索额图、明珠的教训？哎呀，只是这个沾了隆恩的三福，模样长得竟像早夭的皇子永琏！这真是怪啦！莫非是老天显灵？今日不只是祭马日，又恰逢永琏的忌日，为何如此巧合？于是他顺口言道："嗯，赏……"皇上边说边周身摸索着，摸出来腰中的玉佩，连揪再解，言道，"三福，皇姑爹赏你的玩意儿……"话音未落，在场十几个皇子、皇戚同时露出来迥异的目光，有羡慕好奇的，有憎恨妒忌的。

"谢姑爹赏玩意儿！"三福接过荷包，跪下谢赏后起身跑开了。

皇上看着他幼小的背影，不禁有些怅然。小顺子这时赶忙用拂尘轻弹皇上身上的尘土。眼见得上驷院卿已将御马逐一赶回马厩。这时忽听礼部大臣禀道："祭祀时候将到，皇上是否去浴德堂沐浴、更衣呢？"

"嗯，不急。"皇上点头，信步奔了西边的浴德堂洗浴，侍卫们紧随，一步不落。而在一旁看了半天热闹，着了半天急的富察明义，总算放下了一颗悬着的心。自御马出厩到马惊马跳，御马五骅发疯，他都眼巴巴看着。明义做侍卫近十个年头，是后到上驷院管理所有草夫的，本有看护御马的职责。他早年因"误差"，被皇上从乾清门一下降至上驷院内，设若今日真要出什么事的话，头一个"沾包挂落"的人非他莫属。可巧，今儿个不知怎的了，想不到竟出现了堂弟三福。明义管傅恒叫老额睦吉（满语，老叔或少伯），其阿玛是傅恒的亲兄长。他现在仍在寻思：为何这小小的三福也来到紫禁城呢？

明义被发配至上驷院，实属自作。他整天或与曹霑"对酒当歌，浅吟淡酌"，或与富察家弟兄们吟诗作画，最后终于惹怒其阿玛傅清。傅清跺着脚跟发誓，决不会将任何前程留给明义，而只给予其兄长明仁。傅清常说，满洲人历来重武轻文，得天下后，才稍动文骚，干吗熏了心似的，非与那曹霑套什么近乎呢？瞧他混的那样，有碗饭吃就不错了，还敢整天把自个儿泡酒坛子里。就算真给他官做，他也能做丢了，还满嘴的瞎白话，说这个不妥，那个不妙！这本就是个怪人。他先祖就因为贪酒好财，最终断送了曹氏一族，落得先人被贬，后人凄凉不堪，连旗籍也混没了。傅清不止一次叮嘱明义离曹霑远远的，别沾他，别待见他，设若谁都不搭理他了，他还撒什么酒疯！喝酒不就是喝一个起哄架秧子吗？傅清不止一次对阿窦傅恒发善心容留曹霑做师爷一事表示不满，说他是"菩萨心肠，济公脑袋"。

一日，满身酒气的明义先挨了阿玛的几耳刮子，又晚了两个时辰上差，被申饬后叫皇上给挪了个地方——上驷院。傅清这回更有话说了：这回你就对着马脑袋吟诗对句去吧……

也真是没辙，曹霑与明义说过，他俩是臭味相投的一对倒霉蛋儿，爱怎地就怎么地吧，不过是"俩饱一倒儿"。

平日，不大一声的知会便能使明义周身的汗毛竖起来。"明大爷，皇上去里厩了……"

俗话说，不怕皇上一年不来，就怕他瞅御马发呆，那准是马病了。"皇上进厩，天天吃肉"这倒是真真的事儿。谁也说不好今日到底是好还是歹呢。明义也只好听天由命了。旗人对马的尊崇传统至少要追溯到千年以前。在盛京皇宫就近，有一通御立驮龙碑，上面镌刻有清太祖老罕王努尔哈赤的汉、满文字名讳。在御碑下面曾埋有一匹当年太祖爷骑乘的、名曰"大青"的良驹，传说它是黑龙江龙王的后代，因不老天公觉得马无龙的骨气与血脉，便叫小黑龙下凡转世，投胎到一匹母马肚子里。要不典故上常说"龙马为同种"呢。而大清的名讳，正来自这"大青"马。至于满字上的三点水，是为了不忘记发源地是在有水的龙居之所。

咱再说近的，这雄伟恢宏的紫禁城之内，同样有马王神位。进神武门往右直走不远，临近皮库时，就能见到一座紧靠水关的小院落，这便是祭马所。

历代大清龙主都须钦执物什祭祀马神。若没见过皇帝在此恭敬地祭拜马神的人，谁会想到，作为天子的皇上、万岁爷，同样会在此给马神磕几个响头？皇上在一生之中到底都给谁磕头呢？有位晚清辞臣称，"万民皆仰亿万叩，谁知皇帝也虔诚"。

一句话道明，皇上不仅要拜祭列祖列宗、敬拜神仙，天地日月、五谷六畜的神灵们，皇帝是哪一个也不敢得罪，都须虔诚面对，半点儿也不敢马虎。皇上祭祀天地神灵与祖宗自有祖宗家法、族规、习俗约束。一旦发觉皇上所为不符，总会有御史弹劾，还会督促皇上补上过失，拟罪己诏。

皇上走后，上驷院又恢复了平日的安宁。自古以来，马同天地间所有有血有肉的生灵一样，具有自己的血缘特性，哪怕是同类马匹，特性最是决定其品等优劣。八旗满洲入关后，为保持特有的强势，不仅在京师之内扩展了原有的习武校场，还在皇城内外增修校场借以训练骑兵，并规定所有王公、武官的家中必须建一个可容纳几十匹马的马院子——出了皇宫后，马厩便被称作了"马院子"，以视区别。傅恒新府内的马院子在府院中间靠南，单独开辟。无论马院子多净洁，都须离住屋远一些。夏季来临时，马粪味儿常能将一条大街熏变味儿。而北京城养马的人家大多有穿堂门，只是为走马车更便捷。京城有句老话说，"有钱就住穿堂门，亲戚多的能多来人，千万莫犯大清律，只剩个空荡荡的前后门儿"。

转眼数月，宫学休假，护卫接三福回府，遂将他在禁内擒马一事述说。福晋叶赫那拉氏听后面带惊恐，而傅恒听完却大声申斥责骂，将美滋滋显摆皇上赏的荷包的三福吓得够呛。

傅恒言道："你真是'死爹哭妈——拧丧种一个'，打小就不叫人省心！"

见阿玛可着个跳着脚儿骂他，三福反倒还口道："阿玛怎带头说起死来了？不是不能说'死'字吗？"话一出口，便将傅恒噎了一个"扛板柜的——大窝脖"。额娘那拉氏听后，却笑得满身乱颤。奶额嬷则将三福抱得紧紧的，说道："好不容易回趟家，您干吗那么大火气？人不是没事嘛……"傅恒听到奶额嬷那句话时，即刻没了脾气。其实，他并非舍得让老三去禁内读书，毕竟三福还小，只是隆恩难却，不敢推辞。于是他灰溜溜地扭身做事去了。因面前还有一位老祖宗，即三福的老太太，坐在那里拿眼乜斜他呢。三福可不傻，阿哥们顶嘴后的结果，他不是没见过，至少也得挨几个脖儿切①，几天也缓不过来。他见过长兄福灵安挨揍，即便身高马大又敢如何？同样被扒下裤子臭揍一通屁股，直到揍得红肿发紫，活像猪肉煮得半熟模样，等额娘给抹金疮膏时，长兄仍"哎哟哎哟"叫个不停。而二阿兄福隆安从来是鬼头灵精，遇阿玛急眼，先张罗着跪地求饶，再趸摸机会溜走。他说，兵书上说"兵员无损，走者亦赢"嘛。

三福能回家探亲休假，但在紫禁城中的帝师是回不了家的。帝

---

① 方言，打耳光。

师，何许人也？由于乾隆帝自小生长在一群舞文弄墨的文豪丛中，深晓汉文化的博大精深，他最重视皇子、皇孙的栽培教养，可要全都做好做整，殊是不易，所以要不断请来那些具有真正才学的帝师——宫廷内也称师傅。这个师傅区别于民间的"师傅"，因他们都是大清最高级次的文官。永字辈皇子读书时，南书房与阿哥所的师傅像"蜜蜂搭窝——多得滚成了团"。

帝师多是当朝知名的翰林学士，如广东新丰的潘廷楷、如皋的戴联奎、辽阳的王尔烈、漳浦人蔡新、陕西状元王杰、嘉善人谢墉等。其中的汉人翰林学士，均为雍正朝进士及第出身，都曾在翰林院或上书房任职，皆是朝中举足轻重的文人雅士。而上书房内的学子们，不仅有嫡皇子、嫡皇孙，还有皇上的甥侄及宗室内子弟等。

上书房是皇子读书的主堂，而"阿哥所"与"北二所"是帝师给学生讲习的处所。汉家学子，若不曾中进士或被赐进士第，便无资格进入翰林院成为大学士，势必更难进入上书房为师。帝师是出类拔萃的人才，在人才济济的大清国里也是万万里挑一的圣人，甚为金贵。他们是皇上的师长，自会名声极大，但却感到力不从心，尽管有皇上在撑腰打气。帝师心里尤其明白，多数皇子根本不拿自己当回事儿。皇子们之所以能安安静静地坐在那里不动，如同面壁一般地苦读圣贤书，大多是惧怕皇威的不可亵渎。尽管在帝妃身份的额娘面前，仍撒娇打泼，但对师傅留的读课纸业，他们还能规矩地读书写字、描红模子。

所有的皇子、皇戚子弟们，在同屋读书，帝师总称赞三福等人的天资与勤奋。而总会有皇子被没完没了的"描红模子"，背《三字经》《百家姓》《千字文》等弄得焦头烂额。难道说，不在额娘身边的孩珠子倒能成气候？事实证明，他们最起码是最皮实的。满洲人最喜爱从小皮实又好学的孩珠子。而当说到这"皮实"二字时，帝师们交口盛赞的却是当今皇上。都说乾隆爷自小不只是皮实，而且是从来少病少灾，这里当然有皇太后、太妃们的"众星捧月"之劳。皇上自己也常道"朕从来就不怕磕磕碰碰的，自知事以来，兹是摔倒了，从不叫谁扶起来，更不会哭啼，非得要自个儿站起来不可。如此方能见到阿玛汗的笑脸"。所以至今，他仍然与孩珠子一样，跑跑颠颠的，马上马下，不曾间断。他说直到现在，朕周身上下疤癞流星的，萨满都说这是"粗麟为龙，细麟归麒"。设若大清的男人皆弱不禁风，那"国语骑射"岂不成了空谈？那祖宗这万里的江山，版图最大又能怎么着？

俗话说，"金满箱、银满箱，守着皇上准沾光"。国戚家的孩珠子在这儿沾光的可不是一位，而是有好几位了，开始有奎林，后来又有福长安等。眼见在满朝文武中富察后人越来越多时，其他大姓的满洲勋胄们不光是羡慕，其中还有永远存在的妒贤嫉能与是是非非。富察家几代侍君，到底靠什么？答案自是效忠皇上，忠心不贰。说句实在话，哪朝的富察氏大臣没有过牢狱之灾？但好在是终成善果。帝师们都是亲身所见的证人。

咸安宫官学设立后，成为禁宫的再一处读书场所。听说，咸安宫官学的看护者为手持丈八长枪、身着明黄马褂的侍卫，身高超过门楣，多是皇上身边的戈什哈，多有高等品官爵在身。因此，咸安宫官学的规矩，学生早有风传，谁若不听从师傅，皇上可有耳目人替他听着呢。若孩珠子毛病过多，皇上知道了，势必会殃及自家的户主——阿玛的官职。小人的主子是阿玛，而阿玛的主子则是天下独尊的皇上呢。阿玛都会一再嘱咐这厉害干系，所以学生们都加着小心。在下课离开官学时，师傅还会告诫他们，你们这些淘气的家伙谁敢造次，皇上一旦发觉，自会修理你们的，所以好自为之吧……

咸安宫官学设立后，先统一了官生的衣着。乾隆帝的准则是，做官的就得有做官模样，须着补服觐见，连王公也照样受督视，究劾百官的侍卫从不吝秧子。现在换成学子，更须按着装规制，要将杂七杂八的衣装换成规矩的中短马褂，不管是明黄、浅黄、土黄、暗黄、杏黄，所有沾带皇族颜色的衣装必须去除。此地为帝宫，进得此门一概为民，谁也别显摆身份。

若想看官生（荫生）们如何过的一天，请看下文分解。

第十一章
咸安宫开课　袁枚会曹霑

　　五更时辰，老爷儿还被西华门城楼子挡着，这热闹便开始了。乌乌泱泱又熙熙攘攘还密密麻麻的人群，早挤在西华门外。年纪不一、个头高矮不一的官生们开始集结。只见骡轿、马轿已连成一串，可谓是浩浩荡荡，如同一列大军一般。自打开办宫学，把守门禁的侍卫与护军便换成清一色乾清门侍卫。他们皆穿着一水儿的明黄马褂，腰间皮带挂的是那把镶银镀金的方把绿鞘腰刀。在西华门禁前，还摆放了四对"一棒殁"的六棱硬木赤漆巨棒，两旁站的都是齐刷刷的禁军佐领，一种森严之气扑面而来。尽管孩珠子淘气的本事大，但刚到此地却绝不敢张扬。大清对未成年人一向留有情面，眼前的威严不过是皇上要一个体面的阵势罢了。内务府在西华门前新立了一副特大水牌。在裱好的淡黄色宣纸上，书有正楷颜体大字——咸安宫官学。宣纸下方尚能见到一方端端正正、四四方方的赤红玉玺，刻有满文、篆字的"乾隆御制之宝"，甫说，这是皇室官学。昨日，学生们都在疯传，说今日皇上也许还会在城楼上露面呢。因此，热闹归热闹，但谁也不敢高声喧哗。尽管官学、私塾，多少会有学生迟到，可咸安宫官学的开学，谁敢晚到？

　　未到与课时间呢，官生们中宗室黄带子占了大半，各个看起来都不像是省油的灯。当然了，满洲先祖打了天下嘛，自然子弟们就深感荣誉满身，自是骄奢不堪、无人能管。清代的尊师重教习俗是继承了前明故朝，读书人先要孝敬师长，还须和睦同窗同仁。而满洲的武官后代们对此常是不以为意，几乎是所有的官生们照样将其阿玛的混账脾气都带了出来。他们曾对师傅的提问，或装傻充愣，或胡搅蛮缠。但在这儿可不行了。所有人都眼望着高不可攀的西华门城楼，开始敬畏起来。再者说，就算剩几个不争气的，今日势必会规规矩矩。其实，那些远道来的汉家学子们，即便是远望正阳门楼，也会充满敬畏、恐惧。

帝师主讲，帝师旁听。新生们对帝师不敢不敬畏，当得知眼前授课的是帝师时，不免兴奋了一番。可是开讲尚未多久，一个个便试探着，在下面开始胡侃了，开始蔑视眼前的师傅，随意而为了，先是开始了相互的嘘寒问暖，然后便是开始想象与猜测究竟这咸安宫官学师傅到底有多大的本领。

乾清门侍卫什长钮钴禄常保，今日在此辖管咸安宫官学"风纪"，一旦遇有官生捣乱或殴斗，便直接拿捕驱逐。他一向一本正经地奉旨办事，从不客气。仅凭学生腰间露出的黄、红两色的带子，他就能清楚地分出官生身份。常保呆呆地观望着窗口内的小黄带子们眉飞色舞地海聊，见人家孩珠子如此生龙活虎，不由得便想起来自己儿子和珅与和琳，本打算叫他们来此，毕竟是难得的机缘。没一会儿，他便对出门小解的三福悄说道："明日咱还是回南书房吧。"他的另一差事便是护送三福与几个皇子到此与课。

大内侍卫的威严着实令官生们几回回屏住了呼吸。西华门前那几根巨大的杀威红是看得见的国法，以"一棒殁"的威名震慑众人。所以第一日官生们总算还守规矩，都规规矩矩地不敢乱说乱动，可几天后，便蠢蠢欲动起来了。而皇子们都被严令不得暴露身份。

授讲首堂课的是帝师窦光鼐，其号东皋，山东诸城人，自幼好学，颖悟过人，有鲁地"神童"之美誉。他十二岁成为秀才，十五岁乡试得了第三。乾隆七年（公元1742年）中进士后，进宫始做庶吉士（见习文官）。窦光鼐用过于浓重的鲁地乡音简略讲述大清的版图后，便听帝师王尔烈提醒他今日官学首讲到此为止。窦光鼐本想争辩几句，但慑于王尔烈是总师傅，只好问道："他们以后都一起学吗？"他是指阿哥所的授课是否停止。

王帝师道："皇上的意思是宫内宫外还是分开为好。"

"难道不一样吗？"窦帝师因脾气秉性直来直去，不免常与他人为言语而争锋。

"圣上裁决，我等就不必多话了，您说是吧？"

闻听此言，窦光鼐只好将气憋在心中，心说如此短的授课时辰实为不妥。

皇子们闻听，当然乐意了。毕竟咸安宫的官生过多，有些混乱。此时忽听下面有人言道："帝师？不过也是先生嘛……老家伙们懂得什么呀！得个棒槌就纫针！他还不是大清养的一只因得混（满语，走狗、犬）罢了，即便真急了眼，揍他一顿出气，能有多大事？"

此种言语正是在窦光鼐心里不痛快之时说出的。老窦当即大怒道："你是何人！这里又是何地！你竟敢忤逆师傅！你给我站起来！"

"你敢将刚才的话再说一遍吗？"王尔烈当然要向着窦师傅了。

帝师发威，从猫突变成老虎，说话的官生是大气不敢出一声，那几个虽是黄带子也不敢真站起来。堂内即刻宁静了。于是，第一日便这样不欢而散。

隔数日后，从咸安宫传来消息，说那几个于课堂放肆撒野的黄带子均被官学除名。但这并未影响到皇子、皇戚们在南书房继续课业。

皇子可明白亵渎师傅的罪过，所以都做得一副最明事理的样子。今日又听王帝师提醒大家说，去咸安宫听讲与回来授业都是皇上的意思，大家顺其自然最好。但这时却听皇子永彬言道："宫里宫外又非你说了算，你只等着挨管吧……"

王帝师明白，永彬是受了那日官生的影响，不然他是绝不敢这么讲话的。于是王帝师又道："该做什么就去做什么，不要受官生的蛊惑才是。"

"什么大不了的事……"

"住口！皇上的话你总该听吧！"再也忍不下去的窦光鼐开了腔，平日间他就对这些不喜读书、不爱射箭，什么都不想干的皇子忍无可忍了，他甚至想即刻出宫，哪怕被外放个芝麻官……

见师傅恼，永彬怎敢言语？只好低头把玩案上文房四宝，竟故意将刚研罢的墨汁碰洒……顿时满屋芳香四起，同案的三福即被殃及，身上全沾了墨，永彬反倒躲到另一桌案。

"你干吗？"三福慌了手脚，忙用袖去擦，求救般地望向帝师。

王尔烈看在眼中，一时又无法发作，已然洒了墨，他只好也拿起一块揸布上前来擦。

"你小子敢给我告状？瞧你美的……不就是从龙的奴崽子吗？"永彬发了难。

"你敢骂人？皇上要罚你！"三福给了他一句。

"好像你就是皇上似的……"永瑆这时插了嘴，他烦别人动不动提起阿玛汗。

"罚我？你真够逗的，好像你阿玛就是皇上似的……"

"静！肃静！"王尔烈的唯一办法便是拍一下戒尺，也好压下这些胡言乱语。帝师在皇子面前最好是既有脾气又没脾气才对。

"师傅，您没见三福忤逆吗？"永彬反成了没事人。尽管两位皇子的嘴比着硬实，但实际已软下来。他们最怕气急败坏的王、窦师傅真去告状。于是他们相互提醒着，赶紧归置一番，就算是门外的侍卫进来，也好有个交代。真若叫皇上知道他们今日的言语，谁也跑不掉，都要受到责罚。无论是在南书房门前罚跪，或是在阿哥所被罚拉弓弦，即便是在大照壁前低头面壁，都没个好滋味儿。最怕的便是由生母出来"陪罚"。也许几位皇子都想到了这糟糕的结果，便开始发怵了。哪怕只罚跪一会儿，也会将两个波棱盖儿硌得疼痛不堪。而拉弓弦要拉一百下，能拉到两臂酸麻、肿胀不堪。就算去面壁，往往最先站不住的便是额娘了，回去后她当然还会将气发在自己身上。辽阳人王尔烈做帝师十几年，有对付皇子、皇戚的丰富经验。俗话道，"没那金刚钻儿，别揽这瓷器活儿"。向与不向着皇子他心里有数，外面的看管侍卫总能帮他说上话，不然仅凭这几条小龙的胡为，谁还敢再来授课？不是自寻死路吗？

于是，在皇子们归置时，他便探头求助门外的乾清门侍卫常保。结果，却突然发觉皇上的御辇竟来到南书房门前，他当即惊愕不已。尽管皇上经常临驾，但今日却毫无征兆。

皇上下辇后直奔南书房内，所有人都傻了眼。圣上亲临，帝师不跪是特例。皇上对帝师们稍点了下头。可王尔烈心说，三福这孩珠子，从不喜好四书五经的，这么大点儿年纪，整天抱着《孙子兵法》，老在那儿瞎胡琢磨着，这回皇上可是看得真真的。

皇上直往后走，遂问三福道："师傅教的都背了吗？"

"没。"

"红模子描了吗？"

"没。"

"那么纸上的课业从来都不做吗？"

"没。"等三福说完抬起头来时，发觉面前竟然是皇上在问话，顿时大吃一惊。

"那朕可要生怒的！拿戒尺来！"戒尺便是书房内常见的竹板。可从没见过皇上用它打过谁板子。三福接连几答，令皇上怒气陡长，实在想教训一下眼前这个仍在看书的小东西，但还是沉住气继续问：

"你读的什么书？"

窦帝师插了话："皇上……他是能背的。"他的意思是不想叫皇上动气。

其实，皇上本没有要打的意思，只是"阿哥见面对肩膀——撞上了"。一经提醒后，皇上灵机一动，道："把你的'文囊'拿来。"文囊被帝师取来后，皇上不禁心里暗笑：这么点的毛孩儿竟在画地图。而地图边缘上总会有女子头像。怪了，如此小的孩珠子，怎能与女子连在一起呢？"你画的？为何人的脸上没有染色呢？"

三福答道："美人美在心中之色，不一定非与眼下时兴的美为红模。"

"那么画的这些版图呢？何意？"

"不知该用多少武备守卫之。"

"哦？有意思。"皇上不由得重重地点下头。得活！打这一回起，这站立一横排的师傅们总算知道这孩珠子与别人不同处就在于喜爱红妆，更贪武备。皇上忽觉这孩子太过于眼熟，脱口问："喂，你是福老三吗？"

"禀皇上，正是我。"

"这一地墨水也是你洒的？"

"我擦就是了，您不打屁股了？"

"看你尚能自量，这回先免了。"皇上想的是三福怎么也该领情就是了，可是三福却突然来了一句："皇上金口玉言，为何说打不打呢？"

"这个嘛……"这句话几乎问倒了皇上。

王尔烈连忙救驾，抢言道："这'打'字还有从的意思……"

"从？那从板子又为何意？"小小的三福出口便令人意外。但皇上仍笃信帝师可以应答。

果然，王尔烈又道："板子是法章、法理、规章、戒律，就如同万物来自苍天，万物也生于大地，规矩来自木匠，火炭来自顽石。从规章，才是皇上的本意。而地上的墨迹、堂上的规矩，虽有出格，却尚可弥补，你又何必非找打不成呢？"

此时的乾隆帝，对帝师的答复不得不服，生怕三福再问出什么来，只好笑眯眯地不答，不然还会叫他钻空子。只见三福跪下道："师傅的话记住了。"而王尔烈却是为自个儿捏了一把汗。"窦帝师您看如何？"他将这麻烦传到了窦光鼐那里。

"从也，非不顺也。从之，乃携之啊。依顺、顺从、盲从，还有采取、按照、跟随、仆从，比如说投笔从戎。或是由、自，如从古至今、从敝做起，也就不必打板子了……"

"学生明白了，君不让臣死，就不能再死……"

"对喽……"两位帝师明知自己是胡搅蛮缠，不由得都冒出汗来。

"嗯，只要听师傅的就好啊。"皇上撂下一句话后变了脸，对皇子们道，"今日便宜你们了，明日朕还会来！"随即他走出了南书房。

三福并未告状，如此讲义气，不要小心眼儿，当然成了南书房人缘最好的。论起来忍让，他胜过别家的皇戚子弟。

刚一下课，永彬赶忙上前言道："三福，刚才是我的不对。"

"没事，只要跟我玩就成了。"结果三福成了见皇上绝不告状的第一人，遂被所有皇子们赞佩，而天生不喜欢他的永琰也只有将心思藏在心里了。

转瞬间，暑季来临，朝廷开始做秋狝准备。故此，南书房也停授课业，三福也被接回公府。

尚未进阿斯门便听黄门子说阿玛请来了大诗人袁枚，这可令三福喜出望外、心花怒放了。他撒腿直奔花厅，果不其然，一个说不是老头也极似老叟的家伙正从多宝阁上取下书，站在那儿随手翻阅。脚步极轻巧的三福悄悄看了半天，哪知袁枚并不知有人到来。对如此专心的人，是打搅还是不打搅，三福犹豫不定。毕竟袁枚是难得一见的贵客，他还是忍不住开了腔："请问袁师傅，您阅览什么呢？"袁枚已深入书中，竟丝毫没听见。三福心说只好再问他话，道："您耳朵背？"

"啊？啊，小将军刚才说什么？老夫眼花耳聋，请再说一遍吧！"

帝师们都传，说袁大才子的恶习与才气相辅相成。他行踪难辨，要去青楼才能找到他，这叫三福连想都不敢想，大诗人会去那个下三滥的地方。见袁枚要拿最高一层书又够不着，于是三福便搬来一只机凳，蹬着够下来。袁枚一见忙伸手接书。那书却是《新编石头记》的几个章节，上著曹师爷的雅号——曹雪芹。令三福绝对想不到的是，被当今皇上推崇的大诗人袁枚却在推崇曹霑的文字。而袁子才手中的《新编石头记》分卷并非誊印，却是曹师爷手抄的。袁枚一再说"亲历而为，此书稀罕哪……你能看得懂？这是本奇书啊，字句清新，改词良苦，诗词歌赋，前因后果，欲盖弥彰，欲言又止，这个曹霑真是怀才不遇啊……"

"您是说府内的曹师傅吗？"

"正是曹霑。"袁枚不抬头，仍翻书默读不止。

"您看这诗呢？"三福取出头几日姐夫的一幅墨迹。

"哦？题《新编石头记》，睿亲王淳颖，"袁枚遂念，"满纸喁喁语不休，英雄血泪几难收。痴情尽处灰同冷，幻境传来石也愁。怕见春归人易老，岂知花落水仍流。红颜黄土梦凄切，麦饭啼鹃认故丘。哎呀！睿王来评，曹霑该知足了。"袁枚笑时，脸上的褶子便更加拥挤不堪了。

在三福心目中，英姿飒爽、裙带飘逸的袁大公子，或曰其为知县老爷的袁枚，首先是长辈。在阿玛的公文内，三福早就发现过袁枚的诗词。阿玛说，袁枚得到的是皇上与大臣们的喜爱，进京赶考的文曲，对他常交口称赞。更说袁枚是玉树临风，一身江南贡绸的马褂，与那闪光黑亮的大辫子，甚是潇洒，卓尔不凡。三福原以为袁枚长得一定像画上面李太白那样，一张清癯面孔，胡须飘然的仙风道骨样貌。今日一见却大失所望，原来这位博学的诗家、词家与茶家竟是这么一个说肥不太肥，说瘦却有肉，脸庞长满树皮般皱纹的糟老头子。三福听阿玛说，袁枚早就认可曹霑为旷世奇才，只是命太不济。他说若非出外做几年官，定会成为曹霑身边的"酒仙"了。

这时傅恒边进屋边言道："子才兄的《茶论》，皇上夸说是独树一帜、鹤立鸡群啊……"

"您在青楼内鹤立鸡群吗?"三福这一句话招恼了阿玛，袁枚也稍有尴尬。

"去去……去叫曹师傅去……"傅恒只好下驱逐令，借故将他支走。

曹师爷曹霑来了。拿袁枚来比曹霑，实在难言难表。俩人相比，不只是样貌与打扮不同，可谓真真是不可同日而语了。此时的曹霑正为老婆满处踅摸药房、药方与郎中，满脸愁容，憔悴不堪，大褂到处沾满灰尘及纸屑，携了一身的草药味而来。从他暗淡的目光里，绝找不到旷世奇才的踪影。可袁枚却上前一步拉住曹霑，俩人从此结成好友。

袁枚与曹霑攀谈之后，得知自己在京城宗室内要好的诗画朋友敦诚、敦敏二人竟是曹霑的弟子与酒友。这哥儿俩倒是对曹霑一味地仗义支助，为《新编石头记》的誊改官印辛苦奔忙，不知跑了多少的冤枉路途，并专门去寻愿意说道《新编石头记》的"说家"。在京城内，一直有民间公认的"说家"。只要有说家认可，曹霑便能凭此书一本万利，必有数不清的银子进项。可想不到，吃开口饭的说家们却多是依靠自创的《杨家将》《呼家军》《明人三拍》等为生，虽说喜欢讲述林黛玉，但谁也没大钱购买《新编石头记》全书，因他们根本买不起这如同几块城砖厚的巨著。对此，曹霑也只好对天慨叹"有处长草，难能有苗"。当他用蝇头小楷誊抄完《新编石头记》上部时，便每回一沓，每五回一本册，全本摞起来足有八仙桌高矮，谁又能买得起它？就算是旧朝的奇书，又能如何？而袁枚由于与常保也有一面之交，便在此次会面后将部分《新编石头记》书稿托予常保，叫他逢合适时机，推荐给钮钴禄皇太后。而当常保突殁之后，这件事终被他儿子和珅完成。等福康安长大后方得知，皇上果然见到了《新编石头记》散本，只叹息见得太晚了。

彼时袁枚正受到帝王将相的捧抬。甚至许多不喜欢袁枚的人也开始夸奖他的诗词。直等到袁枚去江宁做县太爷时，学子们甚至拿他比作纳兰性德。帝师们丝毫不隐匿对袁枚的夸奖与羡慕。而曹霑与袁枚的不同是，曹霑的东西篇幅巨大，传播起来极其费力，最后只好经好友富察奎林帮忙，先流传于军营。若非明瑞、明亮与明义在健锐营给扬名，也许曹师爷连饭碗都端得很费力气。

而礼亲王永恩也在另外几个王府处为扬名此书费尽了心思，但都无济于事。加之，汉家文人的崛起，形成某种潮流，很快便将旧朝味道的《石头记》一浪一浪地埋没。等此书变身成《红楼梦》时，曹霑早去望乡台了。袁枚说，曹霑把自个儿耽误了，而耽误下去的结果，便是实实在在的落魄。经袁枚点拨后，曹霑便在书中添了一句"金满箱，银满箱，转眼乞丐人皆谤，只落个白茫茫大地真干净"，这便是他临终前最后一句话了。其时，他眼睛已近失明，所以才"白茫茫大地"……

欲知后事如何，请看下文分解。

第十二章
文魁交富察　子才讽翰林

　　曹霑在酒友中绰号叫"酒缸"。不论南曲北酿，他都能喝出滋味儿来。绰号不雅，但也看不出贬义，谁叫他也不会翻脸，他本就是个好好是是的"宽泛人"。其实"说家"已被明义在前门外书馆内踅摸到几个。只不过所有说评书的皆是因贫穷所致，挣开口饭的多是出口编来，即兴表演，哪敢花银子购买评书书本？而说家们的故事多来自市井传说或京城典故，主要说的是大清战事获胜或是历史上的忠孝之君之臣。这可叫明义真正无奈，甚至想出将书干脆分解成小册。想不到，还真是有效，"说家"竟然踏破明义家门，直问询他是不是紫禁城内的"作料"，这叫明义气得很是无奈，常当个笑话说给曹霑。而曹霑对明义是感恩戴德，边发牢骚边拿酒扎扎筷子①。而最令明义、明瑞等人遗憾的便是当初只是撺掇曹先生一个劲儿抄抄写写的，实是害了他。而明义起根儿想得挺好，不愁没人来买，但并未料到，谁能花钱包买《石头记》。若没人煽呼，曹霑何至于整天想入非非呢？加之他整天腻酒，不然何至于病体缠身呢？怪谁呢？也许该怪那一对黄带子敦敏、敦诚哥儿俩！这也不公平，人家是曹霑的学生，哥儿俩不是也盼着先生好吗？

---

　　①　方言，借某事某人为发威、泄忿的对象。

敦敏与敦诚哥儿俩是宗室中一对"文曲"，皆为清太祖第十二子英亲王阿济格的五世子孙，是理事官瑚玖之长子、次子。他俩约十六岁进右翼宗学读书，便与曹师傅一见如故，相交莫逆。敦敏二十七岁时，在宗学考试中列为优等荫生，名拔首位。二十八岁时曾受命协助阿玛在山海关管辖税务，并代理锦州的税务，但不久即回京，长期闲散，只因过于嗜书。直到三十七岁时，才再授右翼宗学副管，四十六岁时又升总管，成了曹霑弟子中直管他的官员。五十四岁时因病辞官。敦敏、敦诚家族虽在乾隆朝恢复了皇室宗籍，但由于常年对朝中政务淡漠，仍被皇族排斥，因此地位被限。这使敦敏、敦诚哥儿俩都钻了牛角尖儿，与书结下了死活缘分。俩人虽然在朝中有名无实，却有大清"金书虫"的名分，哥儿俩留世的著作有《懋斋诗钞》等。正因俩兄弟家境与出身厚实、根儿硬，起码是吃喝不愁，朝中除却宗室间的倾轧之外，外姓人绝不敢欺凌家人与自己。当满朝汉家学子熙熙攘攘，数不清的庶吉士都进入紫禁城为官时，说明朝廷对宗室子弟已不再偏袒。乾隆帝要的是才子，这令皇族子弟变得更加难混。贵族阶层的甜酸苦辣，已被敦诚、敦敏哥儿俩饱尝，所以见曹霑时，便随即成就了长久的师生缘分。与曹霑处得最好的时候，哥儿俩就留先生家里住了。

常言道，"好货卖与识家"。曹师傅与敦诚、敦敏的交情，不仅是源于师生之谊，还因他们在琴棋书画、诗词歌赋等方面齐全的才华与博学。俩人的字迹、笔体、画风都随了曹先生。古往今来，习文者皆注重考试。俩人在翼学考试中总列于榜前，这也势必导致曹霑的声名鹊起。大家明白，一切学有所成，当与为师的教授很难分开。而曹霑却是忙忙碌碌，难得歇闲，天长日久后，也就更离不开这俩黄带子晚生的关照了。彼此都空有济世之志，经常"高谈阔论书生剑"，聊得开心，酒自会喝得舒心，使得三人"酒宴"长聚不散。

当成为爷们后的三福得知这些事时，只能叹惜曹霑在他九岁虚龄便病逝在香山健锐营中。这时的《新编石头记》评书正开始在京师南城占据了所有书馆，尤在旗人中名声赫然，诨名《红楼梦》。这被看成是旗人之骄傲于乾隆爷的盛事之功。若无当朝恩宠，一个被剥夺旗籍的文人的书，是绝对无法存世的。只是真正的誊写家，旧朝的、今朝的，都早早驾鹤西去了，而续写的敦诚、敦敏哥儿俩却不敢直留其名，生怕对不住作古的师傅，只好用满语化作汉文，用了个"高鹗"的笔名。满人信仰中，从来认为飞得最高的禽类，不正是老鹰吗？

曹霑因酗酒过度，百病缠身，残喘在人世时，《红楼梦》尚未曾正式做版刻印，等做了大清的藏书时，他却在病痛中折损了寿命……熟读书的三福深感书中的林黛玉似乎就像是已逝的曹师傅。书中林黛玉孤灯病体，身于阴阳隔世之时，有两句极富禅意的诗——"香魂一缕随风散，愁绪三更入梦遥。"他记得牢牢的。他曾恨自己为何不早托生几载，也好问问书中人物来历，当然，曹先生早说了，就像是《聊斋志异》中的狐仙一样，若不一个个捏合起旧日的故事，谁还来看？结果，当满朝的勋贵都请来"说家"说评书时，举国文曲都开始效仿写了……当三福能看懂以后，尤其后悔当年未能帮曹师傅一把。他的确在乾隆爷的龙案上见过《新编石头记》的小楷抄本。他后来得知竟是和珅将《新编石头记》最早传及京师的。在这点上，他始终对和珅怀有敬意。纵然京师的王公贵族多如牛毛，可了解著书人才华与辛苦的是少之又少。更何况满洲人的最大缺陷便是"习武弃文"，识字也决不会去看一本厚书的。三福对曹霑的印象仍停留于少年时的记忆。曹霑走起路来一向如腾云般疾速，脚步声音嗡嗡的，来时东一榔头，去却西一棒子的。舞文弄墨时，照样是干巴利脆。他总扎在屋内抄写、誊摹，露出一副多病的苦状。府内人说他是"一人做几人的活计"。难能他在百忙里偷闲，修改出如此大作。

傅恒公爵在家中说话时有些"大车拉磨磨——车轱辘话"。从富察先祖到列祖列宗，他总会结结巴巴地说个没完，当絮叨祖宗名讳时，他可绝不磕巴。他常说，从小就得学着，长大做家国的孩珠子。"家国又是什么？"三福本想耍个小诡计难为他，却听阿玛道："家……就是国，皇上就是家长，家与国很难区分。"正因这么句话，刚来紫禁城的三福，就算是半夜想家哭泣，也只哭一会儿便作罢，不会像其他皇戚那样哭个没够。

记得阿玛教的一首诗中说，"山河千里国，城阙九重门。不睹皇居壮，安知天子尊"。这高大的紫禁城着实令他幼小的心灵憾然了。记得他刚会走路时被阿玛抱进皇宫，先要走至紫禁城灰墙里，然后挡在面前的就是人们常说的"紫围子"。而老公说在紫围子之内便住着皇上一家，对此他牢记在心。而后来奶额嬷还说紫围子和"御"有关系。

当三福放假后再回宫，帝师王尔烈一见他笑眯眯的，便和蔼地捋起胡须也对他笑个不停。三福喜欢师傅夸他字写得规矩，书念得好，话说得好，箭射得好。王师傅说，书房传授，文墨满汉，一视同仁，其学习处所以后不一定在南书房或南三所。

禁城中，皇子有两个住所，一是毓庆宫，是未成年皇子的固定住所，另一个便是稍年长的皇子所住的南三所了。南三所也叫阿哥所，在文华殿正北的撷芳殿，有绿瓦覆顶的殿宇三所。待夏日时分，皇子便会全部挪至禁苑内一个叫洞天深处的园子，这同是皇子的居所——"四所"。咸安宫开课时，紫禁城内正修缮东边的仁寿宫，因皇上要在那里建御书房。阿哥所也要大拆大卸地归置一番，所以只好将皇子们暂迁到北二所去了。

三福进宫后便同宫中皇子一起到南面的阿哥所读书了。之前在公府时，奶额嬷和哥姐早教三福写字了。这年龄的孩珠子对满文与汉字的兴致浓厚。来至南书房读书前，仍要经帝师考上一考，也好让帝师熟谙每人的习性。

"哈瓦哈!"见帝师时必须要双腿跪下，请大安。

"何姓氏，名字? 哪里旗下?"王师傅操着辽东方言问他。

"姓富察氏，官号福康安，满洲镶黄旗人，字瑶林，号敬斋，小名叫三福……"

"三福，你识字吗? 会写吗?"

"回师傅话，我刚学写汉字、满文。"三福接过笔用满文写出了名字。

王帝师身边还站有一个满语师傅奉宽，他后来成为了傅恒的满文大弟子，这也是他潜心琢研满语的结果。奉宽整天磨磨唧唧，甚至神神道道的，只顾念那些曲里拐弯儿的满文拼音。而他还常准备一些满文小段来背诵，以更正一下皇子、皇戚们的满文读音。三福知道，在改良满文拼音方面，阿玛与大员曾费尽心血，为更改满文拼音，书写出了厚厚的一大摞宣纸。乾隆帝对满文拼音的优点推崇备至，为支持傅恒的创举，遂下圣谕说："我朝创制国书，分十二字头，简而能赅，用之无所不备，而音韵尤得天地之元声……""我国家肇兴东土，创十二字头，贯一切音; 复御定《清文鉴》……"此后，北京城说话的声音完全改变，满语倾向于汉语的多种发音，说第一个字时都变得很重，比如说"桌子""凳子""阿玛""额娘"等。

三福只知道阿玛造了新满文拼音，却无法得知他是如何修改而成的，现在只有听师傅奉宽的教诲了。这位师傅可谓是别出心裁，可不是一般的出人意料，成就了一段段活生生的绕口令。他朗读时，自是趣味横生，抑扬顿挫，就好比自己跟自己在抬杠、较劲儿一般。而令三福难忘的最是那几句像歌谣般的顺口溜。您不妨听听:

阿玛的爸妈若是阿姆、玛法，

额娘的爸妈就是果洛妈、玛发。

兄、弟该说是阿珲、阿窦，

姐、妹该叫她们是阿芸、阿暖。

罚你站要说伊力，

教你坐就是道特奇！

迈步走是阿尔库，

挺胸脯就是嘎同恩卡！

还没等三福背上几句呢，奉宽师傅便夸奖他道："好！"众皇子的想法是，师傅怎么也敢耍贫嘴，还有一长串的动作与招式。师傅又道："我念，您们听就成……"

有白云的，得叫阿巴卡，

白云下面是草甸的纳，

古庙前有一个大喇嘛，

佛门的喇嘛庙有威赫的牙，

门前有一棵海蓝树，

满地落的是阿巴答哈，

地上种的是木勒萨（萝卜），

还有几朵香香的伊尔哈……

双山隔着一头乌珠，

乌拉眼呀拉出了臭尼尼……

阿玛额娘发火，一起来骂，

吓得我发伊坦，嘎拉腕麻撒撒呀……

看着奉宽师傅连喊带叫还比画，手与脚都没时闲的样子，孩珠子们哈哈爆笑起来，并学起来他的动作，很快便背会了。而王师傅一高兴也跳起萨满的巫舞来，简直与萨满的扭捏作态没两样。他高声问道："咱满洲的语言好是不好？"

"好！赛云（满语，好啊）！"就算在家中用满语对话，也绝对见不到哪一位用如此生动而又宽泛的肢言体语来狂呼乱号、张牙舞爪的。这里既有布库中的鹞鹰步，也有长短拳与射箭的架势，以至于孩珠子们的兴趣与兴奋多被帝师勾了起来，竟都学起奉宽的鹞鹰步扭起来！

帝师奉宽在朗读古汉文时也会摇头晃脑的，最享受时会闭目弄姿，用浓重的鼻音来朗诵，而下面皇子也摇头吟咏道：

牧童骑黄牛，歌声振林樾。意欲捕鸣蝉，忽然闭口立。

这是一首袁枚的大作，居然从帝师的嘴中吟咏出来。三福知道，帝师并非都赞赏袁枚，多会说他是"杂家"。王尔烈总抬杠说袁枚是"大茶家"，只不过是喜欢写诗罢了，若夸他是好父母官，倒不如叫他茶圣、茶痴差不多。

逢授课间的停歇，帝师们总会聚在一处品评茶道，常会对袁枚议论一番。中国古茶闻名于天下，都说只袁枚是沾光的。华夏之地的饮茶之俗距今已有数千年历史。亘古以来，品茶之名人不胜枚举，而茶界中的泰山北斗更不乏其人。而袁枚却像是诗人在做官，他不仅政绩突出、完好，还致力于文学辞赋，在江南素以诗文最负盛名，被称为"文曲县令"。尤其他的《随园食单》成为著作后，竟引起举国的推崇。都说袁枚对茶的评述颇为独到。难怪帝师皆称他是一位知茶、爱茶、好茶的茶中才子。其《茶酒单》篇中，对于南北名茶均有从形状、形态、地域，到晾晒、收存等的全面细述。此外，他还记载了自己独见的许多极富特色的茶制食品。其中的"面茶"竟是一种不是茶的"茶"，是将南北方各种的面粉，先用粗茶汁熬煮后，再配以芝麻酱、牛油等作料。此茶不仅散发出淡淡的茶香，而且美味可口。而当皇上闻听后，觉得此茶该是一道清真膳食，便很快下谕，在京城中先由回回营试制，然后再作为八旗兵打仗时的干粮。再有便是熏"茶腿"，这是专门经茶叶熏过的火腿，肉色火红、肉质鲜美而且依然是茶香四溢。没多久，"茶腿"便出现在紫禁城中，甚得内廷嫔妃的喜捧。而当袁枚说起"擂鼓茶"时，竟使皇上目瞪口呆，连声言道"民间好不百怪千奇，如此知食啊"……

袁枚是个对茶与饮食有相当研究的奇人。在他三十五周岁为官时，恰遇额娘身染重病，便被皇上额外赏了闲差。待到伺候额娘离世后，他便开始了满世界的游山玩水。其足迹遍及浙江天台、雁荡、四明等山及安徽黄山、江西庐山，其墨迹也常出现在两广、两湘、闽浙等名胜古地。他尝遍各地名茶，并一一记载下来写成书。他说常州的阳羡茶，茶"深碧色，形如雀舌，又如巨米，味较龙井略浓"；洞庭的君山茶"色味与龙井相同，叶微宽而绿过之，采掇最少"……对诸如武夷岩茶、梅片、毛尖、安化茶等也都有一一的评述。袁枚的茶诗，帝师们颇为欣赏，如《试茶》诗曰：

闽人种茶当种田，郄车而载盈万千；我来竟入茶世界，意颇狎视心迢然。

又如《渔梁道上作》曰：

远山耸翠近山低，流水前溪接后溪；每到此间闲立久，采茶人散夕阳西。

令袁枚受到非议的是他对狎妓有着非常之浓而不懈的兴趣，甚至在八十高龄时，仍是"人老其心尚少，诗成皆在青楼"。袁枚曾故意刁难不曾娶妻的朱帝师。他先是问："难道'那个'真的不硬？还是难举？"

朱帝师闻之，即刻脸色通红泛紫，并一再躲避他的目光，就是不吭一声。

袁枚却毫不理会朱帝师的尴尬，又问他："难道吃药也不成？可以找寻个老妓医治嘛，假若遇到秘方更好。"他满不在乎地继续言道，"从没摸一下吗？啧啧，那老兄这辈子岂不是白活了……"随即又问道，"您可知道，为何李白与柳永都不长寿呢？"见举座无人能答时，袁枚接着道，"他们只顾如何享受名人的殊誉了，便躲躲闪闪的，假装一本正经，所以他们活得太累、太牵强附会了。"然后，他喝了一口别人杯中的茶，又道，"为何'随园'老弟我能高寿呢?"依然是举座无人作答。已经是满脸横向皱纹再套上斜向皱纹的袁枚兀自答道："正因老弟我曾在花前柳下、牡丹园中寻花问蕊，常做惜卉怜草之事，这才活到七十八岁，李白、柳永皆不能及。"然后竟拂袖而去。结果，袁枚最后竟殁在一座青楼之内。"送三"之时，哭声是震天动地，由青楼"妓友"雇来的"喊口婆"将那座不大的城池简直哭了个天昏地暗。哭昏过去的几乎没一个是他的亲人，而哭倒不起的大多是受他关顾的青楼裙钗。后人遂道出句话，说"谁言青楼无情分，却道子才姊妹多"!

欲知后事如何，请看下文分解。

第十三章
雪芹遭欺侮　醉酒芍药丛

老北京有俗话说"天桥的杂巴市，鼓楼的旧货街"，自明代在北京城建造砖城以来，即分出南北两城。位于南（外）城的天桥一带，因曾是种菜、储存水果与养马之地，所以很是荒凉，当然不同于内城的一般地方。而天桥也是因着明代皇上"祭天"造访天坛，而随之发展起来的一片近似难民村的地段。这地方饿不死人的缘故就是：凡参与过建造皇坛的工匠后代都能留在外城居住。这里不仅有巨商大贾落户，也有小商贩云集。它等同于隔三岔五的集市，于官于民都有益处。但外城最好的商市莫过于南城厂甸，其义为"最大的、如同草甸子般最随意的地方"。在盛京时，兑换物品的场地都是叫作"甸子"。当然，这也是大元朝兑换物品的地方。

临近腊月，天寒地冻。曹霑早憋好了厂甸开市的吉利日子口儿，他提前约明义一同前来，好将自己的一堆字画兜售出去。既可清理一下家宅，归置料理位于忠公府内居所；还有是为换几文铜板，以解眼下老婆与孩子病重的燃眉之急。甫看他是个才艺俱全的稀罕之才，但在家务上，也许永远就是一个呆到头的书呆子。挚友敦诚、敦敏兄弟可是最反对他去这种"杂巴市"的，去了便是掉价，掉价便是没脸面。咱堂堂的贵族曹氏后人，虽然是落魄至此，但总归还是在公府做差，怎能在满是荒草，一地乞儿，遍地农夫、小贩、贫民的市场内估价书画呢？这岂不是有伤文雅了吗？为此，他只好瞒住众人，独与明义俩人，悄然来到厂甸，摆起了贩卖书画的地摊，但明义实在是坐也坐不踏实，站也站不下去。曹霑明白，明义更是"极要耗子面"的人头，所以，便哄他去别处转转、瞜瞜。可是明义知道，假若真遇到专门管理旗人的都捕司稽查，也许会有天大的麻烦。

清律不允许旗人经商为贩，就连京城内的地痞无赖也熟悉这规制。外城地痞、流氓、无赖居多，最招人憎恨的是滋生在厂甸杂巴市内的"蚊蝇"——常被百姓称之为"拂也"，寓意是轻轻地、没有丝毫动静地便将物什偷走了。民间称之为"佛爷"，表示其神乎其神，是引申而来的。您比方说，菜市有"菜佛爷"，果市有"水果佛爷"，最厉害的便是"扒地皮"。设若商贩稍不留意时，便会叫他们得手。但此类"佛爷"并不直接骚扰旗人，只是专门欺侮商贩，因这些个骚干零碎中多有旗人中的一些败类在身后撑腰。加之，外城泼皮混混的眼神毒辣，"柿子专捏软乎的"，他们专寻找好欺负的新手，从中牟利。

用明义的话说，曹霑是"牵着不走，打着倒退"的这类人。他一向自作主张、从不听奉劝的脾气被大家视为"独性"。曹霑怀着侥幸心理，认为自己也不在旗，偷偷地来，再悄悄地走，不成吗？一到厂甸内，只顾看眼前熙熙攘攘的人群了，未等他叫卖出声，便被几个人盯上了。其中的一个正是北京南城内有名的泼皮，绰号为"四脚蛇"。今天他刚转完鸽子市，又顺便来厂甸遛弯。

别看明义在上驷院值皇差多年，但最喜欢的反倒是笼中之鸟。尤其是那些八哥、鹦鹉、鹩哥类的。在马厩前，他养有几笼叫声清脆悠扬、啼鸣婉转入云的好鸟，也是借了鹰房驯鸟师傅的光。而今，刚走进厂甸，便被几只高声骂街的鹩哥逗得开心大笑，因这鸟竟然是用满语骂大街！哈哈！能不可乐！

"你阿玛是阿哈！你玛法是奄拉（满语，重孙子）！我不是达拉

（满语，裤带），但也是阿哈……"

"哈哈！"这可把明义给乐坏了，心说养鸟这小子敢这么糟践满语。他只顾得看鸟了，可偏就忘了曹霑，一路跟着卖鸟的独木车越走越远。哪知他刚离开没多久，这就出了事。

"这是自个儿画的？""四脚蛇"很少见到摆摊贩书画的，他故作懂行似的说着话凑过来。

"啊，旗兄，本人心笨手拙，让您见笑了。"一见来了主顾，曹霑自是十分高兴。

"您是旗人？""四脚蛇"开始动歪脑子了。

"就算是吧。"曹霑随口一句话，哪知就招来了麻烦。

"嗯？就算是？""四脚蛇"心下琢磨，"是不是也跟我一样啊，奴才？哼，又他额媒的一个装大个的。"一个馊主意涌了上来。"这一张多少大子儿？"他指着一张画有孔雀的百鸟图。

"一两银子。"

"什么！你劫道啊？什么破玩意儿就敢卖一两银子！"

"我自个儿画的画自有说法，没张罗非叫您买啊！"

"您这上面是什么意思？""四脚蛇"看着画上的大鸟问曹霑，"又是凤凰又是……是芍药吗？"

"这张画叫《百鸟朝凤》。"曹霑实在看不起这位吃得脑满肠肥的家伙，看着像是红带子，细一看又不太像。其实，"四脚蛇"不过是和亲王府内家奴罢了。

"怎么着？你的画很有意境啊？"

"那可不敢当。"曹霑还以为"四脚蛇"是在夸他呢，便客气回了一句。

"从画上看得出来，你这是在嘲讽皇室天胄啊？"

"您这可是瞎说！这哪儿和哪儿啊？您不买就请便。"曹霑看他有些眼熟，好像认识他，见他刚才路过此处时就有一脑门子的官司在脸上写着似的，满以为他真是个旗人。

"卖给谁都不要紧！啊？可这内里的含义，可是你自个儿也说不清的，来！""四脚蛇"借机招手叫过来人，说道，"您几位看看，啊？凤凰一向是比作娘娘是不是？他敢把凤凰与这么多的野鸡画在一起，这不是在诅咒中宫娘娘吧？"他笑着对同伙道，"这违禁品没收充公！"

另几个呼啦啦地围住曹霑，起哄道："对呀，诋毁！你要吃官司的……"

一听这话，曹霑顿时慌了手脚，急赤白脸道："哎哎——我说，几位旗兄啊，咱得讲道理啊。我是一没抢，二没窃，三没挖坟盗墓，那是只野雉……"

"不还是野鸡吗？哼，挖坟盗墓，你也没那个本事！你就差踹寡妇门了，想必你没少逛窑子吧？哈哈……""四脚蛇"一群人上了莘口，都坏乐起来。

"您不要出言不逊，这可是皇城根儿起，咱可都在旗……"

"停停，瞅你那穷德行，你哪个旗的？不懂得旗人做买卖违制、违规、违法吗？"

"我……我……我这也不是做买卖啊！"曹霑一听慌了手脚。

"你看那是什么？""四脚蛇"一指身后的一块牌子上几个字：旗人贩卖违律。曹霑一看傻了眼。

"看清啦？不容许旗人做买卖，知道不？来呀，把他这幅蔑视中宫娘娘的画没收喽……""四脚蛇"话未讲完，一同伙早将画卷了，抢在手中，直拉了曹霑的前襟拽着就走……

"您干吗这是？您还讲理不讲理啊？这不是成土匪了吗？"

这时，厂甸老税兵连忙劝道："几位，消消气啊……这位曹师爷不常来，几位有话好好说。"他本想为曹霑解围，谁知"四脚蛇"脾气更大了。

"汉军家眷也敢冒充满洲旗人，'少管闲事少吃屁，多管闲事多拉稀'，不看您年纪大了点，赶明儿天我就罢了您！去去去……"

"得得得，几位，我不管还不行吗？"老税兵扭头直奔明义告状去了。

尽管曹霑用力挣蹦，可哪是这几个混账家伙的对手，没多时，衣装便被扯得破烂不堪，直接被拽进了巡城御史的巡捕房。

小牢头笑着迎上来，问道："四爷，您有案子报？"

"嗯，这位汉军的阿哈不规矩，竟敢拿中宫娘娘开玩笑，弄他几天，认了罪过再放他……"

"得了您呐！"小牢头历来是"一见尿人，火冒三丈"，一见曹霑，竟是火冒六丈。"你还挣蹦什么？站好了会吗？来人搜身……"小牢头眼一瞪，嘴一撇，即刻狐假虎威起来。

"您倒问问是怎回事啊！"曹霑希望他问问原委，也好辩解一下。

"不服是吧？还告诉你，有错放的，还没有错抓的呢，你就老老实实乖乖认账吧！站好了！"

"我根本就没罪过！"曹霑一时气急败坏地大喊大叫起来。

"来呀！把那四十斤的大镣给他砸上，直接送'拔火罐'里去！看他还敢狡赖！"

只听得叮叮当当的一阵乱响，曹霑被强按在地上，砸上了重镣。

"送哪屋呢？"

"先押在死牢里，去去他肝火……"

"我没罪过！就是没罪过！您还讲不讲理啦？"

"'人心似铁非似铁，官法如炉真如炉！'告诉你，这话可是旧明锦衣卫留下来的，今儿个你是服也得服，不服气也得服气……走着！"

稀里里哗啦啦地，曹霑被两个高大的狱吏拖着拉进了死囚房子。

"我冤枉啊……"他只留下了这么一句话，在小院里回响。

等明义听老税兵说这边有了麻烦，麻利儿赶回寻曹霑时，人早没了踪影。心说不好，一定被弄到巡城御史的木房子那儿去了，他只好忙不迭地一路小跑着，直奔巡捕房而去。

"哎哟哟，是义大爷哪，哪阵风把您给吹来了？"替班的是巡城御史马骏，他正出门欲吐漱口水，便一眼看见正在看大门口水牌儿的富察明义。

"哎？哎！'小蚂蚱'您怎么在这儿啊？"明义一愣后认出来，原来是他多年的旗邻马骏，因短小精干，旗下人送外号"小蚂蚱"。

"您瞧您！真是贵人多忘事，这不是巡城御史的木房子吗？庙小，您看着就眼生，您有事？"

"我还说呢，原来人家都喊'马爷马爷的'就是您啊！"

"什么马爷？在您跟前既不敢称您，更不敢称爷。您是皇上跟前的大内侍卫，'着高靴，顶凤翎'……您才是爷呢。您里面请，沏茶！"他把明义直让到院内。

"赶紧给我找个人。"急着找人，明义哪还有心思喝茶。

"您捞人，对不对？""小蚂蚱"看似神秘地低声问道。

"捞人？"明义听后觉得有些蹊跷。

"您瞧，'巡城御史建木房，房子不高也不长，只等人家来捞鱼，收些铜板修宅房'。"

"你这是跟我要银子吗？"

"不不，您可别听岔了，我只是念叨一下罢了，您骂我呢这是！"

"捞人与捞鱼？"明义仍不懂，"噢，'有钱不是错，银子定曲直'？"

"那是他们，咱不一样啊。捞鱼、捞人都是解救啊，您先喝口茶，""小蚂蚱"不知如何解释了，"这里一间间的小黑木头屋，全是关人的'篱笆圈子'啊。"

"哦，是大狱？要吃官司吗？"明义只知道刑部才有牢狱。

"您捞谁？直说，在这儿的，我做主就敢放！咱谁和谁啊！""小蚂蚱"一拍胸脯，一副侠义的样子。

"那我就不客气了。"明义如此这般、这般如此，把前前后后、左左右右都讲述一番，讲得吐沫干了，这才紧喝了口茶，算是歇气。

"哦，曹霑？是您朋友？""小蚂蚱"总算听明白了。

"您听评书吗？"

"咱旗人谁不听评书去？那些个家国大事、沙场见闻，不都在评书里吗？"

"听过《石头记》没有？"

"当然听过啊，不就是贾府内生下个孩珠子，口里天生带有一块通灵宝玉。莫非？"

"对对对，那就是曹霑写的啊。"

"啊？嘿！真的？这帮王八蛋，拿人家曹先生干吗？来人！把曹霑给我请出来……快着啊，大内侍卫接人来了，这位是御前侍卫，义大爷！"

"哎哎！"狱吏边请安边扭头撒腿往里就跑，正赶上小牢头叼着烟袋锅，从里面哼哼唧唧摇晃着走出来。

"跑什么你？"

狱吏道："大内侍卫接姓曹的来了……"

"他不能够！他个摆摊儿卖字画的，怎会认得侍卫爷呢？"

"还不能够呢？马爷陪人家坐那儿喝茶呢，您自个儿瞜瞜去……"

"看就看，侍卫有什么了不起的！"

哪承想，"小蚂蚱"听了，随口接道："你接着说啊？"

"没……"小牢头顿时傻了眼，忙赔笑道，"马爷有事找咱？"

"是你接的曹霑啊？""小蚂蚱"拉下脸来，翻着白眼问。

"是小的接的，大人有何吩咐？曹霑那小子就是不认错。"

"横嘟（满语，表申斥）！混账！还敢胡扯？你真想找抽哪？麻利地给爷放喽……"

"嗻！"小牢头哪还敢多嘴，赶忙转身跑回去。

不一会儿只见俩狱吏搀扶曹霑，竟连铁镣都没摘下，"哗啦啦"带着声儿径直往外走。

"原来是曹师傅啊，幸会幸会啊。"小牢头前后伸手掸着曹霑的一身尘土，而此时的曹霑早已是昏昏沉沉，根本站不稳，早气蒙了。

明义一见被搀出的曹霑还戴着脚镣，急眼道："'小蚂蚱'，他额嬷的！怎回事？"

"你他额嬷的不想活了你！""小蚂蚱"飞起一脚，直将小牢头踢出去老远。

小牢头爬起来，一瘸一拐走回来，解释道："爷您别急，我就拿钥匙去！这事与咱无关啊！"

明义气不打一处来，上前也补了一脚。狱吏赶紧拿榔头敲开脚镣。曹霑就这么被明义扶上一辆"小蚂蚱"雇来的驴车，被慢悠悠地拉了回去。

闻讯赶到的明仁、明亮、明瑞及敦诚哥儿俩一齐将曹霑扶下车来。

"哪个府的奴才？胆子不小啊！"敦诚急眼问道。

"还不是和亲王府家里的几个碎催呗！就是奴才的奴才——阿哈！"明义噘着嘴答道。

"太不是东西了，他们谁都敢挤对吗？"明瑞更是愤怒不已。

曹霑道："他非说凤凰边上站着野鸡，是诋毁中宫娘娘……"

"曹兄别生气，我早晚教训那群混账王八蛋！"明亮当然没受过这气，他道，"在北京城内打架干仗也轮不上这些奴才啊。"

"您可别招惹他们，那都是有根基的人……"曹霑言道。

"咱也有根基啊……"明义道。

"有根基也得有王法！"明仁更是气愤不已。

"下回保他直接送西疆行了吧？"明瑞实难咽这口气。"不行，我得找他去！"他站起身就走。

敦诚、敦敏哥儿俩站起身也要跟去，还道"谁怕谁呀"，却被明义拦住了。

"行行、行了……"明义对他几个使眼色道，"来！先给曹兄压压惊吧！上酒！"

明仁、明亮、明瑞几兄弟本是找曹霑喝酒而来，谁知却遇上了事，便围着八仙桌发起火来。明义赶紧吩咐下人去准备酒菜。

"芹溪兄，是我不好，只怪我一时贪玩，我向您谢罪。"明义举酒盅就要一饮而尽，却被曹霑伸手拦了下来。

"不行，这酒您不能喝！"曹霑起身拦住明义。

"芹溪兄，明义这杯酒怎么就不能喝呢？"众人有些奇怪了。

曹霑站稳身子，举起酒盅言道："明义兄本属满洲世家，早年间皆因其果洛玛法一时之疏忽，犯下不敬之过，竟从游击将军一下降到'孙山'之后，任听一群鸡零狗碎的奴才指使。在上驷院内，明义兄是低眉俯首将近十年，今日该由在下高举酒盅先敬明义兄一杯才对。我曹霑浑噩半世，多亏诸兄照顾捧抬，到哪儿我也是大家的奴才不是！就冲您腰里那把绿皮方头御赐刀，我也得先敬诸位啊……"

"曹兄说远了，咱不是友磁①吗？"明义是听夸脸上便红。

明瑞抢话道："芹溪兄这话就说远了。即便您还算是包衣世家，但也归属从龙入关的包衣世家，早被列入功臣世勋，后代也多为满洲正籍。不然，圣祖爷怎能叫您祖上做等同于封疆大吏的'江南织造'

---

① 方言，朋友、磁气的合称。

呢？所以更该敬您才对啊。"

"不敢不敢，我不是拜我先祖，却是要拜在座的诸位仁兄主子啦……"曹霑满眼含泪，不知该说什么好。常年伏案书写，弄得他眼花迷离，身体尤为虚弱，他只懂得埋头故纸堆中。他言道："即刻受我一敬，不然我不喝了……"得，曹霑急了眼，干脆一屁股坐在一盆盛开着的芍药花中，样子甚是可笑、可怜。

"好好好！咱们同饮同敬吧。"大家见明义带头，便举盅一饮而尽。

只听曹霑念道："都笑雪芹痴，谁解其中味？"

敦诚忙道："您赶紧吃口菜吧……不然又醉了。"

欲知后事如何，请看下文分解。

第十四章
明瑞使妙计　严惩奴下奴

俗话道，一人酒炸，满桌不欢。曹霑受委屈，遂将大家弄得好不别扭。酒桌上，明瑞只好硬着头皮，饮罢一口酒，边咂摸滋味儿边道："喝酒是喝酒，且不要忘记老规矩。""喝酒要蒙菜，不然无自在"，说的是要改正满洲人只喝酒不吃菜的陋俗。

"你这个伊犁将军'兵法上酒桌，不喝也得喝'！喝酒别玩心眼啊！"明义挑了他道理。

"哪里哪里，我哪敢称将军二字？我现在尚未出征，连饷银都没见到呢，别寒碜我啊……"被堂兄明义碰了痛处，明瑞干脆不喝了。

"不出征，哪有先发饷的？"明亮年纪最小，半天才吭声。

"瞧，诸位武将都说话了。来！想不到我曹霑虽身份卑微，却还有将军做朋友，我要敬你俩一盅酒！"酒后的曹霑兴奋地站将起来，但头重脚轻，稍微颤了一下，又坐回了芍药花盆内。

"您又喝多啦。"明义嘴里嘟囔着，偷偷将剩下的半坛酒藏到身后，他知道这位曹师爷的海量与"腻酒"罕见。酒对曹霑已造成了伤害，但在酒桌上，他却像没病灾的好人一样。

曹霑再将杯中酒一饮而尽，抹下嘴言道："想当年……圣祖爷给了先祖多好的机会，既能光宗耀祖，也使曹氏家族获得从未有过的荣华富贵，三代皇恩本该是享受不尽的富贵，可是……"他仰起脖子来高声对天问道，"玛法呀……您为何要辜恩溺职，稀罕那些黄白之物呢，叫我这后人怎么面对这大朝之恩呢？现在，我只能靠这些孩珠子时的哥儿们生存呢！我连包衣的荣誉都没了啊……"他不禁声泪俱下，"咕咚"一下跪在地上。

明仁离曹霑最近，连忙挽扶他，道："告诉您要'喝酒蒙菜吃'，最起码您得蒙几口菜吃吧……您看不是？这还没喝就高了呢？"

"哎！咱旗人有话叫作'旧话不续，甭扯大锯'。曹仁兄，这就是你的不对了，祖宗有过错，就甭再提啦！"大家都嗯着。

明义赶紧将一大块鸡肉递过，曹霑伸嘴咬住，紧嚼急咽的，险些噎住。见众人都起身来劝他，曹霑只好又张嘴接住明义用筷子夹过来的一口猪肘子，又坐下来。他明白开始这几口酒已烧昏了头脑。而几回都曾弄得大家喝也不成，不喝也不是的。他明白，现在自己只有这几位故旧了，若他们烦了自己，自己的路更会是狭窄了。他强压住自己上午的气火，终还是忍耐了下来。

见都落了座，他继续着刚才的话语，言道："诸位不嫌我？那我就先得谢谢啦……过去？它能过去吗？教书不叫我教，做个笔吏呢，又做不长，我是文人，总要给我生存的地方吧……祖宗有罪就该永远殃及后代吗？为何忠勇公就敢留我呢，为何啊？"

"芹溪兄，公爵也算是代老天眷顾你。不是还有我们呢吗？不都是你家人吗？"明瑞接着道。

"好了好了，看来酒不能再喝了。"明义顺手将一铁壶浓茶挨个倒上。

见曹霑实在是喝多了，明瑞连忙唤来屋内曹霑的外房——当年傅恒给曹师爷的丫环银珠姑娘——来挽扶他进屋休歇。而胆小的银珠早被吓得哆哆嗦嗦的，不敢上前。明义只好硬拉她过来做曹霑的拐杖。大家只看着曹霑醉泥儿般被银珠挽扶进了里屋。大家都明白，今日曹霑受到了从未有过的屈辱。

"我是满洲的辛者库^①！"屋内的曹霑仍在磨叨着。还引出一句前言不搭后语的诗句——"醉卧花丛芍药苦，古来文人总被轻。"史家的姑娘就要醉卧花丛了……

见曹霑醉得不省人事，明义想到的是，假若不是跟了自己去，假若自己不是追鸟贪玩看热闹，曹霑也不会吃这个眼前亏，想至此，他愧疚起来，眼睛也不敢再看面前的诸位兄长，只顾得低头喝酒，这倒叫明瑞望出了他的心事。

"行啦，你还在那儿瞎胡琢磨什么呢？事儿不是过去了吗？"

明义道："二哥，唉！堵得慌啊，我干吗非看那几只破鸟呢？"

敦敏突然道："堵得慌？咱找他们出出气怎么样？您敢去吗？"

"敢！"满屋人全说出了这一个字。

敦敏又道："欺负咱先生，那就是欺负我呗……找他去！"

"怎么找？"明义哪懂得市面上的事。

敦诚道："盐从哪儿咸，海椒从哪儿辣，厂甸堵他去！"

"就咱几个去吗？"明义问。

"害怕？您就甭去呗！"敦敏一句话噎得明义险些把喝进去的酒呕出来。

明义赶紧道："我不是怕谁，诸位咱也有包衣不是吗？"

明瑞一拍大腿道："对啊，找替身啊。你装王八蛋啊？我怎就不能装洋蒜？玩阴的谁不会？"

敦诚道："找几个爱打架的包衣去！不就是坐几天篱笆圈子吗？"

敦敏道："咱得叫上曹先生看，那才过瘾呢！"

明亮抢着说："这事我来吧，明儿想看热闹的就去！我就不信，一只土鳖能有多大尿头？谁家包衣能打架？"明亮低声嘀咕了几句，

---

① 辛者库是满语"辛者库特勒阿哈"——"管领下食口粮人"的简称，即内务府辖下奴仆。八旗官员得罪后，本人及其家属皆被编入辛者库，成为戴罪奴仆以示惩处。

只将大家说得是眉开眼笑。这位年纪最小的阿窦似乎对此道颇有主见。听他说完后，举座随即响应。

乾隆年间的厂甸，逢集最为热闹。小贩与游人越多，"四脚蛇"等人也更为欢实。反正在和亲王府也是闲饥难忍，没正经事做，还不如出去给王爷找寻点乐子呢。这就叫"马夫总给马轰蚊子——不拍马屁能干吗"！王爷高兴，万事大吉。"四脚蛇"虽在头些日子欺负了曹霑，除落下一幅《百鸟朝凤》的画作，并未得其他便宜，他早将这事忘在了九霄云外。"一直风调雨顺，就该张帆打鱼"，因此，待"四脚蛇"歇了几日之后，便"外甥打灯笼——照旧（舅）"了。他明白，旗人最是黄带子一类，都是"饱暖生出闲事，敢比饥寒恶盗"。身后有王府牌子，他怕什么呢？

刚开市不久，"四脚蛇"便有了发现，他看到了一个眼生的卖蛐蛐小贩。过去在厂甸兜售蛐蛐不叫买卖，但架不住近日来，四九城内玩蛐蛐的主子渐多，特别是黄带子们，成帮成伙都在斗蛐蛐赌银子，蛐蛐价钱疯长。眼见小贩的澄浆罐内的蛐蛐一个更比一个爽利、潇洒，能掐会咬，叫出的声儿都透着脆铃铃的"嘟嘟嘟"，引得路人驻足不走，都来围观。"四脚蛇"突然想起来，和亲王弘昼头些日子刚从别人手里花大价钱买了几只蛐蛐。他心说：这要是弄回几个能成文的（方言，值钱的），王爷还不赏银子？想至此，他即刻叫几人围过去，单挑那几只个头大、腿粗、牙口硬的，但无奈是"货多易花眼"，玩意儿一多，就很难挑出来最合适的。"四脚蛇"不由得心生一计，挖空心思琢磨起小贩来了。对待生人就得是连蒙带骗。他要在蛐蛐里面挑出最好的来。蛐蛐本是昆虫，虫子间的争斗自然是"强中自有强中手"，最后获胜的就一定是好蛐蛐。其实，"四脚蛇"也根本不懂蛐蛐的习性。

听"四脚蛇"说想要得胜的那一只，小贩便知他并非行内人，未等蛐蛐咬过几遭，小贩便伸手要钱了："您行行好，家里还靠我挣俩铜子养活老少呢！掐一场，您给俩大子儿行不？不然，败了的谁买？"但凡掐败的蛐蛐大多就属于没用的废物了，除放在蛐蛐罐里养着，别无他用。

"俩大子儿？半斤烧饼价！你穷疯啦？啊？成心气四爷？不成！"

"那您说个价？"小贩嗫嚅道。

"四脚蛇"每次来这儿都是冲大子儿来的，他还真没掏钱的习惯。可要挑蛐蛐，又非得拿钱不成。于是，他只好先拿出几个大子儿，塞到小贩手里。可是没过一会儿，小贩又道："这位爷，您这么挑，不是少了大腿儿就是蹦了出来，蛐蛐谁还买？这有好的，您得真格要才成！"一听说还有好的，"四脚蛇"几个立刻将眼睛瞪圆了道："那你不拿出来？！嗯？敢情您这儿糊弄爷呢，啊？拿'屎壳郎贴城门，冒充铜铆钉'啊。"

"哎哎，您先别急。几位爷，咱可丑话得说到前头，这些个是宝贝，您若想挑一个买行，但要叫它们咬架干仗，那可不成。反正每头二十个制钱您拿走，怎么样？答应就给您看看，不乐意就吹灯拔蜡！"嘿嘿，小贩还端起来了。

"四脚蛇"当然敢答应，但就是不想给钱，他寻思怎么将好的给偷过来，回去再卖给府里挣银子。他一咬牙，抓出二十多个大子儿，哗棱棱扔到铺在地上的白布上，显出旗人那种大方豪爽的做派，但早将眼色丢给了身边一个极瘦的家丁。这家丁顿时领悟，突然猛一哈腰，顺手牵羊，将一个十分漂亮的蛐蛐罐儿抄起来就颠儿，跑得简直就像一阵风般。即便小贩再精明也难防备面前这一群厂甸的"枭狸（方言，贼）混混"，眼见东西被抢，他只好放下手中蛐蛐撒腿便追，高喊"抓贼啊"……

前有跑，后有追，小贩的腿脚竟是利落无比。眼看小贩就要追上，"四脚蛇"的同伙便故意对小贩连挤带绊。在慌忙的躲闪中，小贩一个跟头跟跄摔出去老远。等爬起来时，人早跑没了。在小贩追人时，"四脚蛇"趁机将小贩褡裢内上好的蛐蛐罐儿席卷一空，扛起来就走。追人的小贩恰好返回来，与他撞了个正着。小贩一见连褡裢都被卷了走，便气喘吁吁地拦住他道："哎！这位爷，您不能这样做事啊，这可是抢啊！"

"抢什么了？你看见什么了？你看！""四脚蛇"往小贩身后一指，待他回头看时，便将手中褡裢传给了别人。这下小贩不干了，伸手揪住"四脚蛇"，索性就说："我就抓住您不放！看你怎么办？""四脚蛇"当即翻了脸，对准小贩的脑袋瓜就是几下恶拳，身边一群如狼似虎的家丁争相拳脚相加。小贩一躲二避接连后退，但揪人的手死活也不撒开，眼看就要吃大亏了。这时，只见一个头戴旧斗笠的大汉，不管三七二十一的，上来便将"四脚蛇"身边几个同伙一一撂倒在地，还喊着"朗朗乾坤，怎能抢劫呢"！

好一个路见不平拔刀相助的好汉！此人正是明义。这时，在不远处逛市的几个旗人，都是好质地衣料的长袍马褂打扮，一见这边乱了，便开口喊道："有枭狸抢劫了！"边喊边奔了过来，为首的即是敦诚、敦敏哥儿俩，后面紧跟的是明瑞、明仁、明亮等一群人，再后面则是正往前猛冲的包衣兄弟了。一听是给自家主子出气，他们好像吃了蜜蜂屎一样，都跳起脚来，赶着往前冲奔，即刻把"四脚蛇"几个人纷纷围住，挥动拳脚，一通暴打。刚才那一位出手打抱不平的旗人汉子明义早已将"四脚蛇"打到地上，骑在他身上就像是骑一匹瘫倒在地的毛驴一般！开始"四脚蛇"还号着："好哇！反啦你们？你们找死啊？敢打四爷！"想用喊声招来更多同伙。但没等他喊几声，小贩就将几把泥土生生地填入了他嘴里面，令他再喊不出声了。明义揪住"四脚蛇"的辫子，将他一张肥脸狠劲地往地上磕碰，随后将他按进了喧土中。明义越打越不解气，干脆扒下"四脚蛇"脚上的靴鞋，照着他的屁股、脊梁背儿、大腿等肉多肉厚处，是噼里啪啦地乱揍、乱敲起来，并不断用力拧他大腿里帘儿的肉。不多会儿，"四脚蛇"只有出气的力气，连声儿都没了，那帮同伙更是遭到了一群生马蛋子的胡捶乱揍，到处鬼哭狼嚎。还没等他们缓过劲儿来，包衣兄弟们便将他们的脑袋全都塞进肥大的裤兜里面——这被旗人称作"老头看瓜"，俗话道"老头看瓜，寒碜爹妈"！

在京师约架是常有的事。自明代永乐皇帝建砖城开始，时不时就可见成群结队公开打架斗殴的，永乐皇帝一向对此闻之不怪。他想的是，北方尚有蒙古劲敌觊觎，贵胄子弟只要不因斗殴伤及人命即可。因孩子们的勇武，势必会在沙场之上展现无遗。所以便有了"凡遇不服气，直往九门去"的说法，意思是，谁想"盯茬巴儿"（方言，约架、斗殴），就约在九门前的城墙根，那里地处静僻，随便你去打架。到了清代，旗人子弟也学了明代遗风，孩珠子常因恩恩怨怨去各个城根儿约架行殴，这架能打得越来越大，甚至有长者参与械斗。

原本是旗人常玩的"盯茬巴儿"把戏，却被明义几个挪到厂甸这儿。那个蛐蛐儿小贩便是富察公府中的世代包衣兄弟小梳子。没等"四脚蛇"他们明白，人早都无声无息地溜了，而小梳子也凭着一身的轻巧伶俐，早撒了丫子。"四脚蛇"最后听到一句话是："还想玩蛐蛐？我都踩踩踩！踩死！"这正是那小梳子在用力踩蛐蛐解气。他窝火的是，辛辛苦苦逮来那么多的蛐蛐，全毁成"黄鼠狼钻灶火膛——毛干爪净"了。

待巡城御史马骏骑着高头大马，带着一队外城的蒙汉旗兵，敲着响锣，浩浩荡荡出现在厂甸时，只发现了被"看瓜"的倒霉蛋。马骏道："把他们直接送押到都统衙门去……"

小牢头问道："马爷，不送咱那儿去？"

马骏道："送咱那儿？您不觉得庙小了点吗？告诉您吧，若无王爷过问，都统衙门怎会管咱南城的破事？"

"嘘……"小牢头再不敢吱声了。

从此，"四脚蛇"在厂甸消失了。据说，他眼睛被打瞎了一只，成了一条瞎蛇，而后来替代他的也是他的隔辈儿徒弟，外号叫作"大抓儿"的。这家伙不论是蔬菜、水果、针头线脑，凡是能见到的都是好东西，概不挑剔。不一样的是，"四脚蛇"是眯缝眼儿，而他却是圆圆的有眼无珠的大眼儿。等喽啰们将"四脚蛇"抬回和亲王府门时，他已是奄奄一息了。正遇见喝醉酒的弘昼，他一见这个奴才成了这副德行样儿，当即便道："弄一只虫就这孬种相了，打发他几两银子，叫他'老母鸡在坡上下蛋——滚球吧'！"喽啰们一听，不敢怠慢，只好将"四脚蛇"扔到了前门外的乞儿堆里去了。

明义等富察家兄弟刚汗流浃背地从厂甸匆忙赶回至家中，更换了衣服，却听家人说皇上今早晌已下旨发兵点将，将要对金川的土司给予惩治了。

欲知后事如何，请看下文分解。

第十五章
禁苑圣君测　皇上赏三福

　　按下明义不提。却说因修缮南三所，三福便与皇子们挪至圆明园读书。那儿有座园子叫洞天深处，他们吃喝住都于此。此时三福正坐在庑廊内的恭桶上，神情恍惚，死活不想去南书房读书了。也不是三福不懂事，他入宫时不过六岁，先是没躲开整日必须得哭闹一次，往后便是按部就班起来。但今日与明日一模一样单调的日子，可谓没完没结，渐渐令他开始想家、想额娘、想额嬷，这自是增加了这个孩珠子的烦恼。他烦的是：日日如此，天天不变，早早地闻钟声而起，被妈子、老公赶喽着洗脸、漱口。用早膳的时候很短暂，兴许正在嘴里嚼着一口冒油咸鸭子儿，便要赶紧进入书馆，总师傅王尔烈早在那里等候了。早起早睡，每日三餐，雨雪阴晴，从无变化。温书写字，千篇一律，何时是头？

　　现在的他于烦恼中已开始暗自不听师傅的安排了，他自认为这也是没办法的事。他每天的课业总在不断地丢失，不论是描完的红模子，还是书写的小楷答卷，都会被人拿走，弄得三福好不烦躁。这几十个年龄近似的皇戚们，到底谁总和他过意不去呢？他也不敢去翻人家的桌案啊。真够没劲，难道真像那几个看护他们的小老公讲的一样，真出了"枭狸"？只听说过"枭狸"偷物件的，哪听到有偷课业的？

而当三福坐在恭桶上泡蘑菇时，皇子永彬正蹲在他书桌底层，仔细选择并倒腾三福的东西呢。他为叫永瑆、永聪等皇子用纯金叶子来换取三福那整整齐齐的课业，那可是花了不少工夫写成的，省得帝师总夸三福好。

　　此时三福正进门。越想越是没劲的三福无意中脱口骂一句："挨千刀的，课业哪儿去了？""喂！九阿哥，"三福用极小的声音喊永彬，"你看到我的课业没？"

　　愧在心里的永彬以为三福发觉了他的不轨，吓得有些不自在了。"额嬷的！谁拿你课业了？你敢忤逆？"永彬学着大人出口不逊！

　　皇宫本为禁内，在禁内对此可是极为忌讳，因都属皇亲国戚，莫不与皇上沾亲带故。这么一圈圈儿的外俉外甥、内俉内甥，你可以争执学问、交手布库、比试弓弦武艺，最后哪怕是动手干仗，都情有可原，但绝不可出口骂街。谁敢骂街，帝师即刻便可用停课责罚谁。

　　而在此既保护又代为监管皇子的乾清门侍卫们也会马上配合帝师，严责管处。俗话说，"天不怕，地不怕，只怕开口出脏话，小心惊了主大驾"。历代皇上的惩罚一向严厉苛刻！就连帝师也总在嘱咐皇子、皇戚们，谁也不能骂街。

　　小老公当然不敢吭声了。当永彬的手指直对着三福，三福这才明白，他即刻回道："你敢骂人？师傅！我要告诉侍卫！"

　　"你敢告我的状？我这就揍你！野种！"

　　"你骂谁？"

　　"说你呗——"年纪稍大的永瑆自是向着有鬼的永彬了。

　　"你敢动手，我这就告诉皇上去！"

　　"皇上是我的阿玛汗，怎会向着你呢？"

　　三福毫不畏惧，说道："可皇上是不会护着你的！"

　　永彬又拿出了看家本领道："我还是雍正爷起的名呢！"

　　说到雍正爷，众人都吓了一跳，竟是举座皆傻眼。

雍正爷起的名，当今皇上也不敢随意更改，因他是众所周知的忠孝之君。于是，就连王帝师也是左右为难，不再开口了，生怕陷进去，难以自拔。以前往往是，在皇戚们之间相互较起针尖儿，对起麦芒，帝师也曾被总师傅痛骂一场呢。因他们熟知自己明为"训导"，实为伺候这些"皇戚们"。假若事事总由皇上撑腰做主，帝师同会觉得无法混下去，谁能料到将来哪位主了大事，不给自己穿小鞋呢？

"雍正爷叫你骂街了吗？"

"这……这……你告一个看看！"见三福与自己开了嘴仗，永彬似乎更加理直气壮，只想通过高声，掩盖其偷拿课业的事。

为虚张声势，永瑆又道："你能见到大清国的皇上吗？"

三福对他牛气哄哄的样子不屑一顾，言道："师傅，今儿个我向您告状！我的课业总被人悄悄拿走！"

王尔烈明白，这肯定是皇子所为，因他们从不做课业，只知道贪玩。这些个不大点儿的皇子，用句糙话说，是"一撅屁股便知他们拉什么屎"，但就是拿他们没辙。

"你不服气吗，现在我就揍你！"永彬言罢便冲过来。

"你不讲理，我是你表弟，你凭什么要揍我？"

"跪下！你个臭奴才！"见周围有众皇子撑腰，永彬更加胆大。

"拉倒吧，谁又不是奴才？"三福并不服气。

这时恰巧侍卫章京常保听见这边有动静，径直走过来喊道："书馆不得喧哗……"

永彬眼睛最尖，忙道："算啦，饶了你啦。"见常保过来拦阻，他乘机推倒了三福。"小子，咱走着瞧！呸！"占了便宜的永彬狠甩了下袖子，瞪着尚未爬起来的三福，吐了口吐沫……

当侍卫常保赶忙拉起来他时，三福是越想越憋屈，心里好不窝囊，竟流出了眼泪，心说还是家里好啊。

此地是个四合院落，被称作禁苑的南书房——被康熙帝起名为"别有洞天"。夏季时，皇子、皇戚们都会由紫禁城挪至此，由师傅们授业。尽管晚上的蛤蟆叫声聒噪吵闹，实令人难以入睡。这曾被康熙帝说成是"蛤蟆吵湾——不知哪儿发水"了。

帝师教到半年之时，也要考核皇子，因这关乎他们的前程。乾隆帝登基之后，一直以遴选上乘的帝师给皇子为乐趣。后来嘉庆帝的帝师数量是历代皇太子比不了的，多得不胜枚举，如王尔烈、周煌公、戴联奎、吴漋、刘尊和、彭元瑞等。他们皆是当今名士，几乎都做过皇上侍讲——这也是帝师们的最高殊誉了。与宫外学塾不同的是，南书房的考核由皇上"君测"。

早上刚起，大家闻听皇上要到书房"君测"了！而今年不同的是，是由皇上与师傅一起来测。王师傅言道："你们将来都是国之栋梁，所以皆要具备高强的武功、卓尚的品格与渊博的学识。"就算是王帝师不说，谁都明白，到时皇上若高兴了，必有封赏！

皇上在箭亭观看完武科的遴选，骑马行至大钟寺时，见天上孤雁南飞，便要过弓弦，对着天上就是一箭。未等孤雁落下，他便将弓弦拉得嘎嘣作响，又射出一箭。见转眼间便射下来一对，皇上高兴地进了禁苑。

所有在场的帝师们倒是都美滋滋的。因君测之后，考不好的皇子、皇戚将会被诸位帝师好一通挖苦、贬低，甚至还会接到皇上直接书写的申斥。见帝师得意的样子，永彬悄悄言道："那些帝师的嘴都跟老鹰屁股似的，简直臭不可闻，可皇上就信他们的，没辙。"其实，三福也并不完全喜欢帝师，他私下认为，在太祖爷面前，哪有什么帝师呢？这些时日，阿哥们都着急弥补课业，就连最爱折腾的永琪、永彬也硬着头皮坐在机凳上，犯困瞌睡也不敢动窝。

永彬只有在真正睡着时才会忘记自己的战战兢兢。每临考测，他便开始害怕，因平日不用功，所以只凭几日的玩命，根本无济于事。

他只是盼望能落一个还算对付的评语，起码能免去一通奚落与暴打。皇上的家法历来森严，棍棒板子从不客气。一想至此，他便胆寒不已。而面前的帝师们竟没一个待见他，这也是令他恐慌的缘故。他就算是背诵《百家姓》，也只会前面那几句。而其中究竟有多少姓氏被皇上封给满人，他更是难以记住。记住麻烦的满洲姓氏还不够，何必非要背汉姓呢？将来也遇不到那么多的老百姓不是吗？干脆就背《论语》吧。但皇上一向是只求结果，皇上的微笑仿佛是专留给别人的。

书房外竖起华盖伞并摆列仪仗，凭几个骆驼高矮的大个头侍卫，便使此地有了威严气氛，使得所有皇子、皇戚们心生畏惧、瑟瑟发抖。此时皇上已端坐于测场外庑房之下的条案之前，对帝师们点头示意。

王帝师便开口道："尊圣谕，开考！第一问：禁苑是哪儿？禁苑是什么？含义是什么？这座大清夏宫的名称出自哪一位列祖列宗之手呢？"

平日打闹玩耍、撕皮捣蛋至极的皇子、皇戚们，真冷了场。过去他们只知读书、默写、背诵、释解，哪想到面前这个可憎、可气又怯了吧唧的老家伙"王二咧"竟问起这个。谁起的名字关你什么事？非哪壶不开提溜哪壶？心想，嘴却不敢说。皇子们此时都将手放置于双腿上，显得特别规矩。

乾隆帝君测的最终目的是绝不能对外人说出的大事——谋立储位。立储是天下最大的事。而皇上与帝师则是不谋而合、心照不宣。帝师们懂得，能够读明白皇上这本巨著并非是件好事。帝师身为臣子，岂不知伴君如伴虎。虎威、虎性常在，还是小心为好，这叫明哲保身。皇上生怕真有哪一位会溜须拍马的帝师，堂而皇之贻误皇子皇亲。而皇子们倒不是惧怕什么测题，是怕当今皇上"监考"。这时的师傅们一个个是严声厉色，绷紧那张老眉喀哧眼的整日不见日头的冷脸皮，狐假虎威的，围在皇上周围，连皇上吭气儿都认为是要说什么

"玉言"似的。而平日亲近和蔼的师傅也像抹了米汤水一般，拉平了常挂在眼角的笑褶，毫无一点儿生气。于是"君临"至此，自是场面肃然了。

过了半天终于有了动静，一位个子小小的孩珠子最先举起手来。这是十四皇子永璜，他从小聪明好动、胆小怕事。他答道："晚生永璜回师傅，禁苑就是圆明园，圆明园是咱们的皇宫——夏宫，'圆明园'三字是由康熙老祖亲自手书命名的。"

紧接着，永彬也回道："圣祖康熙玛法亲笔御书的三字匾额悬挂在圆明园南宫门门楣上方，是一块黑底金字的匾牌……"

"你还有的说吗？"见三福举手，王师傅觉得饶有意趣，因三福应答常是口若悬河。

"回师傅话，世宗雍正爷有过禅释，说'圆明'二字的含义是'圆而入神，君子之时中也；明而普照，达人之睿智也'。他是说，'圆'是指个人品德的圆满无缺，超越于世间常人；而这'明'是指治社稷、治家国，再文武兼备之明光普照，因此而完美明智，这也是大清的明君贤相的框标尺度……"

皇上略微点了几下头，王尔烈心想这小家伙倒是招人待见，只可惜，这答得好的并非皇子，却是外戚富察家的孩珠子。

"嗯，还有吗？"王帝师想再听三福说下去。

三福继续道："'圆明'还是雍正爷做皇子时使用的佛号。他老人家多年崇信佛教，号为'圆明居士'，对佛法、佛理、佛经、佛论尚有极深之释解，并著有《御选语录》《御制拣魔辨异录》等佛家经论，在佛教宗派的各派格局中，向以禅门宗匠自居，并以'天下佛主'的身份提倡'三教合一'与'禅净合一'。而那块南宫门前的牌匾便是康熙爷将禁苑赐予雍正爷时，雍正爷御笔亲书的佛号'圆明'，自此禁苑便有了'圆明园'的官号……"

"嗯，讲得明白，你报上名来听听！"皇上是既满意又高兴起来。

"镶黄旗下满洲富察氏傅恒三子，小名三福，大名福康安便是，皇上哈瓦哈！"

"呜……"帝师们发出了钦佩的声音。王帝师禁不住心花怒放，心里感叹"这孩子真好"！这位皇戚吐字，不仅清晰明快，且清楚无误，像大人在说话。

乾隆帝坐在庑房之内，听得是心花怒放，禁不住咧嘴无声地大笑起来，随即朗声即兴下谕："赐福康安号为哈哈孩珠子，赏银百两、书十卷、御制文房四宝一套，钦此！"

"哈哈孩珠子"不是官名，也非爵位，只是一种类似巴图鲁般的"皇封"。"哈哈"是乖与明事理之意，这对于几岁的孩童来说，当是至高无上的荣誉了。书房内的所有皇戚子弟都在惊诧中愣了神，随即在喊礼老公的提醒下，皆忙不迭地俯首叩头，齐声大喊"万岁万万岁"！尽管书房内不必三跪九叩，但这嫩生嫩气的、并不浑厚的男童共鸣声仍令乾隆帝略微一震，他忽然意识到，这些沾亲带故的孩珠子渐已长大成人了。

皇上道："今日的武功测考就是射箭！大清就是靠的天下第一武功，才得到万里江山的。剔除海外，大清效仿过历代的明君、名将的武功，每一位皇亲国戚都要做到'国语（满语）骑射'，我国之来源于此。今日先考测箭射飞禽，但不得误袭尼玛善（满语，芝麻鹰）等仙物……懂吗？"

"嗻……"下面听见"飞禽"二字，兴奋得不得了。要知道，平日见到的都是鸟笼内的珍稀品类，而今日皇上竟要带头射真鸟了，他们怎不好奇、兴奋，还有想看看王师傅是如何射鸟的。

护军校场离"洞天深处"不远，奉宽师傅接着说下去："好了，开始比武，拉弓弦……"

就见在碧水绿丘之地，几十个孩珠子都拉开了大大小小、十分不一样的弓弦，一个个红头涨脸的，用足了气力。皇上最是欣赏王师傅。王师傅虽是文人，但他的弓弦之功力却是帝师中的佼佼者。皇上道："'莫道秀才能执笔，腰间三尺有佩刀！'古人说得好啊。王尔烈若不是个秀才，朕叫你去统帅绿营兵，定能成个好将军！"转瞬之间，突然自天上的云彩处传来几只野鸭的一阵哀鸣声。王尔烈连射三箭，箭箭中的，三只野鸭抖动后掉了下来！

"皇上快看！中了！"身边的老公最明白皇上在琢磨什么，急忙喊叫起来。皇帝在高兴时，是允准他们大呼小叫的。在一片呼喊中，一只只受伤的野鸭不是掉在草丛，就是受伤飞走。

又是一声大鸟的凄鸣声，三福竟然也射伤了一只！"皇上看，又射下来一只雀儿鸭啊！"老公小顺子再次提醒皇上。

王帝师道："这是圣上的侄甥射的。"一提到福康安，皇上总不免会想起皇后富察氏，情绪竟凄然起来。在野鸭的悲鸣声中，他想起来过去自己在禁苑骑射时，身后总是紧跟着不断递箭镞的皇后，心说人世间的悲欢离合，他都饱尝了。眼见面前这些孩珠子，他忽然感到自己有些儿女情长了。但见飞禽被王帝师连连射中，乾隆帝连说好好好后，随手摘下手指间的和田玉扳指与绣着双虾①的荷包一起赐给王帝师。这荷包可与其他荷包大不一样，这是皇上戒烟后所佩戴的第一个烟荷包，是受众人爱戴的富察皇后亲手赶制出的。要知道，孝贤皇后亲手缝纫制作的东西当是宝物中之宝物，珍宝中之珍宝，罕见中之罕见。皇上想，古人云，"不读书者鄙，不读史者鄙，以铜为镜，可正衣冠，以史为镜，可知兴替"。历朝明君，多是知史、读史、懂史，谁都希望大清王朝的千秋百代从一国而始终。若孩珠子都能记住"国语骑射"，那皇上立那几块武功长久碑也不白费了心机。

刚才的考测，令乾隆帝想不到的是，第三个孩珠子竟答得是完美

---

① 满语发音的"双辖"，侍卫之意。引申为"天辖、地辖"，即天护、地护。

无憾。好厉害的后辈啊，只可惜他的太子永琏早夭。同时他也想到另几位皇戚子弟们，像奎林、李侍尧、绵恩等同样是这样，都该有一个最好的读书境域。当今满洲人最缺少的不是将军，而是胸怀大志的帅才。他当即就问："那个小小子是谁？"

"皇上的侄甥富察福康安……"王帝师用手指。

"哦，人长高了，白白净净的，虽不像永琏那般细弱，但俨然是个小秀才模样。"乾隆帝禁不住顺着帝师所指方向仔细观看。这么个小孩珠子能拉弓射伤一只野鸭？莫非真是永琏再生？满洲人最信奉的是立长立嫡，国运必长久无疑，可不老天非要将嫡子一个个早早收走。他的眼光再落在三福的脸上——可是，鼻子眼睛却又变成了皇后的。他不由得心酸，竟然将手中赐物一并给了出去……"三福！赏你啦！"随即回身走开。这可叫皇戚们惊愕得"啊"出声来，几十双眼睛顿时冒出那特有的眼热。

欲知是否要出事，请看下文分解。

第十六章
紫阁瞻布库　立志做英雄

　　三福将阿玛汗身上好玩意儿都给弄走了！凭什么？眼前发生的事，令十分在意的皇子们从妒忌变为恼怒。多亏三福是外戚，不然还得了吗？皇上走后，校场上只剩下了皇子、皇戚们，连侍卫也跑去喝水了。

　　小小年纪的永璂嘻嘻着笑脸，悄问永彬道："阿哥，你敢报仇吗？"

　　"报什么仇？"

　　"他！"永璂一指正在继续拉弓弦的三福。

　　永彬即刻明白了，却道："手里拿的只是些个包鹿皮的假玩意儿，都没有葛行尖儿啊！打人都没有疼的。"

　　"又没叫你杀谁！"小永璂没那个胆。

　　"射他一箭，但不能打眼睛，打脖子也不好，还是你来吧。"永彬心说：真等娄子出来了，额娘那儿怎么交代？满身都是嘴，也躲不开罪过。

　　"那你不会只吓唬吓唬他？我这儿有从那个大个侍卫那儿拿来的真家伙。你看，羽毛上有色，葛行尖儿是精铜的。"永璂还是小，只觉得这很好玩。

　　"还是我的好，没娄子可捅。"永彬很得意箭囊内的几支"童子箭"，他摆开架势欲射。

"你那个葛行杀不了敌，只是瞎比画！"永瑆笑话着永彬几个。

"那我倒是能瞄他一下，书上说'无所事事，欲盖弥彰，含沙射影，势必逞强'！"永彬言罢持箭开弓，将精铜箭镞对准，并转向一座假山上的凉亭。而此时的永瑆也装上铜箭镞，学着他的样子，瞄来瞄去的。最后两人同时瞄向了他们的表弟——三福……但没想到的是永瑆正撒开腿往过跑，不料脚下被绊了一下，人还未倒呢，正好撞在他俩身上。永彬、永瑆被撞后，手中的弓弦上的精铜御箭竟然脱弓而去——"嗖"。只听对面三福突然"哦"了一声，遂脑袋朝下，一头折倒在地。与三福正站在一起的小公主也忽觉耳后一阵风声，然后便见三福一头栽倒，而自己也是屁股上一麻，再看三福的胳膊已然是鲜血淋淋，一支翎羽箭深深扎在上面，她顿时吓得一屁股坐在地上！她以为三福表兄已中箭而亡，又觉得屁股疼痛不堪，再伸手一摸，流血了！这鲜红的血令小公主受了惊，她"哇"的一声号啕大哭起来，边哭边指着这边的一群皇戚喊道："哪个混蛋？"她突然从地上爬起，抓起一把碎石渣，朝这边打过来。永瑆却奔过去，狠劲将还想再投石的十公主推了一个斜向的马趴。这下小公主更急了，呼天抢地哭喊道："你是因得混！玛善贼（满语，贼鸟）！"离此不远的小顺子连忙跑来扶她起来。

小公主连爬带哭好不易站起，一瘸一拐径直奔了别有洞天正殿。

"阿玛汗……出来！我要死啦！"

"别那么大声，您这儿等会儿不成吗？"小老公伏天正在殿前做值，即刻拦住她道。

"我不等！您就说小老十要死啦……"

"谁在外边这么嚷啊？"

手端茶盘的老公徐老春被这声音吓得扑通一下跪在了当地，道：

"禀万岁爷，十公主要见驾。"

皇上在殿内伸了个懒腰，道："哎哟，十姑奶奶吵觉来啦……给阿玛捶后背来的吧？"皇上的眉毛龙眼都露出笑模样来，他乐呵呵地将茶盅放下道，"什么就要死啦？"

"皇上叫您给捶背呢……哎哟哎，公主流血啦……"

"啊……"十公主哭声更大了。抹泪噘嘴儿的十公主双手挽旗袍，眼看着好不易抬起伤腿迈过高门槛进了殿门，不等站稳了身子，便"哇哇"地大声哭喊起来。

乾隆帝一见公主身上有血，顿觉不对："来人！传御医……"血必定是唬人的，帝王当然也不例外。

小公主仍在含混地诉说着好似数不尽的委屈，还道："阿哥还推了我一个大马趴……呜……我腿都磕了一个大青包……阿哥欺负我，他们胆大包了天了，还欺负三福表兄，阿玛汗给评评理吧……"她随即又拼命地哭喊起来。小公主哭哭啼啼的一副娇嗔模样，念念叨叨的，好似个满怀怨气的大人，时而清唱一番，时而又掺杂道白，磨磨唧唧、支支吾吾、咿咿呀呀的，不停地诉苦、抱怨。

乾隆帝是不断应着："嗯嗯，嗯？我看看……唔，还真是的，好，不哭不哭，你是阿玛的十宝贝儿是不是？"膝下儿女满堂，何不乐哉？说这话时，皇上随即又变成了暴怒！

小公主仍吐字不清地诉说道："他们欺负阿玛汗的姑奶奶……您得下旨打他们啊……"得，鼻涕、眼泪、哈喇子，在她的娇嫩小脸上被抹得纵横交错，全成了她嘴前的零食了……身旁还紧猫腰跟着的乳额嬷不停拿绢帕给小公主抹泪、擦鼻涕……"还有……"小公主终于说出来，"三福……也，流血啦……"

"阿森阿去看看！叫惹事的人都跪在那里！朕看看到底是谁！反啦不是？"

三福自小就愿与女孩珠子玩耍，从来是谦让友好，他的女人缘是与生带来的，谁叫公府内围着他转的都是些女子呢。现在呢，也算沾了女人缘的好处。小公主流着鲜血告御状，甚至一群皇戚也大多都没看清是怎么回事。敢情是十公主与三福同时中箭，原因是两位皇子向另一个阿哥"射箭"。

"你们还不如比你们小的十公主！她长了一副菩萨心肠。"皇上龙颜顿板，质问着皇子们道，"难道长了豺狼之心吗？谁在射人？"恼怒的皇上非要较出个真章儿不成，他龙声震耳欲聋，大吼道，"还不跪下！永瑆、永瑄你俩最小、最懂事，告诉阿玛，谁射人来着？"

"回禀阿玛汗，是他……他……他的……还有我……"

"都跪到西墙根儿去！混账！奎林、小尧子、三福子、小林子都是你们的嫡亲表兄弟，连亲人也要伤害，哪儿学的禽兽之心？牲畜还知相互谦让呢，懂吗？小顺子！"

"在呢！"小顺子忙不迭地一个前趴虎跪下。

"去前面铲些豆石，给他们放到波棱盖儿底下，叫他们也受受。"

此时已经不再哭的小公主伸手一指永彬："是九阿哥带的头……"

"阿玛汗，阿暖（满语，妹）没看清楚……我只射出了一块手……手帕。"永彬辩解道。这样的辩解很是有用，阿窦、阿暖们都还很小，都不懂得为自个儿辩解。

"手绢能伤人？胡诌！你也跪着去！身为皇子，如何表率？"很快，皇子们手中的"翎羽箭"都被阿森阿等侍卫们收上来。这种御制的箭是专给孩珠子玩的，葛行尖儿一端还捆上了几围的厚厚的鹿皮，但收上来的箭中却有几支露出了锋利的箭头。

"对前面那棵树来一箭试试！"皇上对身边一个御前侍卫说道。

箭带着"嗖"的一声呼哨飞向了前方一棵树，"啪嗒"打到树上后又弹回到了地上，但同时落地的还有一块被带下来的树皮！

"嗯？"皇上看着手中的树皮，道，"难怪呢，去拿捕制葛行的家伙！"这时蒙古郎中赶来，此时只见三福胳膊上血迹斑斑……皇上大怒，道，"太过歹毒了……阿森阿去拿家法来！"几个侍卫闻听撒腿奔了家法房子。

一见皇上眼睛圆瞪，再一听真要请家法打人了，三福这时才懂得什么叫害怕。自家阿玛打长兄一向是昏天黑地，皇上也许更厉害。他颤颤地言道："皇上姑爹，别打了，开恩算啦……"正被包扎箭伤的三福咧嘴忍疼求起了情。

"听听，啊？人家年纪小，却如此大度！不成，错了就得罚！朕是干什么的？是管天下公平的，遇见不公平的事，朕就得管！把箭都交上来看看！"

很快，侍卫将没收的一皮箱箭镞抬了过来。

"十公主给说说情吧，我真没事啊。"三福并不想看皇上打皇子。

"那不成！就得揍他们的屁股！"十公主趴在病架上毫不松口，她早哭肿了眼睛。

"那我往后不跟你玩啦！"三福抖落出最后一招。就听小公主"哇"的一声又哭喊起来。三福从女孩珠子那儿学的招真是管用。

皇上见此，只好无奈地摇摇头。他认为该用"豆石"垫在皇子们膝盖之下，狠狠惩罚他们。而常办这种事的小顺子自有办法应对，他将豆石上添撒了几捧黄土。他明白，站在不远处的嫔妃们最难招惹，而乾隆爷正着急立储哪，他要留个后手。

转眼之间，秋风落叶，寒冬降临，新年过去了。由于去年"八月十五云遮月"，势必今年"正月十五雪打灯"，十五日元宵夜的一场特大暴雪将京师覆盖。新春正月十九，三尺寒冰严封住六海子，白毛风连连逼仄京师，吹得京城内的索伦杆子吼吼乱叫。三福出得门来，实感天气寒冷，禁不住觉着冻手又冻脚，将自己胸前的水獭围毛围了个严实。滴水成冰的酷寒天，却见乾清门前老公们正在扫雪。一见大雪满地，皇子、皇戚们顿时兴趣陡涨，遂开始在雪地里跳跃奔跑起来。

帝师王尔烈言道："皇上恩准，今日你等可以去紫光阁一饱眼福，看看我大清天子是怎样款待咱蒙古亲家的。"

今日是"圆九"，是皇上对蒙古王公的年度赐宴，是王朝的盛事。蒙古人对"圆九"的说法，与满洲旧历年节的"九九加一九，耕牛遍地走"取意近似。"圆九"是满洲和蒙古共同的吉日良辰，只缘为：今时此日，在冰封雪冻的草原上，该是牛羊更换草场之关键时刻。因南方的草木已然发芽，须早将牛羊赶离旧处，好免除瘟疫的传播，所以，蒙、满、汉语言并一处便叫作"远走"。而牛羊的旅途则永远走的是一个能够画成圆的"途径"，自然称"圆九"了。"圆九"也是皇家御营——善扑营翼荣进紫光阁"揪捏毯子"的日子，为的是送别蒙古王公。"揪捏毯子"是表演、比试之意。

没多时，三福等人来至西苑南门。只见一身红红绿绿、金带缠身的善扑营人纷纷骑马进入西苑之内，看起来，他们这是要在紫光阁与侍卫们真正地拼斗一场了！

到底今日特别，紫光阁前早已是人声鼎沸。雪已被打扫得干干净净。在紫光阁两侧，早支满八旗的各色大帐。这帐要比蒙古包高大，是见方见正的军帐。暂作为立柱的杉篙也被装点成红底黄纹，并有龙蛇缠绕。两边各有四座大帐，象征着八旗满洲。正北的紫阁丹陛下的西侧是皇帝大帐，明黄底色，厚实华丽，顶上有红龙围绕，彩凤相陪，一圈卤簿仪仗金龙伞盖紧紧围绕着。对面的一蓝色大帐便是蒙古王宫的专帐。每个大帐前，都码放着矮腿长案，案上配置着酒盏、银盘、瓦锅、酒壶等器皿，已有很多的老公在那里擦拭了。在正中放着几个支好的巨大铁锅，只等将炖熟的整羊放进去了。另外还有支好的铁架，请来的回营佐领正给蒙古王公熏烤新鲜的生羊。

寅时过后，就见善扑营人各个身披斗篷，着"圆九"盛装，骑马"抢着"来拜紫光阁内卧碑。都说是，谁能抢在头几名，便自会有"武运"在身。在紫光阁大殿正中，卧有乾隆帝最新谕旨碑刻一通，碑的阴、阳两面刻有御文，同箭亭内卧碑一模一样，称"国语骑射"碑，也叫"勇武"碑。因满洲人最为笃信卧石之俯，所以石碑身躯俯卧，称卧碑，如山丘般敦厚，象征着永久、永远、永垂。卧碑上铭刻"诸戎求世德，宝训揭鸿文"。鉴于入关以后八旗子弟日尚浮华、喜文厌武，为继承骑射传统，皇太极在碑谕中一一告诫。乾隆帝对那一块镌刻着皇太极训言的"国语骑射"碑最有感触。见紫光阁殿外来了不少皇戚子弟，他想今日正好让这些孩珠子们见见世面。乾隆帝对礼官招手示意后，周围即刻没了声音。依照礼节，不仅皇上要俯首拜碑，下面一干要向碑跪拜。

礼官大声道："再跪……"

乾隆帝清清嗓子道："朕自登基以来……社稷安宁，国家富有，民渐丰腴，宜后世子孙……

"在此，朕意已决。在各校场均立山高水长御碑，以此告诫满洲官员及旗人，切不可忘记满洲民族语言，更不能荒废八旗满洲骑射、勤习武备等旧俗，这是大清国体立足中原之根本……今日借八蒙王公之宴，特发朕意……"

"杜乌拉！万岁！万万岁……"下面一片欢腾之声，八蒙王公、朝中百官、外围的皇戚子弟也热烈响应。三福肃穆紧张，顿起了一身鸡皮疙瘩，暗自许愿——"我得做英雄……"

乾隆帝很清醒，一旦骑射等武功荒废，可能导致大清很快灭亡。当日便分别在禁苑引见楼及侍卫教场（北海）、八旗教场（紫光阁）各立御碑。其中立于北海与圆明园的碑叫"训守冠服国语骑射碑"，即山高水长碑。自乾隆年间，这类象征着天朝武功的御碑，不论帝王将相、文武百官，见此碑必须下马步行。为时刻提醒满洲人不忘国语骑射的根本，碑上镌刻了先祖皇太极保持满洲国本的训令："俾我后世子孙臣庶咸知满洲旧制，敬谨遵循，学习骑射，娴熟国语，敦崇淳朴，屏去浮华。"而至紫光阁时，皇帝、亲王、文武百官必须在碑前躬身行礼。常有黄马褂侍卫站在此督劾百官。

三福若非与诸皇戚来至紫光阁，真真儿地遇见了此等极其好玩、好看又甚为新鲜的盛宴，也许永远都只是自己，而不一定能成为福康安。当他发现了比刀枪还棒的武艺——声名远扬的布库戏法时，即刻愕然："我的天，敢情布库戏法是这么厉害的功夫，能做到碰人就倒地，这到底该是些何等的武艺？"

又听礼官言道："入宴——蹉技……"

只见善扑营人身穿褡裢，蹦着鹞子步纷纷登场，来到中心的羊毛巨毯上开始比武……

礼官又道："皇上赐酒……"

蒙古王公们在皇上面前举起酒杯的样子实为可笑。他们酒量大得惊人，干脆端起了酒壶咕嘟嘟灌下，借着烧酒的劲儿，对善扑营人的打斗指手画脚，甚至还有人双臂振奋，鹰舞鹞飞地在原地蹦跳一番。在《中和大乐》声中，好一派混而不乱的热闹场景……

皇子们看完，一个个抱着热乎乎的烤羊腿，登上马轿欲回紫禁城时，三福却不想走，他非要看看善扑营人身上的水布褡裢到底是什么玩意儿。过去只听说旗人每年都会从都统衙门得到这些东西，但由于在皇宫久住，根本赶不上这样的好事。也难怪，在皇宫里的孩珠子们根本见不到普通旗兵的习武用具。他们只晓得，每月侍卫们都是"遇二、六则演"，包括二日、六日、十二日、十六日、二十六日。每逢六时，即会在上驷院与太医院中间一块地方掘土比试武技，而宫中侍卫皆自善扑营而来。皇子们也只能闻其踪，却见不到他们间的较量。而皇子最大的战场多是在南书房外，他们用水布包裹棉花后将木刀木枪包起来，在御前侍卫的看护下，相互打斗，但只许打前胸、胳膊腿。可未等到人长大，当诸人的身份逐渐暴露出来后，这种"打斗"便逐渐消失了。谁敢用沾了白灰的木刀、木矛、木枪去捅皇子？谁知道明天哪个会成为三殿君王？

过后，三福便动了去善扑营学布库的心思。额娘却说家中学武更为方便。三福问："有人相互缠斗吗？"

"缠斗？"额娘实在不懂这缠斗究竟何意。一想到打架，额娘急道："你可千万别学那些个黄带子，动不动就在四九城内叫板拔份儿的，打起架不要命的。这可是犯忤的事啊，会触犯大清王法的。而打胜的后生们大都躲不开吃官司，蹲篱笆圈子。"待三福给她讲明后，额娘这才笑起来，道，"这算什么？家里有的是包衣世家的'家生儿子'，尽管不是满人，但都像咱家亲的己的，你阿玛早给了人家自由权，不都可以拿来练吗？将来反正也要进旗营当兵，不是也该练一些武艺吗？"身为福晋的额娘觉得自己已说得很明白了，心说摔坏了谁都白摔，包衣就是伺候咱们的。可是三福听了不乐意了，又问额娘："那我怎么回家呢？难道我见天见得私自偷着回家？若皇上知道岂不糟糕啦？"

额娘一听怵了头，道："这倒是，总不能背着皇上吧。"叶赫那拉氏可没胆子去找万岁爷。若去善扑营转转瞅瞅，她倒还敢。东营在大佛寺北的力巴儿营，距西营稍远，西营在西四报子胡同。胡同里有座双关帝庙，对面胡同里还有座当街庙（旃檀寺）。她阿玛曾做过那儿的署戈尔达（翼长）。别看善扑营不大，却是属内府管辖的皇家翼营。善扑营是神秘莫测之地，皇上出行都须由善扑营随扈。旗人虽然都有做官的机会，但做侍卫最后还要由皇上的御允。侍卫的荣耀令三福与所有孩珠子一样，总会唱老年间传唱的那首童谚，"着靰鞡，系彩绳，帽上落个金飞萤，穿高靴，顶凤翎，腰里还系着金蟒绳"，这善扑营人的打扮，照样稀罕得要命，每年都要发好几套像样的官衣呢。

欲知三福能否去学布库戏法，请看下文分解。

第十七章
众帝师惧鼠　福康安迷途

去善扑营历练的念头使得三福数夜不眠。清早，三福一见帝师王尔烈，先是请安，后说道："王师傅，我要去善扑营。"

帝师王尔烈一见三福双目赤红，似是一夜未合眼的样子，不禁哑然而笑道："您这小孩珠子真要学武吗？"显然王师傅根本不信他。

"我想做英雄，所以想中断读书……"他说得很中肯，似有满腔的顾虑，弄得王尔烈疑心重重。

王尔烈紧盯住三福那低垂眼皮的白净脸孔，久经思索后才言道："这个……老夫怎敢去冒犯天颜？去圣上那里找罪受呢？弄不好我会前功尽弃，丢官弃业，有家难回喽。"他心说：我可是老实巴交在此为生的，若非身受浩荡皇恩，哪有这一身披银顶金的高官补服，哪敢因你去上禀？拉倒吧你，分明没事找事，哼，纯粹是"吃饱了撑的——闲的无事啊"。

见王师傅转身要走，三福突然拉住他马蹄袖，双腿跪将下来，倒弄得老王有些局促，谁敢受这些皇亲国戚的跪礼。他连说道："哎哎，使不得啊，你先说说为何要去，叫我听听，好不好？"

"弟子想去善扑营……历练习武，您给出个主意吧。"

"哦……"王尔烈心内寻思，大清国倡导武功，提倡"国语骑射"，这三福可是心有"鸿鹄之志"啊。他支吾起来，好半时才道：

"阿哥所这儿不是也有练功场地吗？你是皇亲贵胄，善扑营可不是你去的地方，那儿的人可谓是粗鲁有余、野蛮混淆，一个个似笨牛莽汉一般，只懂得使蛮力、逞威风，总在打斗，不止无休，相互间从来一张嘴就离不开哪个、哪个亲额娘八辈儿祖宗的……据说到了晚间，随便一人的呼噜声便如地动山摇一般，会吵得隔墙的四邻皆不安也。"

与所有帝师一样，他向来是胆怯为官的，只有胆子小，才能老实奉公。尽管皇上常会叫帝师们日夜陪侍御前，看似朝廷给了他们莫大权力，但随便哪个皇子给他们告上一状，都会使他们至少要三日入夜难寐，因此王尔烈惧怕的东西太多了。俗话说，"耗子胆儿的帝师比不过胆大如斗的御厨"，御厨可以左右皇上的吃喝，但帝师却不敢妄自张狂。他自叹：为帝师的胆量是小得不能再小，也许还不如耗子。

至此，咱就顺便说说帝师住所闹耗子的事情吧。

紫禁城的宫殿群，几百年前奠基在大元时期。以断虹桥以北的十八棵古槐为例，传言这些树是忽必烈亲手所栽，是永远护卫皇宫的十八罗汉的真身所化。它们的年龄便是极老的说明。常言道，老宅子里都有活物，先不说那些大仙儿类的，如刺猬、黄鼠狼、蛇、蝎、檐末虎、乌鸦等。只是这神通广大的耗子便能将帝师们的胆子吓破，足以使他们战战兢兢、噤若寒蝉、不知所措。"京城的耗子比猫大"，帝师最确信无疑。帝师在朝中是高官，多在禁苑居住，吃喝不愁、优渥无比。他们在宫中的住所往往是在皇上的庑殿或耳房，当有了带皇子读书的事由之后，大多帝师便随皇子在圆明园的书馆内居住。为使帝师能有静僻的下处，皇上专为帝师找了适合他们的寓所，在最大买卖街——同乐园与长春园的后身，好省去帝师的长年孤寂，并安排护军把守。但即便是安静安逸，却正是帝师最害怕的地方。

北京人口中所说的耗子即老鼠。它们体形有大有小，种类繁多，且繁殖速度极快，生命力极强。它们什么都能吃，绝不择食，在任何地方都能存活。它们本领居高，会打洞、爬树、跋山、涉水。耗子因糟蹋粮食而一直受人的痛击，但却是打而不绝。鼠之所以被称为"老"，是因它们的存在时间也许超过人类。历朝历代都有耗子成精的传说与传奇。传说耗子多以吃油腥来延长寿命，民谚便有"小耗子，上灯台，偷油吃，下不来，鼓着肚子待天白，叽里咕噜滚下来"。

中国古代，盖房建殿多以土、木、瓦为材料，所以，凡在人居住的家宅之内就必定有耗子。这些耗子亦被称为家鼠，颜色极似"家仓"（麻雀），都是灰不溜秋的，后背有一道黑斑。每当夜深人静、万籁无声之时，便是耗子的天下。即便天上有飞来飞去的夜猫子值守、鸣啸、捉蚊捕蜢，但不论在禁苑或是紫禁城内还是有数不清的、成群结队的耗子在夜间四处寻找食物。即便耗子吃得饱饱的，也一样要不停磨牙，因它的牙齿总不断生长，快得胜过狗的獠牙。在民间可以私自埋下鼠夹，杀灭耗子，可在皇苑宫廷内却禁止杀生。每当民间大量捕鼠的季节，那些成精的耗子王便会率鼠族转移到皇苑内躲避。这是钦天监算出来的，而事实也正是如此。

每当帝师们睡下时，耗子便开始闹腾起来。圆明园外多是荒郊野岭、寒水孤山，这时，凭借着月色，成群的大小耗子便会一拥而入，跑至这里来安家落户。再者，因禁苑内的殿堂与房屋皆是"冬暖夏凉"，因而只要是有空隙耗子便能随意出入。御膳房每日扔掉的残渣剩饭，不只成了猪食，大多还会成为耗子的美餐。所有的生命，只要有基本生存的保障，自会是繁衍不尽。耗子们也有犯糊涂的时候，常会关顾有人的场所，不论该处有无吃食。乾隆帝御笔挥洒，御准由洋人们设计、参建的西洋楼竣工之后，原本的要求是不能与其他的宫殿一样，夜间耗子成灾，所以在用三合土地基的配置上，比一般地基更加结实坚固，形同钢打铁筑一般。但夜间的护军与侍卫却发现，西洋楼周围的耗子们在夜深人静之时竟会成群结队大大方方、堂而皇之地走入正门。它们见人不躲不避，也许认为谁也不碍谁的事。这些耗子来此光顾，多是因蒙古吃食中的甜食与奶酪。于是，大清宫廷内的豢猫之风再度兴起，几乎在所有宫殿群落中都养起了家猫。老公养猫，无论大小，或凶或柔，自会避鼠，鼠猫之间，猫当胜出。可帝师们住的不是宫殿，也不敢因闹耗子而上禀天庭。于是，涵养得体的帝师们凑在一起商量出的办法就是忍耐，他们觉得只要忍耐下去，耗子自会灭绝。养起家猫来的圆明园与紫禁城很快受益，但帝师们却因为不养猫遭了大殃。一时间，被众多家猫追得无处可逃的耗子们都躲进了不养猫的帝师居房。

帝师们死要面子活受罪不说，还有些懒惰。到头来，仍不想养猫来抵御耗子的侵扰。而在此居住的老公与宫女们反倒是早早便找到内务府管事，诉说闹耗子的事，于是内府很快购买幼猫，渐渐解决了宫女、老公居所的鼠患。但帝师们不成，尽管有内府人来问寻耗子是否成灾，帝师们却不道出实情。他们的失寐模样早被内府人看出来。但内府人认为您不着急，我又奈何？有的帝师竟视鼠为神灵，将食物专门给耗子享用。因帝师们的忍让、错判、失误，结果，老少耗子们是越闹越有道理。由于帝师总给好吃的，于是乎，帝师所俨然成了耗子的天堂。到了夜间，走巡的侍卫、护军们总能发觉帝师所彻夜不息地亮着烛光，他们开始都以为是帝师们辛苦，挑灯夜读，研究孔孟之伦理呢，当然不敢打搅，但最后还是发觉，帝师如果不是困得睁不开眼都会干熬一宿，因为耗子已不只在地上横行霸道了，都坦然地将巢穴搬到床铺上了，所以帝师们根本不敢睡觉呢。而还在坚持带头，决不敢打搅圣上的便是帝师王尔烈。说"奏本于国事""驱鼠乃宅私"，他这么一定调，耗子能不成灾吗？所以，帝师便在"京城的耗子比猫大"后边又加上了一句"禁苑的帝师养硕鼠"。

夜夜不可寐，白日难忍耐，帝师最为窘，鼠患无人问。一位帝师只好借别人的字体，匿名将此事报予了皇上，这才由内务府派人养猫完事。但帝师们竟然是忍耐了将近三年，这三年来，因此病倒的帝师不胜枚举。当内务府去帝师居所堵塞鼠洞时，竟发觉帝师们为了不被骚扰，都曾轮流值班，动用铁铲、锄镐等恫吓耗子，有的人竟然设起来五鼠的佛龛日日祭拜，伺候耗子们的食盆子也摆满居所，令去修缮的工匠啼笑皆非。

　　三伏天时，宫廷内便放假避暑。渐渐长大的三福终于盼到回家住些时日了。他先是要和皇子们依依惜别，从来不在乎人走人去的皇子们竟也是依依不舍，都想着要送他些什么"玩意儿"才好。送什么呢？一个个绞尽了脑汁儿。

　　永瑎先带头，从怀里掏出了蛐蛐罐递给三福。可三福不要，他最好的习惯即是不是自己的不要。三福说："你待见蛐蛐就留着吧。"

　　旁边的永彬看得很是眼热。永彬已与永瑎索要了很长时间，就是没戏。他道："咱俩换换得了……"

　　"不换！我这是青头麻背，而你那是'棺材板儿'？"

　　"你们这都是哪来的？"三福有些奇怪。

　　永瑎趴在三福耳朵边轻声道："都是老公给的。"

　　"你知道'棺材板儿'？"

　　"那是，我要用'唠咪'，还能臭你的蛐蛐嘴呢？"

　　"谁用臭'唠咪'掐架？那副臭牙是要毁了蛐蛐的。"

　　"那你干吗用油葫芦跟我逗闷子？打算忽悠我吗？"

　　"哈哈！""嘻嘻……"众皇子不约而同地笑了起来。

　　"吁……"老黄头一声吆喝，驾辕的骡子步子慢了。没等车停下，三福就哧溜下了马轿，等老黄头四处踅摸他时，他早钻进了公府。

　　把守阿斯门的护卫笑着告诉老黄头："早进去了！""那你俩不早说？找我拧你们哪？"老黄头假装要抄起阿斯门前两翼摆放的十八般兵器打人。几个护卫自是与他逗个没完没了的，言道："早说了您不就没急着了啦？"几人哈哈大笑起来。老黄头伸手去揪一个护卫的辫子，被他用手挡住，闪身躲了开来。公爵府的护卫与王府的不同。王府是由皇上派侍卫护府看院或随行，而公爵府却是由公爵爷在包衣中选拔部分护卫，朝廷只给予俸银。所以这些护卫都是老黄头看着长起来的，都是晚辈。而他儿子小梳子从来都是三福的尾巴，现在便闹着要做护卫来看门。

第二天清早，家里福晋都在等三福用早膳的时候，便找不着人了。怎会人没了呢？这可叫整个公府"土地爷头上长草——慌了神"了。他能钻哪儿去呢？其实他早早地起来，揣好吃食，便偷偷从南门猫腰溜了出去。没多久，他就小跑着，来到了离家不远的大佛寺后身的善扑营东营。小孩珠子哪管大人急与不急。此时三福在东营门口探头探脑，正往里观看。

善扑营东营的左格尔达赫利呼是蒙古人，最喜欢小孩珠子，一见三福探头探脑的，就问身边的阿斯玛道："碑儿头，打哪来的个小小子？大街上捡来的？"

"若捡来的还不错呢，是自己找上门非要学布库戏法，哈哈，裤裆里毛还没长齐呢……"扑户 ① 碑儿头边笑边说道。

"哎，过来！"赫利呼叫三福。

"干吗？"三福只顾看远处扑户在那儿抖杠子了，回头看了看他。

"这个小小子，细皮嫩肉的。"左格尔达赫利呼虽有三个妻妾，却是个绝户，所以最喜欢小孩珠子。他一见孩珠子就会一眼不眨地盯住。

"新来的那几个它细密 ② 怎么样？"

"都犟着呢！跟着踢木杆子呢。我叫他们，都是爱搭不理。我非得叫他们知道做它细密就先得做孙子，何时孙子当得冒火的时候，就出息了。"

---

① 善扑营人的俗称。

② 满语，无等见习的候等人。

"找茬儿挤对他吧？"

"哼，不挤对他，那我挤对谁去呀？出去他可就不是郎卫了。"

"您这么恨铁成钢，总归不好啊！"

"有什么不好的，若不是块钢铁，一上沙场还不马上嘣儿屁？"

他俩说话时，三福溜进大门，满院撒欢儿了。而赫利呼还在与碑儿头念叨新来扑户的事。"他说啦，原来这善扑营都是吃出来的壮士，这不是骂大街吗？"

"哎？左格尔达，您这可是真冤枉他了。我徒弟他不敢！"

"这可是我亲耳听到的。您不信问问老几位去？"

"嗯？真的？您不会是收了谁的好处吧？"

"您这话怎么说的？我能吗我？咱爷俩谁不知道谁？咱俩可是尿尿和泥放屁一起蹦坑啊。那这小子怎么说的呢，该着是这小子还自己认头了呢？走，跟我问问去！"

"嗨嗨嗨……你可别在我这儿假装疯魔啊，我在善扑营十好几年，从它细密熬成一等，眼里可没揉过沙子，你可别灭了我的名声啊。咱旗兄在正事上可得一是一，二是二啊。"

大厨子见赫利呼要了那么多的菜便问道："家里来且（方言，客人）啦？"

"哪儿啊，这不是多了个小兔崽子吗？到这儿玩来的。喂！小羔子过来！管你饱！"

三福一见招呼便跑过来，狼吞虎咽地吃了烙饼夹猪头肉。

"好吃吗？给咱当儿子吧？"

三福一愣，道："干儿子行！"

胖大高粗的左格尔达赫利呼乐了："干儿子也是儿子啊，哈哈，老子有儿子啦……"

晌午这顿饭，三福在善扑营东营内吃饱了。还没多久，营中谁都以为他是赫利呼的孩珠子了。旗人的孩珠子从服饰上一眼就能看出，反正就住在皇城里外，是谁的也不打紧。叫赫利呼奇怪的是，三福一会儿便不见了踪影。三福从东营出来，又奔了西四报子胡同的西营。他自个儿觉着还没逛够呢，天可就到了酉时了，老爷儿也奔了西，眼看快要落山了。他寻思家里额娘肯定到处找他，便害怕起来。他刚进西安门就迷失了方向。京城的胡同与房子几乎长得一模一样，别说小孩珠子转向，换上大人也照样迷糊。天擦黑儿时，他才觉得找不着家了，便蹲在那里，想等个人问问路。这时也巧，前面一辆马轿哒哒哒地溜达过来。天下历来是，孩珠子的眼睛里只有孩珠子，一点儿不假，车下的孩珠子还没看清车上，而车上阿颜觉罗家的小姑奶奶却一眼便看到在地上哆哆嗦嗦的三福，她赶紧喊车把式："包伯！快停下！"

欲知三福能否回家，请看下文分解。

　　只听"哧"的一声，马轿拉闸停在三福身边。车上这位正是住在傅恒公爵府南门外斜对门、阿颜觉罗家刚满八岁的小姑奶奶。姑奶奶的名字虽然只是乳号，但天生起的就是藏枪带刀的，叫"茅茧儿"，用兵器味儿能纂出来"矛箭"二字，要不就是"毛尖"，尽管满语是"荷叶"之意。那也罢了，自己改作"毛姐"吧。她平日见的同龄人少之又少，所以看见面前这个白生生的小小子，就像遇到好朋友一般，即刻想与他玩儿在一处。她先说话了："听大姑奶奶问你，你在这儿跟谁玩呢？"因她抱有一堆五颜六色的"抓棍儿"与"抓子儿"，实在没人与她摆弄，所以再问的是："你会玩'抓货'吗？"

　　三福当然不想弄清她手里的玩意儿，只开口便道："小姑奶奶，我找不着家了……"

　　"够笨的你！一看就是个大笨蛋！可是，我要是自个儿出门也够呛……"

　　"我可不笨，我家有好多姑奶奶，您帮我找着家，她们都会跟您玩，这行不？"

　　"真的？那你可不兴和大姑奶奶说瞎话！'睁眼说瞎话，天生是傻子！'"

　　"满洲人言而必信！这才'赛文'！自称大姑奶奶，您又是谁？"

"我？你敢说不认识我？"其实她知道自己还幼小，谁也不认识她，但她还是撅嘴说，"你怎会不认识我？这一片的人都认识我大姑奶奶！是吧包伯？你是满洲人？我也是。你家额娘不见了你，一定着急！上次找不到我，额娘就哭了，我阿玛也跟她急赤白脸叫唤!"

"是，小姑奶……"三福此时想的是巴图鲁有泪不轻弹，他可记得牢牢的。

"是大姑奶奶！"她强调并纠正道。

见她有点蛮横，三福不再理她，随后眼巴巴地望着即将黑的天上。现在的他又冷又饿，缩缩脖子道："我姓富察，我住在公爵府里……"他真怕小姑奶撇下他，自己走了。

"包伯知道公爵府在哪儿吗？"

"就在咱家的斜对面啊。"

"噢，敢情是你家到我家门口占地来啦！好吧，快上车吧！"大姑奶奶爽快至极，包伯一伸手将三福抱上车。没一会儿车停到公爵府南门口。虽然天已黑，但大姑奶奶却非要进公府去玩。包伯只好同自家门子打了招呼。正好她阿玛明山不在家，额娘就由了大姑奶奶使性子，随她去公府内靠南的档房后的居所，那里有的是丫环、妈子和许多女孩珠子。公府内人见丢了一整天的三福被送归时，发出了一片哭声，几位阿芸（满语，姐）哭得上气不接下气，尤其是老黄头，一直在被大家质问，若不是都在那儿盯着他，他早被挤对得跑到凉亭上，拿根绳子憋好了寻死呢。多亏把守东门的护卫证实，马轿回来时，三福是下车跑进门的。而次日清早，也有人看见他去了南门。虚惊一场！有惊无祸。家人见三福平安无事，公府内才算安静下来。而又听说是这个年纪不大的姑奶奶将其送归的，俩福晋干脆就将她当成救命菩萨了，叫了嫡生或庶生的姊妹们，众星捧月一般，将小姑娘围在正当中。毛姐一见有这么多的人哄她玩耍，就疯玩起来。不论是打帕斯、玩变绳，还是抓棍儿、抓子儿、格列哈，她都过足了玩瘾，饿了自有人端来酸梨膏、绿豆糕喂她，她可是美得不得了，一下就玩到了子夜钟响之时。公府外面不远处寺庙的大钟一敲，玩累的小姑奶奶困得连眼睛都睁不开时才依依不舍地让陪着她的额嬷给背回了家。本想送她的三福，由于身边站了好几个阿芸，谁也不叫他去送。就听小姑奶奶说："三福我明天再来啊……"

老黄头张口就道："您来吧，只要是您看好三福，怎么都成啊！"他总算是谢天谢地，感恩不尽，若真上了吊，他膝下的一群小人可是怎么活呢？可他儿子小梳子却说："你是女的干吗要找男的玩？"

公府斜对门住着的不是一般人。皇城不是谁都能住的。对面门里住的是觉罗世家，职封不入八分辅国公明山。而他的老闺女——阿颜觉罗家的大姑奶奶毛姐算得上真正是姑奶奶。她阿玛说她原本是个男儿。雍正时，就因明山在秋狝露营时喝酒闹炸，擅闯了皇围子，受了责罚，她额娘心生畏忌，这才生生把她从男孩珠子给吓唬成一个女孩珠子。尽管是上面有三个阿芸，可算卦的总说"仙女太多了，也是挡驾的业障"，所以明山的嫡、侧福晋都被他说成是太没本事，这才没能生个正宗男孩珠子。因此，在明山吃饭的时候，福晋等女主谁也不能上桌陪着，只有几个姑奶奶倒是能上座。而也怪了，几个阿芸都长的是粗糙男相，唯独这个老丫头，倒长得特别俊雅美貌。老阿玛在酒桌上不止一次说过："要不是你那个小模小样，老子早把你给撇了。看你那几个阿芸，好不易弄个选秀的牌份，还没到三选呢，就被打发了回来，要是不磕碜，能这么惨吗！"几个阿芸听后，常是扭脸调腔转身就走，早巴不得躲开他呢。而会哄人的自是这位大姑奶奶了。先是说"女子无才便是德"，不得罪姐姐，再又说"玉皇的身后不出嫁仙女最多"，叫明山听了直呼"过瘾，过瘾，还是我姑奶会说话"。

因身后无子，已是一脸沧桑有加的明山向来也不将她当作女儿对待。更新鲜的是，还要叫她生生冒充男的，只叫她与附近的几个佐领的子弟在泥里、水里滚来滚去的，没丁点儿女孩珠子的做派，竟然叫她学那一位传说里的花木兰，寻死觅活地叫她剃头缠辫子，冒充男孩珠子，还读起了本旗翼学。这才给她起了一个名分，叫作"骨郎"，满语意为当家人的意思，但谁知这一来二去的还是被她给改成"姑奶奶"，又加了一个大字，叫成了大姑奶奶。要倒腾起故话来，明山的阿颜家本就是红带子中的皇亲嫡族，至少是从老辈儿皇室的参天大树中分出来的枝杈。所以，他死活教姑奶奶做个有规矩的人，尽管他连新、老满文也认不全几个，可谁叫老天不给他个男孩珠子，一个劲儿造出七个丫头片子。

明山身为武官，目睹了无数个王公大臣从高处摔下来。更甭说这眼前还有多少家像明珠家样的已然倒霉成忤逆之家族，多还在倒霉的堆里窝着呢不是？直到现在，也没能力自个儿爬起来。有"一人得道鸡犬升天"的说法，肯定就有"一人忤逆后代遭殃"的老话。凭自己站起来？想得可是美。还好的是，他的家族得天独厚，从龙时有过武夫为将，进关后有过"成文的瓦喜人吉"（指族中有女为皇妾）。没有什么大过节儿，当然就是平安无事。就因人人都系着一条大红的绸布腰带，有着觉罗身份，但没有更近的渊源。说王朝不惦记他们吧，倒是给足了他们衣食住行的银两与农庄，说皇上真的重视他们吧，又只给他们两条可以出人头地的道：一条是参加武科的核考，再一条就是家族中的女子再度攀上皇族高枝儿，哪怕是坐在皇后以下的任何一格子里，照样也是新贵。明山不是不知道公爵府里面有的是男、女孩珠子，越是知道才越是烦恼呢。人家富察家是如何造就的呢，要男有男，要女有女，他妒忌至极了富察一家，干脆就不叫大姑奶进那个大门。明山自我感觉是，既不死也不活地生在着，北京话叫"秧活着"——这就是觉罗家族的现状。

清时，觉罗世家中若没有做时下大员的人物，大多都是默默无闻。明山的祖上混了天混了地总算是有这么一块"国公"的牌子，但令人着急的是，明山家中的男儿总是夭折不断，女儿倒像是京城的榆树一样，一个接一个不断产下来数不清的"榆钱儿"。而等到这第七位姑奶奶降生时，明山干脆连屋都不进去了，站在院子里只是喊了一句"老天爷要灭我阿颜明山喽"……喊完之后，他不仅顺势就在院里面一坐就是半天，还抽起蒉巴苟没结没完，再不停地喝起来高粱白，他真失望了。接近五十岁，他盼子盼得是眼也花了，耳也聋了，尽管是一个劲儿地在娶小的福其嘿。他一沾酒便会说就盼着早早地进"葫芦屋"[①]里住去了，反正是五十大寿已过，上好木料的寿材早就备妥。可从心里就是不甘心，不定哪一天，就这么"嗝儿屁着凉——成了大海塘（指无主野泡子，说干就干了）"。实在不甘心啊。但也有想不到的好事，前一阵子乾隆爷降下恩典，叫他顶了辽东提督的美缺。"嗯？哈哈，难道说我这是托龙女的福气？哈哈，哈哈哈……"从此，他更将姑奶奶当作阿哥养着了，命中注定是男儿，谁叫她生时候，"送子娘娘"不经心呢，可没少烧香啊，哎……

结果，先是老阿玛绝望了。她刚长至六岁时，玛法一翻白眼，溘然而去后，姑奶奶便立志拿自己当作一个男孩珠子，做起事来越糙越好。她想得本来很好，但并非那么回事。身子长高，花蕾自开，围胸系臀时候一到，还是女的。这叫她很为烦恼，时值八岁，声音怎么也不像男的。

老旗人本有父传子辈的口传子弟书由军中男儿不断传唱。也曾有过"白莲教"的《女书》，被当朝视为洪水猛兽，禁止流传。但满洲教育女子，多借用《女儿经》。额娘只好去求教翼学先生。而当先生将一本不厚不薄的《女儿经》交给额娘后，大姑奶奶倒是过目成诵，几天即会背了。那都是些什么呀？没人时候她边唱念边道："女儿经，仔细听，早早起，出闺门，烧茶汤，敬双亲，勤梳洗，爱干净，学针

---

① 满洲人自创的模样酷似葫芦形状的棺材。

线，莫懒身，父母骂，莫作声，哥嫂前，请教训，火烛事，要小心，穿衣裳，旧如新，做茶饭，要洁净，凡笑语，莫高声，出嫁后，公姑敬，丈夫穷，莫生嗔，夫子贵，莫骄矜，出仕日，劝清政……"

每次背到这儿时，她心中禁不住要问：非出嫁不可吗？真嫁出去，自己岂不成了奴才阿哈啦？兴许连包衣都不如呀。此时，她会将书一使劲儿撇到哪儿就算是哪儿了……

往往她心里是越盘算越有气！这叫什么酸经？哦，早起也是我，做饭也是我，骂我还不能吭声？咱也没哥嫂啊，还得穿旧衣裳，连笑也不能大声？男人没本事，也记我账上？好不易男人真做了官，我还要劝他什么乱七带八糟的？她怒了几次后，再不想读了。最后一次读完，便将书狠狠地撇在地上，拿脚巴丫子去踩，去尽情地踩躏，只将身边养的狸猫吓得到处躲避。踩完了，忽听门外有人喊。于是，有些害怕的姑奶奶再将已经稀烂的书一脚踢到一个犄角处。她知道，阿玛再惯她，也容不下她这个样子。她不禁从心底冒出一句话来："这世道啊！男人想干吗就干吗，可大姑奶奶我怎就不成呢？"作为男人，天生就该练习武功，至于将来打不打仗，倒不必去寻思。幸好兵器只有阿玛的一柄刀，大姑奶奶一长大不打紧，额娘再不敢请人教授，只好站在阿玛身后，生生地钻磨了……想到此，看看被踩烂的书，下面字可还多着呢。早早晚晚地要真遇到上门女婿呢？定给他打跑了算完！姑奶奶想至此禁不住高兴起来，发出一阵哈哈的大笑声！

渐渐长大的毛姐惧怕早嫁了，而早嫁便是旗人女子做奴之时。想至此，她暗自喊起苦来。旗下事真是太麻烦了，真是老话说的"是旗人就得麻烦，不麻烦不叫旗人"。满洲女儿十周岁之前必须学会女红，什么帽、袜、兜、褂、领、围、身、甲的，就连靰鞡底子，也得靠自己缝制。都说乾隆爷的皇后总要带头做女红……真格的一个大清国，全是女人在忙活。而一个多月过去，她也没缝好一只像样的荷包。额娘说要拿这作定亲的信物送到男人手里的。她赌气像扔书一样，将荷包撇到被窝垛上，撒泼般坐在了地上，又看到自己那一双大脚巴丫子……

旗人没有裹脚成莲的习俗，即便在关外时也从不遵从旧明规矩，不仅满洲女子是天足一双，蒙古、汉军旗女也都是天足。毛姐想起一段满洲谚谣，一念顿觉开心，竟然仰面朝天又哈哈大笑一阵，将所有烦恼忘掉。她怀里抱的大狸猫吓得即刻逃到被窝垛上头去……毛姐爱唱的是满族姑奶奶世代留下的子弟书：

> 汉家女小脚追不上车，
> 姑奶奶撒丫子蹦山坡，
> 人家干仗是用嘴吵，
> 格格翻脸捭面棍戳！
> 您若想真心干到底，
> 姑奶咱就抄杆阿虎阿（矛）！
> 大姑奶奶的脾气大，
> 大脚巴丫子圄翘乍。
> 遇着一品不行礼儿，
> 见着皇后喊姑爸爸，
> 皇上最大小民最小，
> 姑奶奶向来不续窝……

听听，满洲女子的性情使然，若在关外打狼，也得有女人掺和。可现在她自感道："真活得好没劲儿啊。"于是，她照猫画虎地跟随阿玛学了一套套的刀法枪法，一天天地练下去后，倒成了一个没挂名的旗兵了。

公爵府的大建倒给了三福玩的时机。若非在冥冥之中认识了毛姐，脾气好极了的三福还真不知道这玩法已超出了府外。他喜欢毛姐，俩人也开始摽在一处，形影不离了。毛姐会什么，他就学什么，他能将鸡毛毽子踢出花来，甚至超过了毛姐。老话说"青梅对竹马，早晚俩芳华"。当三福的喜欢劲儿上来时，毛姐偏就变成天仙一般，竟然对三福百依百顺，只听三福一人的话。这叫明山也大觉蹊跷。这可真是"各色姑爷遇到各色姑奶奶——全各色到一块了"，他俩是"王八看绿豆子——对上眼力见儿了"。毛姐犯脾气时，会将手中抓棍儿扔得满处都是，张嘴就骂"混蛋"。就这样的脾气，谁受得了？就算是三福扛得住，阿玛怎么办？额娘呢？还有那几个额媜呢？那几位谁不是姑奶奶？得，周围人这么一说不打紧，三福不由得倒吸一口冷气。自个儿怎就没想到这些呢？嗯，看来自己嫩得经不住风吹。

而毛姐最高兴的就是叫三福给皇太后带去了青棒子（苞谷）。她竟在屋内种出了苞米，只这一绝招，难住了内宫的花匠。十冬腊月天，姑奶奶给皇太后贡上清一水的嫩棒子，皇上问花匠道："你们谁还能种？"

毛姐美滋滋地问三福道："您没说我是谁吗？"

"我说这是……我萨里甘……"三福是想气气毛姐。

"呸！还福其嘿呢！"毛姐呸着，不等三福擦脸上吐沫就瞪着双眼道，"想做姑老爷？没戏……"

"不做就算了，干吗'矬老婆高声'？"

"矬吗？我比你不矮一点。"

"连您字都不说啦？"三福觉得没了念想。

"说您就更是没戏！呸！呸……"

一晃几年光景，俩人熟得不能再熟，毛姐跑遍了公府内的犄角旮旯。毛姐总会问三福："我好吗？"她最想听的当然是好了。

三福说："只要你跟我玩，就好。"

"咱怎么好啦？"毛姐最爱听人夸她，还要讨问个究竟所以然。

"那天你帮我回了家。"三福心说，但凡我能自己找着家，谁还叫你帮呢。

"我就这一个好?"毛姐不甘心。

为还能继续玩下去,三福道:"有好多个好。"

毛姐总说:"看我好,你就得娶我。"

"行,一会儿就找额娘说去。"三福心说,过家家儿时常娶她做萨里甘。可人还不大的三福哪里懂娶萨里甘的含义呢。

"说不得!"毛姐觉得臊得慌,"你只能对我一人说。"

"不能说?那就不说,我只娶你,这还不成?"三福心里寻思着:怎样才能够把毛姐娶到家中呢?对,找额娘泡蘑菇去。我豁出去了,忤逆完了再认错,行不?他本是个愣小子,尽管书读了不少,可一个毛姐叫三福在紫禁城内一天也待不下去了,他老想着回去见毛姐,还要琢磨点玩意儿送她。他哪知道,女孩珠子是"上足肥的苞米棒子——熟得老早"……

欲知后事如何,请看下文分解。

第十九章
公爵柔克铁　国公口心服

　　但凡土木之工，不可擅动。皇上给傅恒拨了数万银两，府内人喜气盈天的，都盼完工的吉日呢。而只是东面的阿斯门才刚有模样，能看出是皇赐之第，但比起公主府、额驸府、贝子府来说，简直像"穷庙一样——照样没香火"。院北侧刚开始筹建房屋。靠南面的一片外院呢，照样能随意遛马，谁也不管府不府院不院的，这则是傅恒最头疼的事了。最是这阿罗约家的明山公大人。别看不入八分辅国公明山与傅恒两家鸡犬相闻，却不曾往来。但自打毛姐进公府来玩耍以后，公府的南门内便成为公地了。附近的旗邻都会说一段明山公带头说的顺口溜，那便是：何来公爵府？全是游玩处，只要咱乐意，满地鹰捉兔。这话久而久之便发了酵。旗邻甚至把冬日柴草——西山的黑柴米（煤块）也堆到外院来。甭管是长子多罗额驸福灵安，还是次子和硕额驸福隆安，几次要整理一下，都被傅恒阻拦住……但这一回傅恒可要狠下心来修缮新府了。

　　公爵府占地广阔，之前还有一个古称——沙滩子，原是旧明专门堆积建筑用沙的空场，沙土层年深日久，厚得不能再厚。自傅恒搬来，住南门外的明山早别扭至极了。

　　三福每回要和对面的大姑奶奶玩，都要求家中姑奶奶把她找出来。就像住河边的旗人，常用一只拴牢的大老仔儿去勾引另一只老琉璃一样——准成！谁出的主意？世代包衣老黄头。老黄头阿玛是富察家的"家生儿子"，他儿子小梳子是与三福穿一条裤子都嫌肥的好友，管三福叫三哥。

正当傅恒请来风水堪舆师傅，请工部标画新府图纸时，明山开始闹事了。把守南门的护卫报信说大门口有人专请来唱句的乞儿，来敲快板儿耍贫嘴了。不等公府开门，乞儿便不请自来。这一日傅恒朝中无事，卯时刚过就听那几个乞儿唱起来：

姑奶奶居家没的说，

大的小的都过箩，

拉一炕也吃一锅，

脾气大还不能说，

不给皇上行大礼，

见到王爷自称婆。

红带子换黄带子，

姑奶奶就是行大的！

本是满洲女人的歌谣，竟然出在了乞儿嘴里。傅恒觉得这是明山搞的把戏。不然，乞儿哪敢如此大胆放肆呢。俗话说，"乞儿没戳杆儿，打板没有眼儿；乞儿有戳杆儿，胆在要饭的板儿"。傅恒久在朝中繁忙，并不知府内一干小厮常会去南夹道阿府玩耍。他们常是在枣熟季节，钻到明山家后院，爬上树尽情打枣，谁叫阿府内没男孩珠子呢。明山嫉妒公爵府有那么大地盘，心里早别扭死了：老子混到五十大几年纪，仍窝在这么个小院里，而你年轻轻的便高就于当朝公爵之位，还落了这无限的地方，您总不该"被窝里放屁——独吞吧"？他早就日思夜想占地，好放置秋天的草料、冬日的劈柴。因他家只是个三进的四合院，不过是称呼府宅好听罢了，实际上是既窄巴，又陈旧，还憋屈，得亏家中没有一个带把儿的公子，若真有，根本不够住的。占地，当然先下手为强。一旦对面的公府依旨动土，那么便会借势将围墙加高加宽，若真等公爵府垂花门当道、朱漆满门、阿斯门辉煌扎眼时，他明山的街门一定更显得寒碜、丑陋了。自己明明是觉罗贵胄，却成了皇亲新贵的奴才了不是？有明山找麻烦，自会有麻烦找上傅恒门来。明山之邸，曾是旧明官员住的一个中等院落，分前院、左院、右院与后院。前院并不宽敞，倒还整洁疏落，左、右院子更是不大，住着他的福晋与女儿，后院则种满枣树、梨树与其他果树，他是见什么树便栽什么树。您可别忘了，过去财宝可要大家分的，这曾是满洲的老规矩。旧明实行"大员小宅，低员共居"，京城内小得不能再小、窄得不能再窄的房宅，才会给京官居住。用明山的话说就是，眼下就是机会，老子根本就不惧你一个新贵富察！历代功臣、几朝元老、中宫首贵，那又如何？

见不过是几个乞儿，傅恒便去忙活朝中事务了。他早想好如何来对付明山了。既是圣旨下就，必是银子铺地，水到渠成。数月内，拉至公府的砖瓦砂石渐渐齐备，开工待日。明山每日望着自己在公府空地上存放的破木烂砖等物什，心中火烧火燎，打好了占地的算盘。而当公府南门内刚被清成一片空场时，这位阿颜觉罗明山公却不知从哪儿运来几十棵枝繁叶茂的果木树，毫不客气地栽进院内，并派人修剪树枝，还预留了一口水井打水浇树，俨然一派主人的架势。他派辖下的几十名旗兵，天天扛刀握枪的，站那儿"管理"树木，连说话也横着丝毫不客气，这可叫傅恒有些沉不住气了。富察家历代从龙效忠，扼守规典，对待觉罗绝不敢失礼半分。眼下分明是阿府的主人不服气找碴儿不是？换成别人，许会动这歪脑筋。傅恒是当朝国舅爷，只光皇后那一枝权，便高不可攀、独一无二。再说，其子福隆安是和硕额驸，福灵安是多罗额驸，就算按等级区分，还有皇上最宠爱的和硕和嘉公主呢不是？而傅恒的兄兄弟弟一共有九个，不是公爵也是子爵。富察人世代在朝中为高官，不比觉罗们一样的贵胄之身差。并非没能力将个觉罗压下去，只要对皇上说句话，定会将一个不入八分的辅国公——阿颜明山摆平，是"张飞吃豆芽——小菜一碟儿"，但傅恒却没这么做。他先命护卫们用好酒好肉客客气气地替换走了明山的那些个横眉冷面的旗兵，谎称觉罗爷叫他们去后院听调遣。随后，又带上几大筐水果去拜访阿府，口口声声说是专为拜访觉罗额其克（满语，叔；也叫爹）而来。

明山还没明白自己的兵为何都大包小包带回吃的喝的，就见来了如此知书达理、自甘居下的不速之客，这可真叫他"麻秆子打狼——两头含糊"了。但"打肿了脸充胖子"的明山着实不甘心。俗话说，"长辈不打笑脸客，长官不骂送礼人"。明知来人辈分与皇上论同，可这称呼又打哪儿理论的呢？于是便找来佐领问话。这才知晓刚才发生的事情。

"啊？他敢？"明山大怒，即刻吩咐佐领立刻将地方占回来。佐领得令下去后，明山这才寻思：跟咱来，咱是世代武将出身，摆兵布阵的绝不在话下。而今天傅恒却来称低请安，还称呼他觉罗额其克。他突然意识到，不能即刻与客气的傅恒翻脸。世家与新贵，最终都归皇上管。新贵都不好招惹。他只好客客气气地沏茶倒水，笑脸相迎，然后抱起大烟袋锅子点火吃着，似乎很悠闲的样子。他想看傅恒能怎么样，心说："撤我的兵？哼哼！我又布上了。"其实富察家的女人早嫁遍皇亲国戚，怎么称呼都可以找到缘由。他慢吞吞言道："请教国舅爷，咱可不敢称觉罗额其克，您老不是富察春和吗？有事就吩咐吧！"

"该称呼您额其克，当年在龙兴之地辽阳，富察曾有女攀嫁至觉罗贵胄，所以，就该低一辈儿啊！"傅恒说的在论，那些低一辈儿的婚嫁并不会按某个女子辈分称呼。其实傅恒只想从侧面提醒，阿颜家早年的那一位"答应"。

明山最烦的是动辄提到他家那位"皇妾"，经傅恒这么一拐弯，倒将他给绕住了，他连忙道："不敢，不敢！"明山也想起来，富察先祖的玛法们各个能征善战，在浴血征战中建有赫赫战功，方成八贵之首！他想至此，心有些发虚，因理亏，他屁股下面如同长了火疙瘩一般不舒服。他只好开门见山说："'打开天窗说亮堂话'吧！您有话就直说，咱是吃葱吃蒜不吃姜（将）的武夫！"

傅恒心说：他敢说这话？那好，该我了。"您老栽的那些果树，何时去看都可以，我已派专人看管了，尽管放心。"

"哎呀……这分明是福晋的馊主意嘛，惭愧啊……"明山心说：兵又去了，你能怎么的？

傅恒道："刚栽好的果树已用篱笆圈起来了，周围还放了石桌石凳，您何时去都方便。那些打药、浇水、上肥的杂八事儿就不必再麻烦您了。"

"那还成啊？这叫什么事？好像我明山欺负谁似的？"虽然明山有些后悔，但又不知该开口说点什么，他自认为武夫就是武夫，吃软不吃硬。落了个白占地，就是美呀。

"可是，奴臣还有一事要请教额其克……"

"但讲无妨……"明山自行惭愧，赶紧又敬茶又取烟袋递过去。

"托皇上的洪福，赐地赐宅，即刻开工，我想将您家顺便修整，请您千万容我方便啊！"

"什么！您帮我修宅子？这我哪敢啊？别，别介啊……"明山脑袋摇得像拨浪鼓一般。满洲人就算是不要脑袋，也得要面儿，欺负人没这么来的，毕竟他在皇上就近，该适可而止。

傅恒继续慢条斯理地言道："然后再按礼数，给您家修阿斯门，您看如何？正好也有南门，专为与您方便，远亲不若对门儿，也好相互照应啊……"

"阿斯门？"明山一听可吓坏了，紧着道，"不不不，别别别。"心说：我还没到找死时候呢！还从未听说过像我这"不入八分公"的辅国公胆敢修阿斯门呢！哎哟喂……"您身为国之首辅竟想得如此细致，为兄实有些磨不开面子。若非皇上专赐您府邸，我都想和您共居一府了，您看如何啊？"

这家伙够狠啊。看他案上的那一顶不入八分公特有的四颗东珠镶嵌，与自己一模一样的冠顶。傅恒又紧追一步道："奴臣求之不得呢。若非皇上赐府邸一通富察家的宗祠碑，小侄哪敢修缮公府呢？"

"御赐宗祠碑……"明山即刻含糊了。御碑进府，等同皇苑，谁不懂这个道理！

傅恒明白，就算真答应与明山共居，他同样也会围来围去的，总想多占些地方。觉罗之所以不愿与人同处，是怕身份降低。这缘自雍正朝皇子间的相互倾轧，围绕着皇室、皇族、皇权争来争去的结果。有多少个觉罗世家沾了倒霉的报应。原本依靠觉罗的雍正帝因发现觉罗们另立山头，公开对抗皇权等大胆妄为动向之后，便将所有觉罗们都视为眼中钉、肉中刺。乾隆帝更是逐渐地抛开觉罗一族，除打仗时安排觉罗出征之外，已严控觉罗了。这点明山怎会不知道。这时，刚又去占地的佐领又转回来，脸色慌张，贴明山耳朵根儿说了几句话。明山听后是神色大变，突然单腿跪地，道："公爵老弟，我明山从此与您结为金兰如何？阿颜是个带兵的糙人，竟敢占您小便宜，我怎会想起这么一个不地道的馊主意呢？"

"不行不行不行，我是晚辈，怎敢造次？您怎说跪就跪？刚才说的就这样定了，还需贵府给予相助。可教孩珠子们常来常往，也不失咱尊卑两院的情分嘛。"傅恒明白，大清国是不能"结"什么金兰之谊的，明明是谦让谦虚，您还真就没完了。原来是和硕额驸福隆安带了公主府几个黄马褂侍卫突然挡在南门外，多罗额驸福灵安不仅从王府派来护卫，还专门从紫禁城内领来了乾清门侍卫。特别是在他们中间，还站着一位补服明显着与他人不同的大员，这便是著名的御史谏官窦光鼐。但凡是在朝中做官的，谁见了他都害怕。他补服上的怪物便是獬豸，尽管他头上没有一颗东珠，但他的到来足以说明皇上的重视。这一位只需带领黄马褂在那里一站，谁人看见也含糊。觉罗混得如何，他自己比谁都清楚，而傅恒已做到仁至义尽了。

"今日公爵一定要在此饮酒啊，不然就是不给我明山脸面……"

"那么外面那些乞儿呢？要不要留下吃饭？"

"不不不，我全打发走……"阿颜明山因愧疚又有忌怕，真心打算请傅恒喝酒，好重套交情。他明白，作为军机首辅，傅恒是绝不敢耽误一时半会儿的，今日只是叫他明白，多一家和气总比多一个死对头强百倍，何况他不过是外放武官，躲麻烦还躲不及呢不是！

在附近旗邻的注视之下，明山被迫撤兵，周边旗户总算过足了眼瘾。几日后，只见明山府门楣垛子重新搭建，彩漆再涂，门扇更新，精铜门环是二虎把门，门前小石柱上乳狮一对，青石台阶也换了新的，连门前的道路也重新平整，用杂石垫底，黄土垫道、夯平，再往对面一看，更显出公爵府的皇戚身份来。这些明山都看在眼里，服在了心里。同时，公爵府也开始大兴土木，修缮阿斯大门，但依然省却了亭台楼阁。傅恒将一份材料破为两家而用，这叫明山五体投地又感恩戴德，他毫不出力就更新了大门与家宅，算是挣足了脸面。为示感激，明山常将一些吃食与物品赠予盖府建宅的工匠。而他种的那几十棵果树也长势喜人。

不提公府大兴土木，却说转年夏日，三福回家后可真就玩疯了。而更疯的还有对门那位满洲裙钗毛姐。要说他俩的因缘，若无明山种的果树，也就没有两家的先龃龉生怨，后和气和睦。难怪毛姐生下德麟后起的小名是"樱果"。府内那年的樱桃树结足了果实，直送至内廷，贡予后宫太后与嫔妃们品尝。而两家的街门，错落相对。旗人有忌讳的话，说"对门对门，有鬼有神"。公爵府南门与明山的北门后又错开几丈，这同样给了阿颜面子。尽管明山是世代觉罗，但若与当朝国舅爷相比，势必相形见绌。他哪里知道，三福与毛姐早就是情投意合，只是不知将来是何结局罢了。谁也想不到，满洲的姑奶奶敢与男孩珠子一样淘得没边儿。比如说，毛姐总认为：阿玛当男的养我，那就该男孩珠子去哪儿，我也得要去哪儿，绝不能差一点。再比如说，等三福、小梳子、付天宝几个悄悄爬上智珠寺的围墙时，她也会紧跟不落地爬上去。没事爬墙头玩，不是闲的吗？这是因公爵府大修大缮，叫他们实在没有了地方可玩。再有便是，旗人孩珠子十几岁开始会被都统衙门安排到校场做劳务。但因公爵府不归都统衙门管理，镶黄旗都统衙门当然不敢一味地催促，谁都知道，富察家有子在禁内与皇子一起读书。这就叫"眼看帝王门槛儿高，谁知还有高门槛儿"，这便是国戚的范儿。只是将富察这一支另当别论罢了。

若问这些寺庙及番经厂的墙头儿为何这么好爬，皆因年久失修，院墙都快塌没了。

康熙年间，这些地方都曾香火鼎盛，居客云集，佛事兴旺。智珠寺、嵩祝寺、法渊寺这三座寺庙皆为喇嘛庙，近似是一字排开。中间的嵩祝寺于雍正十一年（公元1733年）敕建，虽已颓败，但仍为蒙古活佛的驻锡地，并设办事处主持黄教事务。嵩祝寺共分三路，中路有五进殿，有山门殿、天王殿、正殿、宝座殿、后楼等，倒是与大清家国大有瓜葛。往西为智珠寺，往东是法渊寺。法渊寺建于乾隆三十七年（公元1772年），建在旧明三厂的番经厂、汉经厂遗址上。西廊下曾有块铜云板，上铸"番经厂"三字。

清初时，蒙古准噶尔部屡次东犯，时驻古北口的总兵蔡元就此曾上奏朝廷，请求修复已破败不堪的长城，好抵御漠北蒙古入侵。此时，康熙帝完全尊奉了太祖汗王的联盟与结姻政策，与蒙古化敌为友。过去，明朝虽动用过百万军队，破费重金，一再加修那巍峨不尽的塞上长城，可仍抵挡不住惯以天下为战场的蒙古铁骑。他们是永远流动的不结冰王朝，只可惜，当百万蒙古铁骑失去族首成吉思汗之后，大多成为世袭的雇佣兵，留在了所在国度。而惟一能将几大蒙古部群聚集在一处的便是这最高的精神居所——宗教信仰。清入关后，便开始大肆兴建喇嘛寺院。只一个"法轮"便将满、汉、蒙、藏部族自然连在一起。在一张布达拉宫平面地图前，圣祖康熙曾感慨万端，作诗吟诵道：

万里经营到天涯，纷纷调发逐浮夸。当时费尽民生力，天下何曾属尔家。

历来，寺庙香火的兴旺与否都有缘由。寺庙间隔越近，相互间必会受到影响。一旦寺庙无人问津，香火自会少得出奇，有哪座寺庙不靠香火钱修缮呢？在明代，北京曾有多处庙宇古刹，最多时达到一千余座。每日晨曦或傍晚，钟声四下响起时，很难分辨出到底是哪一座寺庙发出的。京城号称是有三百国庙、五百古刹、七百寺庵、"数万之僧，十万信徒"的圣地。如果真要问到底建了多少庙的话，可不是一般人能说得清的。

乾隆十五年（公元1750年）前，沙滩南半部有胡同为东西走向，从南向北依次为"三佛庵胡同""御马圈"。明代御马监内的"马神祠"在元代时便是御马监房，后改成"马神庙"。庙内有一小铜钟，上铸"敕建马神庙，康熙四十二年造"十二字。为修建公爵府，该庙很快被移建。大学士傅恒还题写了《移建马神庙碑记》，石碑宽三尺，厚半尺，高十五尺。当朝能为府移庙，将公府等同马神庙一样尊贵，显出皇上的重视。满朝文武的感觉就是，皇城内竟然建如此宽阔的公爵府。傅恒的待遇已超过了亲王的待遇。公府南面还余下一条胡同，史称府夹道。还有人说，傅公爵不仅有两个公爵的四字爵位，还是皇上的内弟。若从孝贤皇后那儿论起来，大清国母的阿窦又该是什么待遇！

欲知后事如何，请看下文分解。

第二十章
少年共竹马　擢升侍三等

公爵府大兴土木之时，北面寺庙的四周更显出破烂不堪。不只残存的佛龛、佛像堆在一处，就连旧瓦断墙的寺庙院墙也显得越来越低矮。于是，附近的孩珠子便寻了修府的动静来此玩耍。来此的孩珠子有满、汉、回、蒙多族。他们先是爬到倒塌的智珠寺院墙上，然后踩着碎砖烂瓦登爬至大殿顶端，甚至连很小的孩珠子也能用手去抚摸那上面的小兽。爬房登脊对小孩珠子来说当然是件绝妙的好事，谁能不玩疯喽？漫天下有几个只在地上玩耍的孩珠子？地上玩够时，自会寻找那高处的、无人问津的寺庙院墙。当消息很快传遍周围三坊五巷时，毛姐便成为附近最大的孩珠子帮的帮首——当年的孩珠子王。她满脸泥土，一身的尘衣，早把个儿变成了男的，在后面紧追着她的便是三福。而前面跨院长大的李侍尧，虽已在朝中为官，竟然也发现了此等去处。挺大的人也爬上寺庙的大殿，横躺在那里喘粗气。见到总跟不上她的三福落在后面，毛姐还一劲儿地说："你得赶紧长个子，不然，你就没有那个李老妖厉害了，他都爬到顶上了。"三福干脆歇下来，对毛姐一笑道："你没听说过，'爹矬一个，娘矬一窝，小不算数，大才算矬'。"玩疯的孩珠子们相互熟悉了，都记住了对方的名号，如李侍尧变成了李老妖，再就是小梳子、肉墩子、多多、德德、背背儿、天宝儿、小核桃儿、四和尚、秃瓢等。若非阿玛的催促，三福干脆不打算回紫禁城了。但"胳膊拧不过大腿，舌头扳不了歪嘴"，不去还不成。临走那天，毛姐领一群孩珠子来送他。想起平日的孤寂来，毛姐哭红了鼻子尖儿，她附耳问三福："回来娶我不？"

已大点儿的三福自然不敢说混话，就这样还是被付天宝、小梳子几人给架起来。他们喊道：

嗡了哇啦—哇啦，

娶了媳妇恼额纳（满语，母亲），

要妈就得打架，

打流血了我害怕；

成家就有孩珠子，

生气就该打，

阿玛打你也别怕！

连萨里甘一起骂……

今日傅恒与三福爷俩头一次同至禁宫中的养心殿内面圣。

一见他俩，乾隆帝自是高兴有余，打定主意今日还要赐三福一件物什。大清最大的习俗，莫过于做长辈的一旦建勋，不管在朝中或沙场，都会受到表彰，得到赏赐，而在京的子女们也会因此得到赏擢。今日他倒想起来要给三福一个自己选择之外的意外惊喜。"今日朕高兴，你想要朕赐你什么呢？"可半天不见三福吱声。乾隆帝着急不解了，他道："朕等了半天，却听不到回话。回一句话好费事啊！"

"快回皇上话呀！"傅恒心想：这不争气的小兔崽子，倒是放个屁出来啊！若不是当着皇上的面，傅恒手早就打在三福身上了。满洲人打骂起自家晚辈儿从来是劈头盖脸，绝不手软。可今日岂敢放肆？直急出满头的青筋来。

"非回不可吗？"三福突然回答，将在场几位大臣也吓了一跳，他还恼了呢。

乾隆帝大声道："大胆！在朕面前，你喊个什么？"

傅恒没想能说他，忙接道："对！你喊个什么？"

"皇姑爹说阿玛呢，您下站！老对个孩珠子嚎什么？喧宾夺主！"

"春和后退……"乾隆帝忍不住扑哧笑出声。这三福太狡黠了，一下将傅恒给哄到了下面。

"啊？哦！嚷……"傅恒不得不退下，但心可揪起来了，生怕三福不知深浅，哪句话招惹圣上发怒。

"启禀皇上，奴才若说错了怎么办？"

"你是皇戚国戚，谁能把你怎么样？"乾隆帝没有想到自己对三福比对任何一位皇子都随意。皆因他总觉得对不住春和，现在能与自己想到一处的人非春和莫属。

三福眼珠一转，迟缓缓地说："算了，瞎想觞没意思……"

"哎？朕非叫你说，你若不说的话，待会儿叫宫监揍你一顿……"

"皇上叫老公打我？他们可不敢！"只见三福没退出几步，突然转身对皇上跪下了，并字正腔圆地说，"我想做王！好忠君爱国，耀祖光宗……"

站在不远处的傅恒一下被三福给吓愣了，他不顾一切地喊道："胡说！看我揍扁你！"

乾隆帝真烦了："我说春和啊，您今儿个是怎么啦？谁是皇上啊……"他当即翻脸拍条案道："三福这是谁教给你的？"

"自个儿想的呗……"

见三福根本不怕他，乾隆帝只好再问："为何做王呢？"

"可以报效家国嘛。"

"说得好！等下次再给皇上姑爹磕头时，你可以自称奴臣了……"

傅恒急插进话道："皇上赎罪，他只是个孩珠子……"

"哈哈！朕就应给你，只要你三福有开天辟地的勋功，朕就敢把祖宗的规制改喽，王不止爱新觉罗人能做，朕会赠你一座亘古未有的王座！咱俩一言为定，如何啊？"

“拉钩吗？”

“当然！”

只见三福走上前伸出小指紧扣住皇上的小指，口中振振有词，念道：“拉钩上吊，吐出去是丁卯，一百年不能矫……”眼前这结果对傅恒来说真是个天大的意外。这“王”绝非宗室外人瞎想的，到底是乳齿小儿，实在胆大。

“三福你说说，王的下面还有什么，知道吗？”

“有贝子、贝勒，有里、外八分公，还有公侯伯子男，拖沙喇哈番（云骑尉）、阿达哈哈番……”

“为何所有人喜欢封爵？”

“因他们每人都有一份天下的责任，这是不需要皇上提醒的。”

“那为何不能叫皇帝，只能叫皇上呢？”

“嗯——这你是叫不得的，是要‘嗤’杀头的。”

三福一听愣了，不敢说话了。

乾隆帝道：“只有史书或者皇太后才能叫皇帝。不然，就是大逆不道！你没想过做皇上吗？”在场所有人都屏住一口气，不敢大喘。

“做皇上很劳苦，而只有姑爹才能做。”

“对，做皇上要操劳家国，甚为辛苦啊……”一见谁都不吭气儿了，乾隆帝便对傅恒言道：“春和啊，看看这三福，快把朕说哭了……哎呀，朕真想将这殿内码放的所有珠宝、玉器、文玩、古画全赐给三福。莫大之天下，无数之百官，兆亿之百姓，谁知道朕的劳苦呢？看起来，将三福放在宫中读书，是再对不过的事了……”他从帝座上站起身来，又问：“三福喜欢看什么书呢？”

“读《孙武子》呢。”

“兵书？你喜欢打仗？”

“大清是马上的家国……”

“唔……啧啧，哎呀真是的啊，哈哈哈哈……”乾隆帝绝没想到，小小年龄的三福竟然被教诲成如此模样，胜过他诸多皇子。他高声呼唤御前太监，道："小顺子你说，在众多师傅中谁讲兵书最好呢？"

众老公快步低首进养心殿后便"张飞纫针——大眼瞪小眼"，相互瞅着，一时不知该如何回答。而在皇上面前答复不出是要下跪请罪的，于是他们便齐刷刷地跪成一排。见他们跪下，阿森阿对皇上道："他们是不允许去南书房听讲的，平日只站在外面伺候，不是端恭桶，就是备茶水，大多是睁眼瞎子、字盲罢了。"

"哦。三福，你种的老玉米很有味道，送你座花园种玉米如何？"

三福早憋好了自己的打算。毛姐倒是说将来有一座花园最好，于是便道："我想去善扑营……请皇上恩准！就算拿花园去换了……"

"你这小子，还没赐你花园就换了善扑营？你太小了，还不能去。"乾隆帝想不到他居然要去善扑营。

"那我习武怎么办？"

"上驷院那儿有地方，宫里宫外到处有校场，还不够你折腾的？"

"皇上说小，这怎么办？"三福发愁了。

"这个好办，朕给你们一干小人儿找个行武的师傅不就结了吗？你多少虚龄？"

"回皇上的话，刚满十三虚岁。"傅恒抢先回道。

"您多什么嘴，问他呢。"

"奴臣已十三岁了，皇上允准我去善扑营吗？"

"朕看着你渐大，也该给你个箸头戴了，小顺子宣旨……"

"奉天承吉运，皇帝有诏曰：命福康安由闲散袭拖沙喇哈番，授三等侍卫实职，在乾清门行走。钦此……"①

"好啦，你能去善扑营做它细密啦，不过还要等……"

"皇姑爹说是几天对吗？"

---

① 乾隆五十三年《满汉名臣传·福康安本传》所载：乾隆三十二年，福康安由闲散袭拖沙喇哈番（云骑尉），授三等侍卫（实职），命在乾清门行走。三十四年，擢二等侍卫，命御前行走。三十五年，擢头等侍卫。

乾隆帝噘起嘴，一本正经言道："天子一言……"

"万马难追！"

傅恒随即喊了声："大胆奴才！你玩布库去了，那实职谁来顶替！"

"好！万马难追！"皇上哈哈大笑起来，傅恒也只好迎合着笑了。

"得，完啦。"一见去善扑营没戏了，三福失望至极，噘起了嘴。

自打天气转凉，皇戚们返回紫禁城后，三福已习练布库戏法。

为不叫帝师们过于紧张，原本乾隆帝是轻易不来南书房的，今日只是从西苑回宫顺便来看一下，还没坐下便生起了气。因见三福头顶在地上，脚搭在墙上"倒毛"，竟对他爱搭不理，有些恼了，遂道："三福过来！眼看要去善扑营了，你怎敢这么对朕磕头？好像朕不通情理似的……再说，善扑营不是咸安宫学，进去就得脱层皮。朕告诉你，被格尔达赶回来，朕可不管啊……"

三福一听吓坏了，赶紧落身躯就地跪叩，道："皇上姑爹息怒，我这是练铁头功呢，所以颠昏了头脑。王师傅常说，圣人是赞同磨其筋骨，苦之发肤的，而我大清便是来自武功与天的……"

"好了好了，明天你去吧，再给你配俩奴才……"一见皇子们玩得尽兴，乾隆帝也不想再较真，凑过去看他们"斗跟"去了。这是两个人玩的游戏，俩人各伸右手，相互较劲，谁脚下挪了弯，就是输了。游戏与布库戏法息息相关，练的是脚下的定力。

"我要微服，您还得准允……"哪知三福得寸进尺，追着皇上呢。

"你连个屁大丁点儿官都不是……微哪门子服？"

"皇上封了我三等侍卫啊……"三福真不懂什么是怕。

"这个嘛……"乾隆帝自然不会随意食言，"嗯？嗯，好像有这么回事，朕知道。"他再一思寻，回想自己当年做皇子时常是微服隐身，那时是隐藏亲王的团龙补服才在善扑营学了真本事。不然的话，一听是头顶九颗东珠的亲王，人家"老虎拉车——谁（赶）敢啊"。等最后得知他是宝亲王时，身手矫健的师傅们全下跪"咚咚"磕大头，或告假回家，明摆着是在逃避。后来倒好了，谁也不敢再与他交手了，弄得很没趣。本打算换到东营看看，结果东营人多是黑铁塔般的高大身材，实为人盾无别。最后还是叫善扑营的格尔达派人出来，但派出来的人却不敢与他交手，任凭他怎么说也不成。就算是下圣旨也照样没用，他们一个个缩手缩脚的，就算比画起来，也是自行便倒。他只好再回西营，只与那些不知他是谁的它细密比画了。这就更不得了了，连格尔达都带头跪在地上不起来。"哈哈，这小子倒想得周全，若众皇子都这么求上进，朕得多省心、多美、多踏实。想当年朕去善扑营，遇到的是大号蒙古胖子练额鲁特，昏天黑地泥抹猪般没完没了……"

"那是东营啊，'布库翰林'在西营嘛……"

"你……那西营大门上的悬匾提的什么字？"

"康熙爷的御笔'善扑营'。"

"大堂里提的呢？"

"膂凭斗牛。"

"东营呢？"

"气贯紫微。"

"正堂有三件宝物知道吗？"

"善扑营，三件宝，紫棒火铳牛皮佬……"

"看来你小子早就憋好去善扑营这屁了。"

"请皇姑爹恩准。"三福眼巴巴地盼皇上轻点龙首。

"嗯，那也别一人去啊，干脆去几个就伴儿。"

"福康安，皇上传你！你以后可要恪守常规啊……"本来很喜欢三福的王尔烈忽告诫他。王尔烈已得知三福捅了大娄子，心不由得提起来。小孩珠子栽几棵树苗本来无过，不料竟被去府内办事的官员暗禀皇上，说种的竟然是白果树——帝王之树，犯了大忌。原本还高高兴兴的三福与家人可吓了一跳，傅恒也傻了眼。

听说皇上传他，三福赶忙面君。他三步并两步，直奔养心门。人还没进大门，吉福的声音早传进去了。院内跪的人不止一个。而当他已来到院中跪叩，皇上如同没看见他一样，继续翻看堆成山的奏折，半天也不抬头。

"下跪何人？"

嗯？皇上要翻脸？三福脑子闪了一下，随口答道："是奴臣三福！"心说万岁爷变成老虎不认人了。"是栽白果树那个浑小子。"

一看他不怵头，乾隆帝只好收起来庇护之心，诚心想看看他怎么回答："朕来问你，谁在傅公府内种了几十棵帝王树呢？不知道这在明朝是要被杀头问罪吗？"

皇上话音未落，小顺子接上话道："明朝皇子都没有敢种此树的……"

只见三福扑哧一笑道："应该叫作'旧明'才对，您怎敢张嘴就说旧朝之事呢？"

这下倒将了皇上一军，他极具同感，忙道："你退下吧。"

得，小顺子头一回因搭腔被皇上轰了出去。以往皇上高兴时，宫殿监都能出谋划策，但不高兴时，都会被列为"宫监问政，多为非命"。小顺子一边退走，一边在心里诅咒自己：我真是太笨！但金口玉言，岂能说改就改？只要不被侍卫驸马倒攒蹄地用牦牛细绳提溜出去，当然就还有机会。

见老公走远了，乾隆帝又发话："三福接着说树吧。"

"种什么树还不都是帝王天下的生灵。见此物正要被毁，当然要拦下来，若不种的话，岂不是糟践了？把帝王树干殁了，才是大不敬呢。于是乎，奴臣便冒着不敬之罪，将树暂栽在公府里，然后想请旨挪至哪里。要罚就罚我吧……"

"你明知是从纳兰家拔出来的罪臣之树木啊!"

"帝王之树乃先天有灵之物,我打算还给皇上,却不是纳兰……"

三福还记得,奎林给他树苗那天正是他诞日,额娘、阿玛都说道:"今日你六岁了,这是老太太送给你的念想儿,金锁、银锁,喜欢哪个呢?"见额娘说,三福抓住炕桌上的金锁、银锁,用力撇到土炕下。这动作使得大人们目瞪口呆!刚还夸这孩珠子懂事呢,谁料转眼间,竟突然变成了小混蛋。

"你要做混世魔王啊……你这个小兔崽子!"傅恒忍不住骂道。儿女们一个个都比着老实,哪像这个小东西,他那俩眼珠子总不停在转,似在想什么。

欲知后事如何,请看下文分解。

第二十一章
三福子回府　曹雪芹归天

　　傅恒还是忍耐了下来。因很少哄三福玩耍，疼还不够呢，哪能真发这无名之火呢？见三福盯着他看，傅恒便道："金锁、银锁都是宝物啊，喜欢玉石吗？"说着从腰间扯出一块剔透的汉代玉璧递过去。谁知三福再飞快地扔了出去。大人们不禁哎哟一声，那么薄而脆的美玉哪禁得起这么扔，肯定是即刻齑粉。多亏傅恒还未自腰间解下拴在玉璧上的一根丝带，玉璧又飞了回来，算是虚惊一场。

　　三福抬起头道："阿玛，要长弓，要大葛行，要骑大马……"可这些东西哪样也不能给他玩。额娘只好去请木匠师傅给制作一套玩具了，不然他这个诞日是什么礼也收不到了。额娘又说："你表兄奎林送你的几十棵杨树苗，愿意自己栽吗？""真的？"他便道，"那好，愿意自己栽。"转身的工夫，他拉来小梳子栽好。而奎林也不懂什么叫帝王树，白高兴了半日。奎林姥姥家是纳兰氏，其宅已因获罪被查抄殆尽，奎林也住进了公爵府。没想到此事却惊动了皇上。

　　只听皇上问道："你打算将树怎么办呢？"

　　"还给皇上啊！只想浇浇水罢了，皇上看，奏本都带来了。"

　　"拿上来看看！"

　　三福自己递上去："这树是否转栽到帝庙？伏启圣鉴。"

　　"噢，朕说呢，好啦，你可以放假回去啦。"皇上长脸变得稍微圆和了。

三福这时已对阿玛陌生了，他已习惯紫禁城内与他玩、哄他高兴的老公小苏子和管他的宫中乳娘乌云晴——一个蒙古女人。乌云晴一向得皇子们喜爱，她有数不清的满族歌谣和游戏。当皇子们都满地跑的时候，她教给他们的，是用一根根打磨得很光滑的竹棍，叫他们一人一支地拉着，边走边背诵她教的童谣，"大竹棍，小竹棍，强盗打闷棍，将军打军棍，饺子要使擀面的棍，佛庙里要学十八棍"……这都是三福最喜欢的，每打一棍，似乎都在比谁能做将军王。

禁内有假刀假矛。在小点儿的皇子面前，三福是胜者，但在大皇子面前，却是败者。尽管他总是一味地还击对手。阿玛说在紫禁城内外有着数不清的校场。他也只有随兄长福隆安到那里走马观花。福隆安比三福大出八岁，三福却盼望着兄长赶快生几个侄甥，可是再一想，这得等到何时他们才能长大？于是他越想越灰心丧气，只好硬着头皮与皇子们一起玩了。好在是，在阿哥所内大致还公平。若一出门，几个皇子便"狗眼看人低三寸"的，总对他横眉立目，年纪越大越疏远。但乳娘乌云晴说不必在乎他们是皇子。他依稀懂得了一个道理，皇上的亲戚有很多。三福自五岁进宫以来，早不知为何再见不到额娘，而只能看到乳娘乌云晴——他叫她奶额嬷。当然也见不到阿玛，只好管老公小苏子叫阿玛，但小苏子却总告诫他不能这么叫，他只好改了口。乌云晴还教给他，"油灯捻儿，不定点儿，香喷喷的奶香味，掉了油花拿嘴舔，舔一点吃一点，一点一点没了点儿"。大清朝这类谚语传播得本来不少，但就此记载稀少的缘故主要是用奶油点灯听着太靡费了。其实，这确是几百年来蒙满贵族的习惯。所以草原上来的王公们都会有一个上等的好眼力！在承德秋狝时就能看出来，他们往往能看到很远的猎物。

三福听乌云晴说过，香奶油灯最是洁净，不仅不冒黑烟，还提精神头，晚上读书不犯困。兹用小捻子，自会省油。不省油的大多是傻捻儿，而傻捻儿多是傻人剪的。说这话时，三福还在紫禁城内过夜。那时他总盼望着能回家被额娘抱抱，而阿玛也总会一改一脸的"官司"——额娘叫作"假客礼"（满语，假惺惺的样子），总会现出一种久违的慈父襟怀。满洲人的阿玛大多都这个样子，很少对儿女们和蔼又亲切。他说这就是汉文古书中常说的"君君臣臣父父子子"，而且天下的满洲人都是皇家的家仆，汉人译说就是"奴才"二字。还不如将"君臣父子"更改成"皇奴阿玛珠子"罢了。可额娘说这万万叫不得，叫皇上知道是要犯忤的。所以他会很自然地想到，自己该少犯忤才是，好叫阿玛额嬷们夸他，说他出息了。"出息了"，这便是他最爱听的一句话。

清晨开始响起了二踢脚、麻雷子的爆裂声。

今日是腊月二十三。与皇子不同，福康安等可以回家了。但三福却磨磨唧唧的，实在不想迈出禁城大门。再看系黄带子的子弟们，和他一样也不想出去。其实皇子们看着要出皇宫的三福等，羡慕得不得了。而三福倒认为出了皇宫一片陌生。除去那个也在长大的毛姐之外，男孩珠子已没人与自己玩耍了。三福的两条腿像灌满水一般，磨蹭地下了马轿。回到忠勇公爵府了，他忽然觉得又是柳暗花明了，也许世界上最能适应的永远是孩珠子。这是三福进宫读书后在家度过的第六个元旦（春节）。在热闹至极的公府中，举家对他像对待贵客一样，他常被已经变陌生的额嬷们盯看个没完，这其中也有阿玛、额娘。以后回公爵府时，除尚有一大堆本家的姐妹之外，渐渐地，富察家的男人都出去做官为侍。阿玛说富察家自打跟了太祖罕王之后，男人都在禁卫军中，而女人几乎也都成为"诰命"，而大清国是严控诰命夫人的数量的。

于是他与"家生儿子"——包衣兄弟们便成了最好的磁气（满语，好友）。磁气磁气，一个鼻子出气。

回到公爵府没几日，他便很快喜欢上了那很爱唠叨的曹师爷。师爷家里有过做贵族的先祖——曾是康熙朝大名鼎鼎的墨吏。曹氏曾将与河道关联的营生都冠以曹字的谐音，例如说漕帮、漕银、漕税、漕运、漕编、漕吏、漕衙等等。但额娘说，曹师爷只是沾了贼包的曹氏后代罢了，而往往祖上的罪孽都会记在无辜的后代身上。

大清国一向讲究"子可承父业，子无业可承"，无业可承便是说的像师爷这样的后代。他凭着学优敦实与勤奋多才，才在皇城西的镶蓝旗翼学做师傅。他是敢说话的人，是个专专的纯粹书呆子，不然公爵府再大也不敢留他，尽管他家曾在前朝与富察家联姻，但毕竟是老黄历了。而曹师爷也与所有的人都熟透了。公爵府内人情世故什么的，自然是随意平静。他是一时刻也闲不住，什么都要参与去干。公爵曾找机会，想叫他再次转运，只可惜的是，应的职太小。府内人都说，师爷腻酒的毛病难改，他天生就是个酒鬼。但他也不是什么时候都喝，多是在晚上才喝，常来喝酒的多是明义、明亮、明仁、明瑞这些武将与侍卫，他们是转着圈来此看望曹师爷的。往往曹师爷还没与三福说上几句话，便会突然闯来一群人，大呼小叫，叽叽喳喳的，寻他喝酒。三福只好在那儿坐着，心说等等也罢，结果往往就是酒宴开始了。这些人多是带了整坛的白酒、酱好的猪肉与羊肉与各种下酒菜。师爷房中总陪在身边的，有个伺候他的银珠姑娘。她勤勤恳恳，不辞劳累，不怕夜半三更师爷哇哇大吐个没完没了。

这个师爷曹霑，也就是后来大名鼎鼎的曹雪芹。曹霑祖上虽属汉军白旗，但到他这儿却成了黑户口。就连说鬼说出名的李侍尧——李老妖都总找他问鬼故事。还听说他写过一本厚厚的评本——说书人依靠的文本。等三福再大点，《新编石头记》竟然在香山的健锐营流传开来，人人比画着说完了上回，再说下回，甚至顶了子弟书。二长兄福隆安说，这回总算是有旗人写的评书本子了，不再总是《三国》《水浒》《西游记》什么的，都说《西游记》是讲妖猴什么的歪斜之言。

曹霑是顶替燕园的师爷黄子端而来的。黄子端当年曾辅佐傅恒的阿玛——承恩公李荣保，多年在察哈尔总管任上的他成为富察家的功臣，为此他的后代留在了燕园，成了管家老黄头。黄子端重病之前便介绍远亲来做师爷，因曹霑姑爸爸曾是富察家的福其嘿，所以在老黄推荐之下，傅恒便留曹霑在府上为吏。但因他尚在西四镶蓝旗翼学做塾师，所以平日只给老黄帮些文字上的忙。因曹霑多才多艺，渐被傅恒看重，便给了他极为空闲的差事——做府内总师爷。傅恒明白，若非曹霑的祖辈在南方做官时的贪墨，曹霑也许早做官了。而令曹霑最欣慰的是，傅公爵竟是第一位给包衣奴才自由身——将包衣的户口都转到大兴府管辖——的王公。曹霑满怀希望来至此处，将此当成了家。自被傅公爵留于府中之后，曹霑渐渐掌管府内的一些祭祀祖先的事务，誊写或起草府内的一些公事文牍，遇府内的婚丧嫁娶他都要忙活，也因此得到了府内的信任。在三福降生后不久，傅恒从燕园搬到东华门的公爵府时，正好被皇上赐了一笔可观的赏银，说是给公爵研制新满文的酬劳，是专门用来修缮公爵府的。因所有的来人皆说这里如同一个大庄户人家。庄户就是乡里、乡村，自然住的是农户或是农家。公爵一听，有些沉不住气了。上回修府是在多年前，是富察家的人自己攒的银两，而这次据说是来自国帑的官银。花销越大越需管理，于是曹霑便成为建府、缮府的管理者之一。出生在南方的曹霑心细如发，将所有事情管理得井井有条。他最大的优势即是有求必应，从不摆师爷的架子。

今年放假回府，三福这个小大人可是美得透实。因府上书房冷冷清清，唯独曹师爷那里书香气味十足。这回他死活不想离开曹师爷了。师爷闲下来时常给下人们说解《新编石头记》。他记得写林黛玉吐血临殁时的那句诗是"香魂一缕随风散，愁绪三更入梦遥"。这诗他真真记了一辈子。他理解的死就像做梦一样。

三福这几日正与二长兄福隆安不对付。当三福提起自己想做将军时，福隆安嘴一撇，道："就你？个头没长弓高呢，想做将军？我才混个侍卫不是吗？"再往后说呢，就全是些"努把力、用劲头读书"之类的话，倒像阿玛似的。你不就是好不易才生出一个姑奶奶来吗？有本事生几个男丁嘛。细一想也不好，生男丁那得何时能参仗呢？

"你要长本事，就要先做到侍卫，别看给了你个……"福隆安对大人说话胆怯，但对三弟却生硬。可毕竟三福有皇封的"侍卫"闲职，还有俸禄呢不是？所以二长兄是谁也不得罪，只给软钉子碰。

但三福总会不服气地回道："我要亲自陷阵，做不败的将军！"

福隆安哄他道："算啦福将军，我不跟你置气，哪个大将军不是动动嘴皮子，还亲自陷阵？我还要去送宫咨呢，晚了就得挨呲儿呢，阿玛的脾气你知道，小心挨抽！我看你是皮松喽。"

"好，你就抽吧，不过那两下子，我不吭声就是了。"三福往地上一蹲，等着挨打了。

"得，您是爷——"福隆安迈大步竟从他头上跨过去，还补上了一句"迈毛不长个"……这叫三福十分恼怒，遂将手中童子箭搭弓即射。只听"哎呀哦"一声，福隆安中镞倒地。他脖梗上被"钉"了个青包，于是他捂住脖子急匆匆地出阿斯门，骑马撒了丫子办公事去了，只留下一句话给刚走到此的曹霑："您把他给我关后院去……"后院是富察家的祖宗祠堂。虽说是经常烧香，但却是个黑暗的去处。三福管那地方叫"黑个檩"（满语，黑旮旯意）。

被关进屋去时，三福忽想起问曹师爷："我多会儿才能出去呢？"

没曾想曹师爷一乐，言道："这就能出去了……"

"为何呢？"

"你二长兄只说关到后院去，并没说不叫你出来啊。要不跟我去写字去？"

"嘿嘿……我今日一定要按规矩拿笔……"三福从不守常规。写字呢，笔杆儿应拿得直直的。三福却是打第一天便总偷懒，只偷得手不酸、胳膊也不麻。无论额娘怎么要求，转过脸就不是他。不过是写字，要什么姿势？活人还能叫尿憋死，大不了尿裤子呗……

令三福没想到的是，转年的正月，曹师爷就一病再也没起来过。尽管府中有人照管他，但他仍驾鹤西去了。傅恒也按照家生儿子的待遇，叫老黄头将他送到了白旗旗坟。但无奈他是罪臣之后，被除籍多年，不能照正常旗人的老规矩回归旗坟。于是只好先将他暂放于西山健锐营的远亲家中。不久曹霑的远亲带话告知公府，已将曹霑埋于西山附近了。为此三福与小梳子等在花园之处烧了纸钱，大哭了一场。哭时候他明白了，人一旦死，他的东西都会付之一炬，这也是满洲人的习俗，叫"给其带走"。他记得曹师爷说过，他的堂弟已开始在京城里以盘灶为生了，生意做得是风生水起，还会倾囊相助一些孤寡旗人。若能转变成"灶曹"，也会人丁兴旺的……

欲知后事如何，请看下文分解。

第二十二章
布库添新秀　常保托大媒

百事如意不若一事顺心。不久，三福如愿以偿，穿上皂夹马褂，成为善扑营它细密了。但且轮不到他与谁"缠打使活"，只能多看多练，根本没人搭理他。早晨天不亮，便有人毫不客气地呼喊"三福！起来穿褡裢，踢腿，压腿，站桩啦"……来此几个月，今日才有师傅教他站桩了。但眼下在善扑营练的多是抖杠子，拉皮绳，踢木桩子，抱"扳不倒"，站丁字步……自己没觉怎么着，却蹿了身材，经每日的摸爬滚打，倒觉得多少有了些力气。一年以后，三福再将个头往上蹿了一块，好比是"腊月的蒜青儿——每日都长"。师傅见他每天都在下功夫，并不惜力，所以渐渐也与他近乎起来。三福和气，也从不招人讨厌。而当他汗流浃背在毒日头下练功时，便有人劝他说练功不一定非要暴晒。好在总算是有人搭理他了，总比那些根本没人搭理的它细密强了百倍。三福练得认真与否，师傅自是心中有数，私下都开始对他有了笑模样。

一日晚上，右格尔达阿当阿闲来没事，随便打开他的包袱皮儿，忽然见到一只黄花瓷碗，上书"大清乾隆年御制上书房"几字。他寻思道：我天！可别是哪位王爷的孩珠子吧！其实，这不过是自带的吃饭家伙。而右格尔达怎知晓当朝傅恒公爵的权势已远超过亲王。只可惜他根本对不上号就是了。

"三福！好小子！明天你就能上桩啦！"右格尔达阿当阿的一声吆喝令师傅们重视起三福来。等到过站桩这一关后，就要上布库了。布库的全称叫布库戏法。

阿当阿吆喝完后，所有在场的师傅们都要喊上一句"杜乌拉"，算是回答，这便是康熙世代留下的呼喊声，用此表示对布库戏法的高深与荣耀的认同，这已成为王朝一种威严的应允了。只见师傅站桩时，一双胳膊要做抱铁环状。有人说那只不过是在长时间的直伸后，自行变成了蜷曲。而最厉害的是要不断打出一通手脚，才称得上是"活桩"。站桩练的是内功，要"……沉肩坠肘，含胸拔背，气沉丹田，口含真液，舌抵上颚"……功夫即是时候长短。

今日堂兄明亮受三福额娘之托来探望三福。只见他正学练"移桩"。"移桩"是曲双膝站矮桩，是能移动的活桩，到此才算提高了一个门槛。练武之人须过得此槛。时值六月初夏，只见太阳底下"移桩"的三福早已是汗流浃背。三福根本没看见来了人。于是明亮凑近大喊了一声"三福给官长请安啦"！还别说，这一嗓吼叫真管用，三福立刻转身蹲安道："镶黄旗头甲十三辖下侍卫给官长哈瓦哈……"

这可将不远处站着的格尔达阿当阿吓了一跳："行啊你！敢情你小子是镶黄旗十三甲的，与皇上同在一个牛录户籍，为满洲上三旗头等贵族。哎？还不对？不会是上三旗包衣吧？你怎不吭声啊？谁看见马三啦？给我叫去！小兔崽子，看我不揍他。"

"在这儿呢，这不怪我……"马三早听明白了，只是不敢吱声儿。

明亮一见马三，气不打一处来，伸手先把他揪过来，道："你耳朵倒尖！"紧接着接连几个散"坡脚"，摔得马三站不住了。虽上身还被师傅紧紧抓住，但下盘早被明亮踢得没了根基，最后被阿当阿一绷子甩到墙上掉下来。只听马三在空中喊着："师傅——我知错！"

"再有这么一次，我摔废了你！你要晒死人啊？"

"给大师傅请安，您饶了他吧。"没料三福倒来替马三求情了。

"你瞅瞅人家，嗯？上三旗辖下，刚来你怎不说啊？"

"回大师傅，您还是听错了，是上三旗的长官领我来的……"

"嗨！拿我打岔？到底你是哪个旗的？"

"回大师傅，镶红旗下。"

"我说嘛……看你白白细细的，嫩得像葱秆儿，浑身没点练武的气魄，不似将门虎贲家的坯子，细看倒像书生，也不像是皇戚家公子哥儿，没那股狂劲儿。嗯，好好练吧你。兹到了沙场，一旦刀光剑影，没谁能帮，那真刀真枪，血丝呼啦的稍一眨目眼就定生死。记住乾隆爷的话，'一刀即定生死'，绝没机会再来……是为你好啊，起来吧……把我等练倒你就出息喽……"

"巴尼哈（满语，谢了）！格尔达！"

但阿当阿一见跪地的马三也要站起来，便气从胆边生出来："你就跪着吧！"

马三一见，便对三福言道："三福，咱可说好，'凤子龙孙都该敬，不吝是否九五尊'啊……"

三福急道："坐根儿咱就不沾边儿。"

"那您是贝子爷？能够在上书房读书，刨去皇亲国戚谁成呢？"

"反正我不是，您不要我，我找格尔达去……"

"等等……小祖宗，"他低下了声儿道，"动不动找翼长干吗？您这不是要我小命吗？我这儿给您请大安了还不成？不然给您磕俩响的？"

"我在南书房是陪衬了几天皇子，瞧您吓的，跟耗子见了猫大爷似的，至于吗？我还告诉您，在咸安宫读书的有好几百人，该怎么算呢？"听三福说完后，马三放下心。他上下一再打量三福，觉得可信。看到此处，明亮是偷着乐了半天，心里说有意思啊。

正在这时，乾清门侍卫图尔勒与常保一同骑马来至善扑营。还有一位惦记着三福呢，这便是钮钴禄皇太后。她接连几日催他俩捎几个香瓜过去，生怕三福在这儿受挤对，因满洲武人有时会欺生。而钮钴禄常保也要告诉三福个喜信儿，就是他儿子和珅已从姥家回来了。常保将希望寄托在和珅的身上了，至于下边和琳，他总觉得即便是成了气候，也不过是贪图安逸的浪荡子罢了。若叫和珅与福康安多多走动，那么他这支系早晚必会进入王公行列。果然，常保算得没错。假若后来和珅不被法办，那么这对孩珠子都是御封的堂堂的公爵。

"哎？这不是三福吗？跑这儿干吗来啦？"图尔勒觉得有些稀奇。

三福一看顿时傻了眼，急凑近他道："您赶紧走，闲的没事您跟我打招呼干吗？我要急了可骂您啊！"常保在一边笑嘻嘻地不开腔。

图尔勒一听不乐意了，道："哎，三福，今儿这是怎么了，我招您惹您了？见面就这么不痛快，骂我是吧？以后您别搭理我成吗？您是主子行了吧，我好心当成驴肝肺不说，是'管大表姨叫表姐，没的吃有的说'。得得得，我装傻！"他撂下几个香瓜扭头走了。

三福本打算解释一下，可谁知早气歪鼻子的图尔勒拉起马缰绳掉转就走。三福道："图尔勒您倒是听我说啊，刚才……"

只听图尔勒自言自语地念叨："小胖墩拉粑粑，什么刚才才刚的，自个儿屁股自己擦吧。"他双腿一夹，座下马尥起蹶子，似要把北京的尘土都带走似的，一溜烟儿颠儿了。

"您儿子长得精神吗？"三福听常保说和珅，乐得屁颠儿的，还是多一个朋友好啊。

"嗯，眼睛挺老大，没我高，能吃着呢，比我壮！"

"他得管我叫点嘛不？"

"这个嘛，我还真没想，叫您……阿哥？"

"不成，您管我称'阿窦'，我得比他大一辈儿才成。"

钮钴禄常保发愁了："可要从太后那里论……"

"别价，那我不是掉下来了吗？从老祖宗那儿怎么论，我也上不去。我最起码是您大媒人啊，这事哪能说忘就忘呢？俗话说，'媒人大，大过天'。是媒人就高人一辈儿，我怎升不起辈分呢？"

"要不咱'俩独腿蛐蛐干仗——各有一单'，单论？随我，喊您三福额其克，行了吧？"

"万岁爷不是说'广学汉语，不拘一格'嘛，干脆叫三爹好……"

"行，就叫三爹。"常保咧开嘴乐了。

"就这么着了，咱老爷们儿说话一言为定啦！"

常保道："得，听您的了。"

于是，一只尚还稚嫩的手与一只粗大结实的手各伸出小拇指来，紧拉在一起。"拉钩上吊！吐吐沫为炮儿！一百年不许矫！"

三福这会儿的心思全在常保的补服上了。上有一头狮子立于山石上，在赤日前张牙舞爪，摇着尾巴。"哎呀，您成大员啦，帽子成麻红（红珊瑚）啦？啧啧，做封疆大吏了？"

"嗨，区区一个署提督啊，这水晶不水晶，宝石不宝石的……嘿嘿，瞎混呗。"常保心里美得不得了。同属皇亲国戚，他自感总算有仕途了。

三福俯身即拜，口中道："哈瓦哈！"他见常保顶戴后那支大孔雀翎，不拜不行啦。俗话说，"不管是否八千岁，大雀翎子是为贵"，旗人哪个不知晓见翎子金贵。三福低声说："常保老哥，您现在是大员了……咱那个辈分可别犯忤逆啊。"他胆小含糊了。

"嗨！哪那么多事，咱论咱的，赶明个儿就让和珅管您叫三爹，我说话算数！来！老阿窦！递给我手，上马就是了！带你一程吧。"其实，只要是出门在外的满洲人对称呼爷们儿与哥们儿都不在意。俗话说，肩膀齐为弟兄，而满人的长幼交情从来不在乎人大人小的论资排辈儿，所以便有了一个词叫"忘年之交"，意思是先要忘掉年龄交朋友，必是心满意足。

"您儿子多大？"

"早就十八岁了！"

"啊？大我那么多！"

"萝卜小，不是还有大垄背（辈）儿哪吗？"

谁听说十几岁的孩珠子给骆驼高的侍卫爷保媒拉纤的？可这大清的一件奇闻逸事单就发生在了三福与和珅的亲阿玛常保身上。清宫中的宫女被称作"宫姑娘"，是可敬而不可及的贵人，宫中人都忌惮与其接近。对宫女不能呼其名讳，要叫姑姑，如老公路遇宫女，得转过身去面对墙，低下头，手置前，以示恭敬，并不敢与其争抢道路。而宫姑姑上面还会有等次不同的姑姑，虽不成品，但等级却自分高低，归中宫下的各宫直辖。明朝宫女的奇闻最高能跟皇上打上连连，但清宫却对随意沾染宫女者非杀即惩。宫外传闻宫女都是皇上的女人，这在大清是绝无可能的。而明朝宫女最悲惨，她们皆选自民间，万里挑一，但却没几个能熬成嫔妃。

旗人历来有话说"宫中之女，皇上当敬，王爷不许"。旗人之间多靠保媒拉纤成全男女姻缘。可一旦女方做了宫女，便成为忌讳。宫女多为宫中指婚，其中不乏由皇太后、皇上、皇后或嫔妃指婚的，多为王公子弟迎娶。届时中宫会成为宫女的新老家儿，出嫁时要陪送彩礼，这便成为"宫姑娘高攀不上"的缘故了。所以，宫外人绝不敢染指宫女的婚事，宫女自己更是小心备至，不敢造次。大人都躲呢，这岂是小孩珠子能做的事？但此事到了小孩珠子那里却不一定是件难事。所以当见常保送来一只玉镯时，在皇太后身边的陪侍宫女靛翠便一再推辞，她担心此事一旦败露，不仅会身败名裂，也许连回家的机会都没了。她作为皇太后的侍寝宫女，整天围着"凤主"转悠，地位自高。但随着年龄的增长，也不能不寻思自己的婚姻大事。令靛翠想不到的是，三福却有道不完的话茬儿在那儿等着她呢。

"阿芸，我问问您，早晚不得嫁人吗？您想嫁个瘸子、瞎子？"他吓唬起她来。

"嘿……找阿芸拧你呢？小不丁点儿的人竟敢说这些没影儿的事，你不嫌累得慌？"靛翠虽一副不待见三福的样子，但却早视他作阿窦了。家中阿窦连见面都难，所幸她还能托三福捎东带西的。况且三福受待见是尽人皆知的，就连皇太后想买针头线脑的也要找三福。

三福言道："不是咱掺和，有人相中您不好吗？若看上眼，阿芸告诉我，行不？"他边说边将那手镯生给靛翠戴上去。他明知她拒绝是真真假假、假假真真。就冲常保那高个头的标致模样，准能与她配上对。"孩珠子走道——直来直去"，他还是从毛姐那儿学来了"相好"的词。

"都成侍卫爷们儿了，倒学会缠人了。"靛翠声音低下来，眼睛扫着不远处的慈宁宫前过道，生怕有人路过，并忙将腕上的玉镯用手帕挡住，因满人旗袍是半袖。此时正值皇太后午歇，慈宁宫鸦雀无声。见周围安静无扰，靛翠才在三福耳边悄悄说道："咱宫女是沾了皇家仙气儿的女人，按老规矩呢，嫁也得嫁到王爷、贝子、贝勒的府里去，算是天命，假若犯了忤逆，是要倒大霉的。头几年私订终身的那个桃子不就外嫁蒙古鞑子了吗？那可是自己找不自在呢。三儿，你可别害咱……我可没活腻歪呢！"

三福一听，便灰心丧气起来，心里说"得！没戏了"，干脆一屁股坐在地上耍赖，惹得靛翠哈哈大笑起来。

满洲女人的脾气都和大姑奶一样，敢爱敢恨，能惜能怜。靛翠心里暗思：常保这回是"瞎子害眼病——没有治的辙了"，你可真真是"癫蛤蟆想吃天鹅肉"了，弄不好大家都完蛋，您能是做王爷的料器吗？她紧着道："你先别急，等哪天阿芸闲了再说。"说完话便将玉镯褪下还给三福，扭头进慈宁门去了。

三福傻了眼，心说："我简直就是个笨蛋，常保是自作多情了。"

等再见到一直不敢出门做官的常保时，正是晚膳光景儿。只见常保急匆匆地赶到乾清门，手里举起个黄乎乎的家伙，喊道："三福，看咱给您带什么来了？"

三福撒丫子跑过来。"油葫芦？"他伸手抢过来，紧眯着眼从孔内去看，但仍看不真楚。于是，常保将短马褂在地上围成一个圆圈，才将油葫芦倒出来。"嘿……这么大个头，还不把蛐蛐儿给吃了吗？"

"啊？谁拿蛐蛐儿喂油葫芦啊，这是为听声儿的。那事……如何啊？"见三福全神贯注玩油葫芦了，常保只好借机张开羞口。大老爷们儿到底是很难拉得开薄面，可心下却又不甘，尤其是想起来靛翠的模样，不得不屈尊问道："三福老窦啊，咱的事……"

"哦，敢情它能吃蛐蛐儿？大鱼吃虾米，虾米啃滋泥儿……镯子给您拿回来了。"三福从兜里掏出常保的那只玉镯。

"哎哟……没戏啦？"常保自知砸了锅，当时就像蔫黄瓜一样，一屁股坐地上没了声息。多亏他是侍卫什长，不然这么左一趟右一趟地往乾清门这儿跑，早招惹是非了。

"急什么？这点破事至于吗！"三福见他这副德行，笑眯了眼睛。

"嗯？这可是您出的馊主意啊，她怎么说啊？"

"我寻思啊，人家见天见跟着皇太后身边转悠，不缺这玩意儿。"

"您先把油葫芦装起来。"见三福还惦记着玩，常保只好伸出大手，将油葫芦赶进了葫芦里。他心下别扭，捉油葫芦也笨了起来。"是命不好啊。"他自言自语道。

三福却像没事人一样，道："您再急我不管了，还是您自己来吧。"三福拿起糖来了。

"我不是那意思，别别别……"这时在常保面前的三福简直就成了大爷了。

"我有主意了。"三福精神头来了。

"真的？"常保一听，噌的一声站了起来。

"您别忘了，宫女归皇太后管。"

"那又怎么样?"

"靛翠是在担心出不去宫门，所以便不敢说嫁!"

欲知此事能成否，请看下文分解。

第二十三章
结缘禁城内　金兰和珅爹

常保与皇上的生母钮钴禄氏皇太后同为本家，而后来和珅最终能成为乾隆盛世的首屈大员也与此分不开。虽说常保只是个即将上任的官吏，但同样没离开皇亲国戚的圈子。而等和珅发达以后，更将子嗣变成了乾隆爷的额驸。其子丰绅殷德被皇上指定为十公主额驸，成为天下第一等的女婿。有清一朝，和珅的爵位与官阶之高、责事之广、兼职之多、权势之大皆为当朝罕有。当然这是后话了。一见常保那副垂头丧气样，三福乐得开心至极，心说，感情老爷们儿为个宫女已将自己弄成气迷心了。

“您别急，我有主意！”

“您还能有什么馊主意？”

“过几天神武门木栅栏那儿，宫女与家属‘接见’，您不会抢这个官差陪着去吗？”

“连个镯子人家都不收，陪着去还是不搭理我啊！”

“您等我去找皇太后，不就好办了吗？”

“快捅出娄子来了……老窦太小了，这可是大人做的事。”

“哼，那您就看着吧。”三福一噘嘴，扭头奔了景运门的侍卫处，把常保扔在了当地。

果然，当常保张罗陪宫女去会见家属时，靛翠悄用手轻轻捅捅他，道："您得对我好才成。"

"是是，那是一定……您应给我啦？"常保立时差点蹦起来。

"还要等皇太后答应送我出宫呢……"靛翠环顾左右后轻声言道。

"可是该怎么出宫呢？"常保又着起了急，眼看到外放期日了。

原来三福早借送贡果的机会直奔了慈宁宫皇太后的寝殿，未进门便喊道："给皇太太送水果来喽……"宫女们一听是三福，都争着来取贡果。

只见钮钴禄氏皇太后拄根棍子蹒跚着出殿门，言道："三福啊，你小子把老太太给忘了吗？过来叫我看看你！"

"皇太太哈瓦哈！公事在身想您又来不了，您就恕罪吧。"

"像个爷们儿了，个儿高了，膀子也阔了，送的什么果子啊？"

"京白梨，嫩甜嫩甜的，好吃着呢……"三福赶忙搀扶皇太后。回寝殿后，他是又揉腰又揉胳膊的，将钮钴禄氏哄得眉开眼笑、乐不自禁。

皇太后道："准又有事求我了！要不这么孝顺呢。"

"这回不是我有事，却是咱钮钴禄家里的事。"

"那我爱听，在深宫多年，外面什么事都不晓得，就算想帮忙，也出不了力。"

"上次那个高个子侍卫常保您记得不？"

"嗯，那小子是我本族的侄甥呢，他又怎么了？"

"他倒没怎么着，只是他的萨里甘扔下俩孩珠子没人管，多亏皇上姑爹给送进官学，可福其嘿又病殁了……您吃梨。"

"哟，那可苦了他。老太太我自打雍正爷走了后，不也是孤苦伶仃，幸而皇上总惦记我。"说到此处，皇太后眼中掉下来眼泪，她道，"只好再续了，这是怎么话说的……"

"可是他偏偏看上了宫姑娘，您猜是谁？"

"有这事？她们不打扮不归置的，没几个能上眼的。看上谁了？

我做大媒……"

"您可真是菩萨心肠，就是那个靛翠啊……"

"跟他走不就完了嘛，这还用费劲？"

"不是宫里有规矩吗？不能叫宫女在此婚嫁……"

"规矩也分对谁！你今儿来得好，要不岂不耽误了常保那小子……"

"他要外放做大提督了。"三福将大字用手比画着。

"那更省事了，跟着他走不就完了嘛，叫靛翠来……"皇太后一传靛翠，三福心里那叫乐啊。只听皇太后道："有个好小子看上你了，嫁了吧，我钮钴禄家的人，错待不了你，点个头吧！"

靛翠一听，红了脸，羞羞答答的，在那儿扭捏不已。

"我给你出簿子、出印玺，好好跟他过吧，只是这续弦可是不办吹打轿子了，别觉着委屈就成了。你把我首饰匣取来，挑几件吧，甭害臊，女子最后都是一回事，还不谢谢我？"

"巴尼哈！我舍不得您……"只见靛翠轻轻跪下，眼泪巴巴哭起来。

"哭了就是乐意，他敢对你不好，往后我没了，不是还有三福吗？"

此时三福的心里美得只想蹦起来，他抱住皇太太的胳膊，说："巴尼哈！皇太太，我替常保那小子给您老磕头了，您是千千岁的寿，哪就殁了呢？"

"嗯，这事就算定了。三福给太太说点你额娘的事吧……"

轻而易举，三福成了。

再说常保面圣之后，骑马来至善扑营看望三福，也算是辞行来了。因家中的老额娘已是病入膏肓，所以并不敢声张，不然，这提督的职位就要让贤，多少双眼睛盯着呢不是？这回，他还用包袱皮儿带了不少的吃食给三福。他没进门便对门子问道："旗兄，三福呢?"

"哈哈，您可是来得巧啦，在那儿站桩呢。"

"这都半夜了，怎么……喊您的格尔达!"常保恼了。身边的几个随人也喊道："快呀!"

门子开始还觉着不大服气，皇家翼营内还有敢这么叫喊的，但在灯笼下仔细一看常保的那件耀眼夺目的明黄马褂，即刻便知不能多话了。几个人走近一看不要紧，全都笑出了声，原来三福哪是在站桩，早已是呼呼大睡，去爪哇国梦游了。他身下坐着一把和他身子高矮合适的杌凳。常保看出这是武功中练习机警的"扁担"功夫。真不是东西，教小孩珠子练这个!

"三福?"连叫几声见三福没动弹，他心里说：这个福孩珠子啊，那桩非得站吗?

"您大几位是?"格尔达阿当阿见来人身着黄马褂，比自己的官高，这才应声过来。

常保想了想说："您老多照应了，我是替人来看看这孩珠子。"常保动半天脑子才觉得这么说最合适不过。若说出这是皇上的侄甥，三福也就练不成了。格尔达阿当阿不傻，多少明白了一些，赶紧喊马三把三福抱回大屋去了，还接过了一包袱吃食。常保庆幸的是，只这么一小会儿，也不会给三福冻坏了。

这时只见三福突然醒来喊道："常保阿哥，咱俩没换金兰帖呢，您就把靛翠带走了?"

"这靛翠与把兄弟不挨着边儿啊!还真要磕头吗?"

三福跳下大铺来道："要不您就给我磕个头，照顾一下我这吃不着红喜糖的人!"

"这个……成!"只见常保真的屈身跪地给他磕头道，"今日起与三福结拜为生死弟兄……"

"官名福康安才对。"他纠正道。

"得，福康安……"

时逢皇后忌日，皇上再到东陵祭祀了一遭，好不易赶回养心殿后，甚觉疲劳，整整一天，总是坐立不安。他随便想着，假若皇后还在的话该是个什么样子，随即躺在龙榻上看了会儿《史记》。历代皇帝都将立储视为大事。本朝太子未定，令他实在是心病难除。眼下这些个皇子到底谁能够继承大统呢？他无法即刻定论。历来长子续统是祖制，但随着一个个皇子的夭折，他开始觉得迷惑了，甚至怀疑起所有皇子的能力来。昨日见到细报，言说宫中的争宠被宫外描绘得很是严重。哈哈，看来外人往往只凭推断来看帝王。于是他叫傅恒悄悄地多安排些细作，查查源头在哪儿。他伸了个懒腰，忽觉得耳边轰轰，似有鼓鸣，闭目养神片刻，又站起身低头仔仔细细地看着身上这一件沉重的金丝银线勾勒的衮龙黄袍，不过才穿，便觉其沉重无比，箍若盔甲，引起周身不适。孝贤皇后尚在时，他身上穿的，无论是挂件、摆件、胸佩朝珠、冠顶的十颗东珠，还是龙袍、龙屐、龙轓鞍袜子等等，甚至就连那一柄货真价实的宝刀，都是由她来设计。那是一把贴身的短刀，羚羊角的刀柄上还有一小处隔间，可储存一双筷子与象牙签，刀鞘用犀牛角打磨制成尖形，上面隐约有六条扭动的三爪金龙。刀是由金与钢合制而成，鞘上镶嵌有绿松石、珊瑚、琉璃和玛瑙，共计九九八十一颗，这也是依照皇后绘出的图样制成。皇上的物件，无论大小，都须由皇后精选出后，制作成一本册页，然后再加工磨合。不仅要考虑气势与颜色的搭配，还要让皇上穿得舒服。只此一事，皇后就要问及宫内多人。甭论是宫姑娘、老公还是闲杂人等，皇后都会与其搭讪。难怪她宾天之后，中宫所有人皆哭得泪眼婆娑、赤红肿胀，声音嘶哑，几天不愈，好人缘啊……

皇后不仅动口，还要亲手飞针拿线。满洲女儿都要学修女红，单从绣出的花样、缝出的衣饰上便可推断出来那双手是笨还是灵巧。历代史书记载的皇后中还不曾有谁亲自为皇帝主绣龙袍的。在外人看来，也许富察皇后的替身在她殁后会多如牛毛，但在皇帝的心中再没了皇后的"替身"。这一点只有皇上自己明白是怎么回事。群妃争主，自古类同，乌拉那拉氏也无非是争宠罢了，正所谓"人往高处走，水往低处流"。

外人绝想不到，皇后是最会花钱的，不只是省钱得法，花钱也得法，宫内人谁也比不了。早在宝亲王时代，当时的福晋——皇后就有本账簿，记的多是花销。尽管时隔多年，皇上仍常在梦中忆起阿玛汗是如何控制所有皇子开销的，对他弘历有时更是管控得叫人觉得可怕、可怜、可悲。但当时的弘历却丝毫没有感觉出自己是最穷的亲王。既控制花销，还要管控收入。阿玛汗对几处王府都做了查实，却被告知，唯独是弘历"贫而不穷"，这是因弘历福晋把那份脂粉的花销完全贴补在了他身上，甚至还不惜车拉马驮地从娘家搬来应用之物。这就难怪弘历与富察皇后结缡二十二载，一直伉俪情深、恩爱甚笃。皇后贤淑节俭，常以通草、织绒制作首饰，从不佩戴金玉珠翠，还用鹿皮和绒毡给皇帝制作荷包、佩囊，以示不忘关外先世之遗风。这曾令雍正帝感叹，他好生佩服来自富察家的儿媳的节俭之能。

孝贤在世时，永远是三宫六院的债主。她从不与他人借银子，却反倒借银子给了数不清的人，就连皇太后也曾向皇后借过银子。宫廷之内，有时也同外面的花样儿的世间一样。比如说嫔妃们也是同样各个顾家，大多会将每月的月分钱积攒起来，通过东华门内南十三排的"大他坦"带出去。这是禁城连接内外来往的唯一途径，大他坦通过老公向家眷传递物品。嫔妃们才能与家里人用书信来往，报个平安。而老百姓着实不相信的是，嫔妃却不如宫女，宫女是能在神武门外的"木栅栏"处定期见见家人的，但嫔妃只有通过宫监的代理，宫殿监首领还须做必要的"详情记载"。使乾隆帝最为惊讶的是，孝贤皇后在世时，她的大他坦竟然连门都没有打开过，她从未将银子或礼品带回过家里，似乎她更想从家中取回更多的琐碎之物。为此，皇上服气，宗室服气，还没听嫔妃中谁说过不服气的。孝贤突殁，皇上乱了方寸，竟是日夜兼程赶回京师，带头服缟素十二日，并御制《述悲赋》。此后，他多次南巡路经济南，生怕触景生情，想起蚕妞引起悲怀不尽，自此始发毒誓，永不进济南城。皇上第四次南巡，其时皇后已宾天十七载，但他仍绕济南城而行，并作诗曰：

四度济南不入城，恐防一入百悲生。春三月昔分偏剧，十七年过恨未平。

腊月二十三是小年。因皇子们都来拜见阿玛汗，所以满殿堂皆被挤满。每人都会得到一份皇上的赠礼，多是些文房四宝或小摆件而已。皇子们还在那儿耐心等待，却听小恩子呼喊："觐见皇上……"

这一嗓子竟将皇上从里屋喊出来。见到尚是少年的甥侄三福又蹿了个头，皇上甚是喜悦、惊诧，开腔便道："三福来啦……"

"快给皇上姑爹请安！"傅恒照样是拘束不安、诚惶诚恐。

"甥侄给皇上姑爹哈瓦哈！"

嗯，好一个恭敬标杆似的双安大礼。皇上举起来手中的多彩荷包，道："这还是你皇姑爸爸亲手绣的呢，那时她能将所有的宫女变得手巧、贤纯，活计最快最好的还要得到她的奖赏。这个海马神龟图就归你保存吧，多少也是个念想儿……今日没参见的外官，你俩就免了跪礼吧。"

"谢皇上恩典。"傅恒谢恩后便与三福一起坐在了地上的毡垫上。

话说到此处后，皇上突然觉出自己的气迷心又上来了，刚还是长子次子，现在又转到嫡后这上来了。他赶紧抑制住念旧，又从身边锦盒中取出一柄玉如意。要知道，这在过去是给皇子的赏物，今天他也要破个例了。他道："这个也给你！"

傅恒一见慌了，道："这些是该送与皇子的呀。"他不是看不见身边一堆跪等的皇子，心说这可要遭人嫉恨的，于是赶紧给皇上使眼色。

皇上边看他的眼色边言道："三福是朕的甥侄，不是与皇子差不多嘛，将久呢，也是家国的依靠。"他又对讷亲的儿子道："你也要努力才好啊，大多国戚要比皇子更争气，一柄玉如意算得了什么？你俩一人一柄吧。"闻听如此说，傅恒只好再谢恩。但小恩子并未给三福拿过来，他故意用手轻轻地拦了皇上一下，这是他与皇上间的劝说"暗号"。但皇上却根本不屑一顾。等小顺子再拦时，却被皇上甩到了一边。稍停了片刻，没等三福跪行过去接，皇上干脆将那柄玉如意直塞到了三福手中。然后他紧锁的眉心大开，终于从一堆烦心事中走出来，大皇帝的威严与自信也重新从他心中走了出来。他心说，与个老公定什么暗号呢？自己简直有些荒唐透顶了……

此时小顺子喊道："所有皇子皆赐玉如意一柄，穗上随之挂有东珠四颗……"

"你们都退下吧……"皇上道。

所有皇子都在羡慕着三福的运气，也有几人眼中悄然露出愤愤不平的嫉妒之色。尽管那几位皇子的年龄最多不过十几岁，但他们眼睛中发出的熊熊妒火几乎烧得他们恨不得即刻将阿玛汗取而代之——续成大统，登基做帝。其中始终妒火满腔的皇子便是十五皇子永琰，因他发现赐给三福的荷包内另有四颗东珠，所以他更怨恨阿玛汗的有偏有向。尽管永琰煎熬了极其漫长的几十年后终登上了皇上的龙位，但自小以来的欲望常是埋藏在心。皇子们接到礼物后，陆续退下了。永琰先想到要去六额其克和亲王弘昼府中。只有在那里，才能受到款待。从王叔那里，他可以学到帝师所授的《孙子兵法》中学不到的东西——这便是无为的"隐忍"。

弘昼很会哄孩子，他希望甭管哪一位皇子都能与自己亲密无间。见永琰噘着嘴进门，便详问了经过，而后言道："几颗珠子算得了什么？我是最大的亲王，皇上顶的是十颗东珠，而本王也只好少一颗，九颗东珠我不是也在隐忍吗？我给你就是了。"当听说这位大清最大的亲王都在隐忍时，永琰笑了，他发觉自己的隐忍仍不够。当然了，大清亲王的教诲当是至理名言了。

"妒忌？"弘昼喝够了酽茶，没了刚睡醒的迷糊，才张口说话。

"总觉阿玛汗看不见我们皇子似的。"永琰终于说出心底的想法。

"瞧瞧你！不就是些小玩意儿吗？你享受的是皇家世代的荣华富贵，而富察家不过是皇上手里棋子罢了，难道这也不懂？"弘昼只有不顺着永琰，才能够叫他完全听自己的指派。

"我看三福永远要出人头地，不服气！"

"你是个皇子，怎能与一个外戚子弟比较？你更该深藏不露。不就一个三福吗？你那么多的阿哥，尽管谁殁后都能不断地被封王挂爵，死了就是死了，皇上活人还管不过来呢不是？眼下还有件好玩的事情，但就看你的运气了。"

"哦？真的吗？"永琰想不到还会有什么好玩的。就王叔的那个没完没了的哭丧玩法，都说是很不吉利，实难叫他介入其中。那样的鬼哭狼嚎，王叔竟然眼都不眨一下，还花大钱请了一群南地的"哭丧帮"到王府来"唱大戏"。

"别怕，我早烦哭丧了，前些日到雍和宫请喇嘛占卦，老喇嘛说皇上给阴间的皇子们封的王过多，便是本朝的不祥之兆。"

"这个嘛……"永琰当然说不好，也只有听弘昼讲了。

"比如说，皇上对永璜追封定亲王，对永璋追封循郡王。而在皇五子永琪殁前几个月，你阿玛汗就已然封他为荣亲王了，这分明是在'冲喜'，而任凭皇上怎样去佛堂讨吉利上香，或找萨满打鼓驱鬼、狂跳大神，毫无益处，这哪是在封王？不过是在安慰自己。眼看渐渐长大的皇子们先还欢蹦乱跳的，却是一一离世，短命夭折，先是永璜、永琪，再是永璂，皇西陵的王爷坟已'王'满为患了。"

"阿玛汗在禁内留那么多外戚子弟，倒显出皇子不好了。"

"皇子都争气吗？连红模子都要去偷别人的！瞧你们那点子出息！"

永琰没想到王叔倒是门儿清。

"外戚子弟长大以后都会上沙场打仗，你懂什么？"王叔终于笑了起来，道，"我养了头熊乖乖，你不想看看吗？"

"它不吃人吗？"

"你想叫它吃谁呢？哈哈……你若不帮我出点银子请人伺候，王叔还就不打算养了呢。"

"吃不吃的，要能咬他一口的话……银子不算什么？"

永琰乘轿出王府后寻思着，他该怎样取出银子来。额娘能藏哪儿呢？这倒真是个事。

欲知后事如何，请看下文分解。

第二十四章
王府熊出没　布库不枉习

　　几日后，南书房内，永琰见三福正誊写一份颜体大字，便凑过去问："三福有好玩的吗？"

　　"没有啊，若皇上再给假，公府倒是很好玩。"三福边写边道，头也不抬。对此，永琰却认为他根本不将自己放在眼里。

　　殿内安逸寂静，滴漏滴滴答答的声音清晰可闻。在三福更认真之时，永琰心生一计，对他道："喂！三福，和王府里养了一只大熊羔子呢。"

　　"是皇上在北海养的那一只？"

　　"你见过？"

　　"那是小熊，边走边摔跟头呢。"三福一比画，把大家逗乐了。

　　"啊？真的？大马熊也能养着玩？不吃人吗？"老十八闻之色变。

　　三福道："额娘说熊瞎子喝人血。"他的知历皆来自额娘的故事当中，不是老虎变成人吃人，就是大马熊上门专吃小孩子。

　　"熊瞎子舌头上有钢针倒刺，一舔人脸'刺拉'皮就没了。"永瑆也凑过来说道。他面前纸上画着一只猫兔都不像的家伙。

　　"阿玛汗说过，老罕王能把熊打得嗷嗷乱叫。"永欣也掺和进来。

　　"只有老罕王才有那本事！"三福对熊照样心有余悸。

　　"谁去看王爷与熊玩布库？不想去的就拉吹！"

皇戚们一听，都争抢着喊："我去，我去。""我也去……"

有这等好事，当然三福也不愿意落下，他顺手将笔扔到了一边。

"我怎么从没听谁说过老罕王抓熊的事呢？"永琰撇撇嘴，不相信永欣说的话。

三福道："假若太祖爷没有一群降龙伏虎的战将，大清怎能有这大的疆域？"

此话有理，可龙不是万能的吗？年龄尚小的三福哪会想到面前这位皇表窦永琰脑瓜儿里已转了八道弯。满洲人豢养熊绝非传言。关内都以为"长四爪的能吃肉，有四蹄的锅里香"。其实，熊能看家守舍，曾是满洲家中豢养的活物之一。长白山里有甚活物，家中没有不敢养的，大到大猫、豹子、黑熊，小到各类马、鹿、麋、獐等等，甚至连野狼崽儿都敢养在狗群中。但再没有比黑熊能看家护院、体贴主人的了。小熊羔子只眨眼工夫便会一下长成大家伙，与主人和谐交好，还能随主人上山狩猎捉野物。清初时，在京城到处都能见到人牵着黑熊上街游玩的场景。后来，养熊逐渐变成少数王公玩的东西，这是因熊是要吃很多东西的。

皇上赞同皇子、皇戚们都去看看熊，本是想验验他们是否长大，这才应允他们进入和王府，接触一下野生的熊。可实没想到的是，在孩珠子当中却早有人算计好怎样戏弄黑熊。既是皇上编排好的事，那想必也是万无一失。尽管皇上完全忽视了小熊的长大。满洲人豢养猛兽是有规矩的：只要是伤过一次人，就会被屠杀。这头小熊会作揖要吃要喝要玩意儿，还会撒娇泡蘑菇，还能推碾子、推排车，驾辕运货，翻跟头打把式，总花样翻新。未见到熊时，皇子、皇戚们便开始兴奋起来了，只觉得太好玩了，早忘记那是头真家伙。

和亲王府位于铁狮子胡同东口路北，坐北朝南，曾是康熙第九子贝子允禟居住的贝子府。康雍皇子争嫡，最后雍正爷胜出登基。雍正四年（公元 1726 年），允裪被钦定"僭妄非礼"之罪，革去黄带子，摈除出宗籍，幽禁于此府，同年因"腹疾卒于幽所"。十一年（公元 1733 年）时，雍正帝将府邸赐予五子弘昼，是为和亲王府。王府东侧为北新桥南街，南有阿斯门挡道，将铁狮子胡同东口阻断，被旗人私下称之为"霸道门"。缘故是，若东、西阿斯旁门完全关闭时，往来行人若往东就要由西阿斯门外南边的胡同南行绕至朵朵儿胡同。府门对面的大影壁身后有几间倒座院落的南墙外，便是朵朵儿胡同。而朵朵儿则是满洲人常喜欢吃的吃食。亲王府西边隔着夹道是贝勒斐苏府。和亲王府有大小房屋六百余间，大致分为东、西、中三路和倒座四部分。

皇子、皇戚们刚进王府，门子便抱着口袋，向他们分发熊食。

弘瞻言道："我待会儿要把熊打扮得干干净净。"

胆小又爱抻头玩恶作剧的老十八言道："它要咬人怎么办？"

永琰却说："能咬你？瞎扯！驯好的熊听得懂人话。"

永欣听了，胸有成竹了，也道："这熊崽子还会耍布库。咱这么多人会将它摔成熊样的。"其实永欣根本没见过这只传说中的熊。

弘昼为露脸有面子，进门时，便将赶制出来的斗篷发予诸皇子、皇戚。这本是沙场上偏将穿的斗篷，里红外黑，甚是结实耐用。永琰随即赞赏道："嗬！和王爷好大的面子啊，巴哈尼！"不会儿，只见几十个身披斗篷的孩珠子英姿勃发。弘昼懒得与他们搭讪，借口溜走了。发斗篷不过是向皇上证明，他是善待皇子、皇戚们的。

"巴尼哈王爷……"一声声带有童音的清脆的拜谢即刻响彻府内。门子带他们连进几门，径直绕到后院干涸的放黑熊池塘边。"这儿呢！哈哈！"一见黑熊在那儿晒老爷儿，皇子们顿时嚷嚷起来。

"过来，给我哈瓦哈咮（满语，作揖之意）一个，给你猪肘吃……"

"作揖给吃的！快来，给你个熏鸡腿……"

"给咱哈瓦哈！"

原来的小黑熊现已长大，听到呼叫声便晃晃悠悠地先是立着走路，后矮下身躯高兴地奔过来。黑熊连连作揖，还不断比画请安，鞠躬点头不止，逗得皇子、皇戚们哈哈大笑，纷纷将吃食扔向黑熊。管家道："别瞎喂吃的，没了该发脾气了。"

这时老十八突然故意将探头探脑的永欣向前搡了一把，这下永欣不干了，大声哭骂道："你吓唬我，我告你额娘去！"

"若出了人命，看你怎与阿玛汗交代。"帮腔的是皇子永瑆。

这时永琰说了话："去去去，小孩珠子，胆小得像灰兔子，以后没人与你玩！蛤蜊猫似的（蛤蜊壳遇险即刻关闭）胆小鬼。"

"这么多阿哥在呢，咱不怕！"永瑆赶紧安慰永欣。

永彬偷偷将一把铁砂塞在带来的一块饽饽里，朝黑熊撒去。熊对糖与奶油的嗅觉敏感，上来伸嘴叼住。不料，黑熊刚将掺铁砂的鞑子饽饽吃到嘴里，便"咯巴巴"硌坏了牙口，它先是怒吼一声"哦哦"，吓得皇子、皇戚们呼啦啦远离了干池塘。

别人都在喂熊，三福却东看看西望望的，对王府内假山假石与花盆甚是喜爱。他今日还特意给熊带了几个糖耳朵，额娘说熊喜欢吃甜，在山里还会吃蜜蜂窝呢。他原以为小熊会与大狗差不多大小，可见它已变为大家伙，便觉得可怖了。这时，刚还温顺的小熊突从喉咙中发出一种极为瘆人的呼呼声响。

只有养熊的人懂得，熊受委屈时最容易吼叫。此时黑熊被铁砂硌得疼痛不安，牙床出血。而它发现的目标正是三福披的斗篷的红色缎子内里！所有猛兽都认为红色是挑战、是威胁、是恐吓、是蔑视。于是它"吼吼"地仰天长啸，暴怒、暴跳！黑熊的吼声惊动家丁。但黑熊反倒因主人的到来而怪嚷起来，将塘边的皇子、皇戚们吓得吱哇乱叫，忽聚忽散。黑熊竟一下蹿出丈余深的池塘！吓得皇子、皇戚们尖声喊道："不好啦，熊出来啦……"只见黑熊凶神恶煞一般，张开它被铁砂硌得鲜血淋淋的大口，像一座小山似的，坐在那儿喘气。和王府内即刻大乱起来！而当黑熊再次发现三福斗篷的红色内里时，气更大了。动物对红色的敌视是不可转移的！此时熊离三福是近在咫尺，也许伸出熊爪就能够到他！明摆着，三福此时已身陷绝地！别人早飞快跑走了，三福只好先退到身后的花池，借助花草的遮掩来躲避这不断伸着双掌、欲与他拼命的黑熊。情急之下，他用余光看好身后游廊，纵身来了一个"倒头后折"，折进到游廊内。但要与他较量的熊对他是紧追不放。

这时，喂熊人已发现三福斗篷衬里是红的，便对他喊道："把斗篷扔了！"

但三福哪懂得熊是恼怒红色。情急之下他揪下腰间那块作护身符的玉璧，借着在柱子后躲避的瞬间，将玉璧对着黑熊张开的腥血巨口塞进去……只听见咯嘣嘣，玉璧被熊嚼了个粉碎。它更是怒不可遏，眼见红色闪来闪去的，近在咫尺，却抓不到。它干脆耍起混来，大步扑上石级，挥动巨掌拍打游廊木柱，还将游廊的硬木靠背打得支离粉碎！看着熊打碎了游廊，这可吓坏了手无寸铁的三福。敢情这家伙有这么大的劲！这要被拍打上，肯定是骨断筋折，终生残废了。而早被吓得跑远的一群皇子中只有永彬壮着胆喊了声"三福快扔斗篷"——喂熊人刚才正是如此喊的。当三福顺游廊又跑进偏院，也就是弘昼的寝殿……黑熊见是主人的院落，便在门口停顿了片刻……

也许被豢养大的畜生终有规则。黑熊曾因随意乱串被蟒鞭抽打得皮开肉绽。而畜生发起疯便会六亲不认。这时它又一掌将身边的硬木窗击碎。它忽而想起来，自己是未经主人的许可到此，也只好依照原路返回游廊内，打算沿着甬路回到前院去。在挪挪走走的动作中，它狂躁地打着响鼻，露出没达目的的恼怒。但凡大牲口，都尚存野兽的本能与凶残，被激怒后，绝不会轻认失败，绝不允许任何人阻挡，哪怕是主人。现在它毛发直立，似刺猬般完全扎煞开一身的"钢丝"，用腥臭的巨舌舔着带血的巨口。巨吼声已将它的野性暴露。

熊在饥饿时嗅觉最灵敏，当三福打算从穿堂门逃跑时，黑熊又发现了他！而此时，三福已将斗篷的绳袢用手揪断……紧急跑来的王府护卫已毫不客气地射出一串弩箭，射进熊张开的血口中。它眼眶同时中箭，疼得它再次尖啸起来，声音如大猫般的浑厚震撼。中箭的它一头栽在庭院中，随后便乱蹬乱踹，并用四只巨掌胡乱拍打，直将院中汉白玉鱼盆的须弥石座蹬倒。鱼盆摇晃后裂开，里面绿液顺着被打碎的瓦片缝隙哗啦啦流出，庭院中即成了金鱼挣扎的沼泽……发疯的熊唯独剩下嗜血与凶残的秉性。早被吓坏的三福撒丫子顺游廊通道疾跑，他恨不得像耗子一样即刻钻进地缝中。

平日黑熊不被允许进入到游廊内，所以它在这么个憋死牛的地方绕来绕去的，实难伸展神力。它恼怒的是，今天竟有人给它掺铁砂的饽饽。熊发了通飙之后，带着浑身的伤，重新爬起来，再看见游廊里的三福时，它又去追。三福此刻只盼着能遇到一扇打开的窗户，只要他跳进去，就能幸免。他跑着跑着，忽见面前有一扇打开的朱棱木窗，于是他猛然纵身，用一个从善扑营内学来的"扑虎"翻了进去！只听一声"咚"，他折进了满是方砖的屋内，磕了一个许是今生最大的、绝不知是给谁磕的糊涂响头，便摔昏过去了。而跟着的喂熊人吴宝早被吓得尿湿了裤兜子，他一想到可怜的三福被熊瞎子用满是钢刺的巨舌舔掉了鼻口便觉恐惧。眼见黑熊借惯力冲过那扇窗继续前寻去了。尽管它的嗅觉灵敏，但满头及眼眶的伤已令它变得麻木不堪。待它反身回来时，窗子已被关上。此地却是主人防范它的最后一道防线。因弘昼一直怕熊伤及家眷，所以精心设下陷阱。只听轰隆隆一声巨响，天翻地覆！栽下去的熊即刻摔昏，好一会儿才醒来，它嗞哇乱叫地在陷阱内伤着心，期盼主人来救它……

闻听出事，最害怕的当然是弘昼。他原本想吓唬一下三福，谁知这畜生竟这么暴烈，若出了人命，自己怎能躲开干系。于是他只好催促护卫们都去制熊。但糟的是，黑熊竟踩着人走的梯子艰难地爬了上来……而令它想不到的是，此时几十支铁刺弩箭"嗖嗖嗖"射在它的铁背上……最倒霉的便是喂熊人吴宝，他正走到熊跟前……只听他怪叫一声"啊呀"，这怪叫声激得三福即刻苏醒。当三福发觉窗外不远处那疯了的熊正挥动一对天下闻名的兵器——巨大的熊掌——将喂熊人吴宝打得奄奄一息时，他即刻又抄起屋内兵器架上的一支装火药的火铳，急对着黑熊瞄准放火！"轰"！

正在不远处观望的弘昼急眼道："你……你要打死它吗？"至此，和王府内已是乱作一团……

"什么？黑熊疯了？伤人没有啊？"皇上对小顺子瞪起来一双龙睛。

"听说三福打了黑熊一火铳……"

等弘昼急急忙忙赶到紫禁城阿哥所时，皇上正在那儿看皇子的课业。弘昼一见皇上，不曾请安便气喘吁吁道："我的熊乖乖啊！皇上得给我做主啊。"可正因看黑熊出了事而甚为不满的皇上此时想的是皇子、皇戚们的安危，根本不会关心熊怎样。他反问道："孩珠子们都有事没有？快说！弘昼你可知罪？"

弘昼却道："三福差点射毙了黑熊，这是无法无天啊！"

"人没事就好。早就说过，要看好这猛兽。传三福！看身上有伤吗？"

"还好，只被熊舔了一下。"一身脏乱的三福成了个乞儿模样。

小顺子急切说道："听说熊舌上都是毒刺，一舔一层皮？"

"它舔掉了奴才的靴鞡底子！"听三福如此说，众人都惊得头皮发麻。

皇上这时又问道："弘昼！那熊到底长多大个头儿了？"

"回皇上，那熊还是只小狗熊。"

"我问的是到底有多大个头了！"

"没有一人高。"弘昼的瞎话是张嘴就来。

欲知皇上怎么说，请看下文分解。

第二十五章
刘罗锅问世　钮和珅露头

"你就说有多少斤吧！"

"我寻思有一二百、三百多？反正是没到四百斤……"

"去年朕就告诉你，要按时约分量，到底有多沉？啊，看来我得真约约了……来人！"几个侍卫应声而入。

"这个……皇上不知，臣弟家的秤坏了不是。"弘昼边说边哆嗦起来。原以为皇上不会翻脸，现在这副龙颜对他而言已不像画上的样子，他赶紧道："还是奴臣自个儿去约吧……"

赶回来的阿森阿道："禀皇上，喂熊苏拉说熊至少五百多斤呢！"

"啊？那不成半只大象了吗！真是玩疯了！"乾隆帝不禁震怒，"大胆弘昼！竟敢欺君罔上！拿下他！扔宗人府牢里去！"

弘昼一听害怕了，连连喊着："皇上息怒！请给奴臣恕罪机会……"心内可说：好你个三福，居然敢告本王的状！他"咕咚"一声跪下，哭泣起来。他知道四哥吃软不吃硬，于是他哭得上气开始不接下气了："额娘啊……阿哥啊——"直哭得皇上是心烦意乱！

"来人啊，即派虎枪营把熊灭喽！"

当弘昼再跟随虎枪营侍卫来到府中时，那熊已是三魂出窍，奄奄一息了。他手拿绳索，闭目一步一步走过去。谁知已中侍卫数弹火铳的黑熊连气带怒、连伤带气，未等主人到跟前，竟然轰然倒地，死了。但弘昼却被阿森阿等当即绑缚，他挣扎了几下道："你怎敢抓亲王？"

"不光抓您，别的王也抓，到那儿您自会心知肚明……"

原来，送他黑熊的礼亲王永恩已跪于当地。弘昼一见是永恩便扑哧笑道："这可是报应啊。"果然，礼亲王永恩又犯事了。清廷规定：王朝对农户"永不加赋"。永恩却威逼庄园管家程幅海额外提高田租，因其不从，便私派汉军将其家产尽数籍没、房屋拆毁，将程家人全部圈禁并施以大刑。永恩还亲手将程管家身上割了无数刀口……此事被窦光鼐奏报，说他平日在顺天府、步军统领、刑部等衙门内为非作歹，并涉讼累累。衙门里还积存了其子昭梿恃强凌弱、欺辱百姓的诸多案件。乾隆帝闻听，拍案大怒。前面说过永恩曾与弘昼一起在朝堂上殴打凌辱大臣，曾被皇上下谕旨斥责，以"妄自尊大，目无君上，滥用非刑，凌辱大臣"等罪名没收地产千亩，押入宗人府监禁多年。当年他俩就是"一根绳上的蚂蚱"。今日再想起于朝堂拉偏架的那一刻，永恩不由得后悔自责。起初绝不知道弘昼是毫无才华、假装勇武，貌似混账的皇子。而弘昼也即刻回想起，当年他也曾因为打人而受伤，还绑上正骨的夹板，足吃了一管箩跌打丸。如今又犯在皇上手里，他俩也只有比着一再磕头认罪了。任头磕得山响，皇上却不看、不闻、不问。永恩只有乖乖在地上趴好不动，想留下"畏君"的样子。记得皇上说过"有怕就有改"，他真想说奴才是真怕了。好一会儿，永恩才听到皇上龙屐的嘟嘟声——皇上步履轻松地移出了大殿。他总算是明白了，皇上终于找回了面子。"自酿出的苦酒，由自己打点。"但复转回来的皇上经深思熟虑后说："永恩若想亲王帽子平安无事，就做点利国的事，可将本朝大事记下，赏你大学士、尚书的俸禄，若胆敢与朕算账，仍去除世袭俸银十年，关宗人府三年，再罚十年俸禄，算算哪个合适！"

"还不赶快谢恩！"殿前宫监小石头催促并提醒他，心说：你俩身在福中不知福啊，若再下去，这亲王的高爵厚位就成了空架子。现如今满朝才子济济的，你那几把刷子还差得远哪。

待将永恩押下去后，皇上狠拍了条案道："弘昼你该当何罪呢？"

一句话将弘昼吓得魂飞魄散："四哥，您再给我一次机会吧……"

皇上示意身边人下去，这才道："那这是最后一次，朕要将一个最不可告人的秘密告知你，今后，你就是朕最大的心腹，大清的所有秘密都将与你有关……知道东厂吗？"

"要奴臣领老公办东厂？"

"老公是不能用的，大清也不会设东厂，但凡是军机秘密大事，都要由你外放主查，但你在外面仍旧做那个为所欲为、行事诡谲、胡作非为的荒唐王爷，你可能做到？"

"巴尼哈皇兄，您终于给奴臣官做了……"

"但这事谁也不能知道，懂吗？"

"懂懂懂……"弘昼将头磕得咚咚响，心里一块石头好歹落了地。

而令帝师们意外的是皇上下谕，命皇子们在保和殿参与"君测"。君测是圣祖康熙爷传下的老规矩，被测人在皇上眼中都是一样的。作为代表公允公正的圣上，生怕真有哪个奸佞帝师投机取巧贻误了皇子皇亲。而皇子们最惧怕的，倒不是怕皇上安排好测卷，却真格是怕皇上做"监考"。谁当师傅不可怕，但谁做监考才是最可怕的。假若圣上御临考场，可怕的还有身后那些人高马大、威武威猛有余的御前侍卫们。这些黄马褂就像是皇上的左右手，他们逮拿过文武百官，即便是拿获亲王，也从未有丝毫迟疑。考场安排在保和殿，与鸿胪殿试一样，隆重庄严。安静得连喘气声音都听得见。只见师傅们一个个严声厉色，绷紧脸皮，就连平日亲切和蔼的师傅也拉平眼角的褶皱。君临考场，谁敢怠慢？只凭侍卫站桩在门内外的气氛，便会叫所有皇子、皇戚们生畏，瑟瑟发抖。连庑殿廊下的恭桶也多了几只。这待遇是一般民间学子绝不可能享受的。王帝师说过，不怕老天是大暑，这里也会是寒气凛然、阴森可怖。三殿平台上的冷风曾使得皇上不得不下旨，将炭火盆齐整整码放一圈，还要用棉帘子严严实实地遮挡，前脸还要释放出炭火内的"生煤气"。过去令人瞩目的便是大清乾隆朝的两把宝刀，那是作为皇帝君临的威严象征。一把是在门口被高高架起来，下铺杭缎的"白虹宝刀"；而另一把是"遏必隆刀"，刀光令谁都不禁胆寒。这两把宝刀常被百官私下称作"尚方刀"。清朝并未专设"尚方宝剑"。那把闻名遐迩的白虹刀是乾隆皇上的御制宝刀，常悬挂在龙榻前不远处，以震慑周边的不轨之气。其实满洲因对尚方宝刀的忌讳，才从来不用尚方之刃。当年李自成揭竿造反之际，崇祯皇帝四处发滥了尚方宝剑，直到没了宝剑再发。而投诚八旗满洲的明朝高官都说，正是这"尚方"之物将所有能臣不是杀没了，便是吓跑了，所以，终清一朝，不敢再用什么"尚方"了。而今年，皇上不再允诺刀摆在门口了，禁地之内何必用刀！此次君测一概顺利，皇子的答卷上有了明显的起色。

其实，在内廷看起来，许多皇亲国戚子弟，如外戚那些姑表、姨表的，都是皇上的外孙或亲家孙。就拿三福来说，不仅是皇后的，也照样是皇上的甥侄，按民间要叫皇上"汗姑爹"——也就是姑父的意思，一样是皇上的侄甥。像三福的表兄弟们还有很多很多。可当紫禁城内的咸安宫学子逐渐多起来时，各辈分的王爷、郡王、公主等子侄们都来凑数。每到下学出门时，几百名读书郎，到处乌泱泱的，可是一大片。只于西华门外接学子的各样式马车足能排成一道车马横墙，瓷瓷实实地堵上了筒子河旁的官道。而每家来接人的会有好几个人，这更使得西华门外人满为患。随着贵胄子弟的不断增加，逐渐滋生了相互摩擦出的烦躁，渐相互龃龉起来，在贵胄子弟间也开始分出来"阶次"，有了官品类的东西。有顺口溜为证，"咸安学堂在禁宫，您高他低各不同，见他揣有个金如意，他腰间必挂个玉玲珑，虽不是额驸爷来到，也是个郡王好命身。只剩下几个人没用，查三代没个不团龙，不过是宫钗高桩脚，没见到包衣总随行"。贵胄分档而论，这便是大清国惯出的毛病。

自咸安宫官学开办，朝廷便从景山官学中拔出来佼佼者。康熙爷时，这里多是上三旗的勋贵子弟，而乾隆年间，皇室为表示对国学的重视，只要在八旗翼学内文武突出的孩珠子常被挑拣出来，所以，来咸安宫的官生渐多了起来。能来皇宫开蒙，家长自是严苛训导幼子……每个学生也像在宫内做差一样，一人颁发一枚闪金光的镀铜铝腰牌，在背后刻上哪旗、哪甲、阿玛名号与自己名号、年纪、长相等。在西华门出入时还得高举起腰挂子来。再加上各辈分的王爷、郡王、公主、公侯伯爵、各级勋臣及尊贵的子侄们凑数，官学内开始紧张起来了。曾有翰林院的大学士嘀咕着"进门实难也"，被乾隆帝得知了。其实，即便这位翰林一声不吭，乾隆帝也想予以治理。"那就派人去看看吧。"

于是，今日大学士傅恒、刘统勋等大臣便早早地骑马站于此地，非看看都是谁挡了官道。但巧了，此时刘统勋之子官生刘墉正好从他俩马前走过。刘统勋一见便使眼色，叫他赶紧走开。可这时西华门外一片乱糟糟的，刘墉根本听不见阿玛说什么，只好大声来问他："您说什么？"身边官生们也没听见刘墉在喊什么，便起哄道："小罗锅！在巴结大官吗？"刘统勋听后便直接问那几个官生道："你是谁家的？怎敢如此忤逆朝官？"

几个官生一听，怯懦起来，随即一阵风般钻进人群，但却叫傅恒看在眼里。皇上今日叫他来的目的，正是想看看刘统勋的儿子是否能考一下进士，叫他看看还有几个名额。缘此，傅恒一见这官生面貌与刘统勋相似，便骑马过来问："你可是刘尔纯大人之子？"

"是是，小人正是。"刘墉一听吓了一跳，赶紧施礼。

"混账小子！还不见过大人！"刘统勋一见刘墉缩脖端肩的模样，气就不打一处来。

其实，刘墉长得乃是纯纯的一副书生面孔。他的雅号来自他的瘦弱不堪，还有便是他一向瑟瑟的紧夹肩膀的习惯，所以官生便给他起了好一堆外号。尽管阿玛刘统勋觉得脸上甚是无光，刘墉对此却全然不在乎，他说家雀儿给尼玛善起绰号是怕被它吃了。于是刘统勋不再问他的课业，只望他将来做个笔帖式，能吃饱饭就罢了，而刘墉也没做官的做派。

傅恒一见果然是刘墉，便在马上问道："你书读得可好？"

"回世伯您，奴才的书早就读过了官生所学……"

刘统勋闻之又怒："你还不跪下答话！"

"你如何知道喊我世伯？"

"我见过您府中的官像……"

"想做官不？"

"日思夜想，可是我阿玛……"看见阿玛在身边，刘墉有些发怵了。

"哦，你只来回我的话，不要看他。为何不去考进士呢？噢，你是怕刘尔纯生气是吧？告诉你，若你真有本事考取，很快便会做官，若你考不上，我只能叫你做个小吏了。"

"为何考不上也会做吏？"刘墉不解了。

"记住，你是忠臣之后，当然就能做官！还有几十日的时间，回家备课去吧……"

"大官能给什么官呢？"

"嗯？道台小吗？"傅恒边道边笑起来。

"谢过世伯，果然不小，一言为定……"刘墉言罢，夹着肩膀，匆匆地挤进了人群。

"您这是干吗？假若考不中，那我脸面哪里放？"刘统勋不解了。

"假若他考中了，难道您这张脸便要供起来吗？"

"您明明是忠君之事，为何这般为难于我？"

"我看您是老道昏庸，见不得人才！"

"您却是营私……但还不是舞弊，我不会与您银子的……"脾气古怪的老刘气恼了。

"您倒是墨守……却也不是陈规，我比您挣的银要多……"直爽有余的傅恒也动气了。

"您记住，我老刘家的人到死也不会为您抬轿子的！"

"您也记好，富察人若不忠君爱国，人神都会诛之、讨之的！"

"您想做杨家将？"

"难道世代忠君不好吗？"

"可是，您真是气死我了……假若刘墉也像我这样耿直，刘家哪儿还有活路？"

"想不到雍正爷指派的顾命大臣刘尔纯竟是这么一个胆小鬼！"

"我不想叫他做官啊？"刘统勋瞪了眼睛，座下马被吓得连打喷嚏，"做芝麻官也要担风险哪！"

"怎么？您想叫刘墉做大官？那为何非等我来劝？你个老罗锅……"

"哎，大人啊，那可是我儿子的外号啊，与我无关啊……"傅恒在前面驱马边走边笑，而刘统勋在后边可急红了脸孔，可没追几步自己也窃笑起来："皇上夸我是忠臣？哈，刘墉啊儿子，那你便是忠臣后的再一个忠臣才对啊。哎傅大人啊！是否刘墉先要报名才成啊？"

不久，果然刘墉高中进士，以恩荫举人身份参加当年会试和殿试，考中二甲第二名进士，与沧州才子纪昀同被授为翰林院庶吉士，先在散馆任编修，不久又升迁为侍讲，开始步入仕途。乾隆三十年（公元 1765 年），刘墉升任冀宁道台。次年，因任太原知府期间，失察所属阳曲县令段成功贪侵国库银两，坐罪革职，判斩监候。乾隆帝因爱其才，特加恩诏免，发军台（塘汛，即邮驿）效力赎罪。次年便赦回，命在修书处行走。乾隆三十四年（公元1769年），授江宁府知府后，任上素有清名。也就是福康安被命御前侍卫次年，再迁江西盐驿道。乾隆三十七年（公元1772年），福康安开始从军金川时，刘墉擢授陕西按察使。父刘统勋病故后，其回家服丧至四十一年（公元1776年）。三月期满时，经傅恒向乾隆帝念及刘统勋忠君多年，且察刘墉器识可用，皇上遂下诏授刘墉为内阁大学士，任职南书房帝师。

不提刘统勋骑马去追傅恒，却说三福应邀而来。得知常保儿子和珅考了官生中的头名，他非借着今日的喜兴劲儿，叫常保带俩儿子前来认他这位"三爹"。常保带来的明明就是一个人高马壮的汉子，这便是长子和珅，另一个是透着矮小的次子和琳。刚见面，常保便催着他俩跪下，道："你俩快拜过富察家的三爹。"

俩人同时跪拜，叫道："三爹哈瓦哈！"

一听叫得甚是亲切，三福乐坏了，张口道："免了，起来吧。"他摸来摸去，兜内却无什么可赏的，最后只抓出把五香花生米递给他俩……

常保一看乐了，道："和珅今年二十岁，已被直隶总督冯英廉招为孙女婿了，和琳今年十二岁……以后见到三爹要叫，不得无礼，不过三爹够抠的，只给了几粒儿花生米……"

三福言道："您没听说过'一回花生因是生，二回白薯自是熟'，下回补给你俩吧。"他忽然又问，"常保老兄，您这位出门做大官的，给老窦带回什么来了？"

"有有有，给您带了一方端砚。"

三福忙从常保手里抢过来道："靛翠阿沙没什么带的吗？"

"你怎知道她给你带东西了？"

"当然，没吃喜糖的大媒人知道阿沙不会小气。"

"不错，她给你带来的是合肥'寸金'与六安'瓜片'……"

"果脯有什么新鲜的？"

"傻老窦，那可是贡茶啊！"

"那么好，端砚就送给和琳了。好叫他俩互不分开，和气一生……"

"糖我拿走了……瓜片还给阿沙吧……"

"你这小子！"常保想不到三福这么大年纪，如此大器，钦佩感油然而生。最是那一位和琳，看着三福穿的明黄马褂，羡慕万分，左摸右看。而万没想，常保再次赴任时，却病死在闽浙任上，致使家道中落……

欲知后事如何，请看下文分解。

第二十六章
觉罗家谈婚　姑奶奶受罚

所谓人生大事，吃喝完了便是婚姻，这却是人世间的真正大事。在皇室与国戚的婚姻中，家中的规矩甚是烦琐，不论是新规还是旧俗，都能把人给弄得昏头涨脑，又不亦乐乎！您比如说，凡遇娶亲，就足能将家人、当事人折腾得四脚朝天，"赶鸭子上架——怕不怕也得来"。大清的娶亲习俗综合了元代、明代、清朝所需的一切烦琐礼仪。

从龙入关之前，阿颜觉罗氏家族在关外便是响当当的。在圣祖康熙时代，阿颜家便有姑奶奶成了后宫"常在"，于是，家族的地位因此而起。这位姑奶奶的阿玛后来得济，被封为承恩侯爵——多年后降为不入八分辅国公。姑奶奶娘家自是高抬旗分，重新回到了正黄旗——同样成了老贵族中的新贵一族。新贵等级若低了，也只能混口饭吃。皇亲觉罗天生有一份红带子等级的收入。如今，阿颜觉罗家又出了一个非同寻常的"混女"，这便是三福的命中对头毛姐。

而三福正相反，最爱与女孩珠子玩耍，也许是因家中女子芸芸的缘故。公爵府挡不住孩珠子的出出进进。谁叫出门不远就是阿颜觉罗氏家呢。今日，没等探头探脑的三福看清自己的家门，大姑奶奶却早看见了他这个白胖的小小子，姑奶奶咧开了嘴哈哈大笑起来。与喜欢的男孩珠子玩耍，还要滚出一身的黄土泥来，一向是她的嗜好。而大姑奶奶生来便有女子的极品之貌，却嗜好舞枪弄棒的，可谓是文武全活计。她打小就不服男孩珠子。谁娶我？那姑奶奶得看看是谁长熊心豹子胆啦。这样的女子一到了出嫁的年龄，自会有人着急。随着满朝文武都在说富察家是皇亲国戚时，皇室又选了福隆安、福灵安做额驸——也就是汉人常说的驸马爷。傅恒的老大福灵安与老二福隆安几乎是前后脚成亲。多罗额驸福灵安的喜糖刚撒完喽，便赶上福隆安迎娶和硕和嘉公主——她是乾隆爷的宝贝儿。这可叫京城旗民开了眼。此时，谁也没工夫想起三福来。因此，三福和毛姐俩人更是随意来往了。

"儿子过来！"辅国公明山叫毛姐像叫儿子，"你说，嫁给大内侍卫，好是不好？"

听阿玛一说，毛姐突然不乐意了，心说：干吗非嫁大内侍卫？我又不是找随扈？为抵挡媒人催促，大姑奶奶找了个小肚子不舒服的歪主意，天天将自己摆弄得满脸病容——往脸上抹清黛粉，非叫脸蛋上青皮绿样儿的，叫阿玛、额娘着急。

"说话呀！"明山有些不耐烦了。

"不嫁，我可是男的！"

"那是说着玩呢！"明山有些后悔了，当初总一个劲儿说"毛姐是男的"，这回可是真成男的了，且还是难在嫁人的事上了。"不寻主就老了——女的易老，没听《女儿经》上说吗？丈夫说，莫使性，整肴馔……坐起时，要端正……"

"您这是从哪儿找来的书啊，不大对呀。"

"那你甭管，反正你得嫁人，不然我这脸面啊……咱旗人早早就要订婚出嫁啦！"明山感到很累，他自知难以说服毛姐，家里早将她惯得没个人样了。

"行！可您别急，我自己寻个主儿，行吗？"

"啊，啊？什么？"明山心说没听说过，"你总得见媒人啊。"

平日里明山总说，阿颜觉罗家的姑奶奶是大姑奶奶，是勋贵。先是姑奶奶自天生就有主张。其次就是，她那七个不服、八个不忿的脾气秉性是打娘胎里带来的。就在被关起来之前，她还正用满文的歌谣在哄甥侄女黑雪儿。

　　姑奶奶大，姑奶奶娇，

　　姑奶奶从来眼皮高！

　　从小女红数蝎尾，

　　满打满算毒（独）一遭，

　　撞着王公不行礼，

　　碰见一品乜眼瞧；

　　遇着皇后称姑爸爸，

　　见了皇上手绢摇（行小礼）；

　　不沏茶来不倒水，

　　专等内府送银毫；

　　不多不少一千两，

　　买得胭脂为君笑，

　　皇上最大小民最小，

　　姑奶奶天生不裹脚，

　　谁敢说姑奶奶脚巴丫子大？

　　咱就是一个称爷的！

　　明山听到最后一句时，气得是七窍生烟，大吼道："关、关！牵着不走打着倒退，还敢称爷！"

　　其实他要早说出是与公爵府联姻，毛姐便不会这么抵触了。他与女儿间的误会是"猴吃麻花——蛮拧"。大姑奶奶一自称爷，明山可是悔大了。归了包堆儿，全因是自己想儿子想成了疯魔。他就不明白，嫁傅公府的阿哥，住那座皇城内最大的钦赐公爵府，有何不好。当初傅公爵的阿芸是响当当的国母啊，是一统百妃的孝贤皇后。这丫头也太不明事理了不是！她这狗怂脾气是干眼偏奘，当然，这是额娘的气话。干脆，把她关后院地窖子去，叫她陪祖宗过去吧。胳膊拧不过大腿，看你还拧得过当家的！满洲贵族在后院多建有香堂，建房时就挖好的地窖子常用来存放一些贵重的物什。在暑热之时，还可在里面休歇。这两下一较劲，姑奶奶当时便被发配到后院去了。除丫环给送饭食、用物之外，连解小手也只发派一个恭桶，还说这是皇上将娘娘打入冷宫的待遇。此时毛姐是憋屈至极，思寻着，难怪旗人家姑奶奶都愿进紫围子里钻营，全是为躲开家。这时，唯一能与外界联系的也只有丫环了，她只好让丫环蓉姐儿赶紧告诉三福自己被关了。毛姐的额娘做姑奶奶时脾气也不小。当年她因不乐意选秀女，差点把脸蛋给划破了。结果这事竟被传到宫里。什么？脾气各色？那老公说宫内不要气迷心的姑奶奶！于是乎，老公把她给除了名。

而这时三福还在想着用什么主意把毛姐娶到家呢。找额娘泡蘑菇去？再教给老太太说，是她非叫他赶紧成家娶毛姐才成，一旦晚了会被别人抢走的。于是便求老太太帮忙，老诰命当然乐意，满口应允下来。能为孙子办事，她求之不得。开始额娘还支吾呢，可未曾想到被诰命夫人数落。老太太说明山家的姑奶与三福是天生一对。不然，她先不干。傅恒在老额娘面前从来是"一百个顺——孝字打先"。"什么？娶明山家姑娘？那可得琢磨琢磨呢。那姑奶奶脾气，男家儿消受得了吗？起码咱是皇上甥侄不是吗？"老太太既然受了三福的托付，便一味地坚持。随即拿拐杖在地上接连蹾了几下，言道："什么消受不消受的，我看那丫头好！我就等着擎好儿了！"她一发脾气，傅恒与福晋不敢吭声了。再加上奶额媼早受了蛊惑，也道："谁做姑奶奶没脾气？"得，这么一说不打紧，使傅恒倒吸一口冷气。自己怎就没想到这些呢。等再看到三福在那里站着不哼不哈的，便说："只要你乐意，后边就好办。"于是傅恒也只好叫福晋开始张罗三福的婚事了。

话说有个镶黄旗汉军旗人李侍尧，因其玛法于国有功，少时曾进宫内读书，再加之他偶遇皇上后被夸奖，这可不得了，他便越发出息，成了咸安宫官学内的尖子。不论文武，他都会荣居榜首。之后便被召进皇宫去做军机章京。李侍尧自己从未想到过将来能做封疆大吏。他这天进公府来是专门来传宫咨的，办完事后，他溜达达刚欲出门，便遇见一位白胖胖的孩珠子，似乎是一筹莫展，便笑问他："您是谁啊？我怎没见过你呀？"其实他早知道这孩珠子是谁了。

三福早上就听丫环蓉姐儿偷着跑来说毛姐已被阿玛关了后院的地窖子，还说若再不应允嫁人，就要关她一个到老到死。三福一听即刻着了大急，心说：这是为我被关的，这个明山公够狠的，竟如此对待亲闺女。于是他叫来小梳子一起琢磨怎么办。小梳子说最好救出她来，再藏到公爵府里。所以他心里正寻思这事，一见这人问他话，便道："您谁啊？这可是我们家，您从哪儿爬出来的，这么像武大郎！"

"嘿！武大郎不光矬，还粗蠢呢。像我，得要说短小精干才对，您这忙活什么呢？你想学厨子？"李侍尧见三福手中抱着一套锅碗瓢盆。三福正打算偷偷给毛姐送点吃的。

"谅您也帮不上忙。"三福眼皮没抬一下。

"那可不见得啊，我可是诸葛孔明的高徒，什么都难不倒我。"

"您想帮我？"三福一听乐了，趴李侍尧耳朵道，"我打算给一哥儿们送吃的去！"

"偷着送？晚上？"李侍尧顿觉蹊跷。

"您怎么知道的？"

"你就是三等侍卫爷三福吧……"

"嘻嘻，你果然厉害呀！干脆做我大哥吧。"

"真不认得啦，我是李老妖啊，就爬房顶的那个……"

"哎哟哎，我说眼熟呢，李老妖，您比那时候还老、还寒碜啊……"两人哈哈大笑起来。

当鼓楼酉时报点后，九门都统衙门的马队开始巡城。三福领着李侍尧及府内小梳子一干秃小子，扛木拿绳索登上明山家房顶，扔了好几块小石子才将报信的丫环蓉姐儿引出来。三福等绕到后院地窖子，打开地窖子门，探头轻轻喊道："毛姐……我救你来了……"只见里面黑漆漆的，他暗寻思：难道毛姐睡着了？

　　那日毛姐开始还以为阿玛是吓唬她一下，心说：只要不再犟嘴，估计阿玛也就罢了。她哪承想为一句歌谣便遭了灾。而明山也知道只有关起她来，才能杀杀大姑奶奶的威风。怎么着？不愿嫁到对面去？那你一劲儿跑那儿玩去？不是贱骨头吗？毛姐想的却是，虽说您疼了我十几年，可也别说关就关啊。姑奶奶要真豁出去了，没得怕！她不等明山来拽，便气哼哼地自己钻到地窖子里。这可将明山气晕了。待毛姐的贴身丫环蓉姐儿找三福说了毛姐被关的事，已是次日傍晚了。接连一整日，毛姐在漆黑无光的地窖子内，开始还带着股子怨气，蒙头大睡一场，等睡够才发现漆黑一片的地窖子里连一丝光亮也没有，这会儿她真怕了，心说这要关她多久才算解气。于是便喊蓉姐儿给额娘带话，说她想出去。

　　明山一听却道："她想出来就出来？做梦！告诉她，在那儿待着吧，认错都没门，好吃好喝给她，叫她死在那儿吧！"于是，毛姐也只好忍气吞声偷偷落泪了，心说这个可气的三福也不想法帮她。当她听蓉姐儿说三福没吭声时，更是心急火燎，开始在地窖子内大喊大叫起来。而悄悄来此的明山却对福晋道："一旦她火气出了，自会低头认错，有她求我的时候，我就不信，治不了一个她！"无望的毛姐喊够了，嚷累了，也喊哑了，直到喊不出话来时，她开始怀疑三福根本就没拿她当回事。她听额娘念叨过，说女人伤心时男人兴许寻欢作乐呢。这一想不要紧，毛姐是怒气一个劲儿往上顶。到次日晚，三福仍没消息。此时的孤独已成为毛姐寻死觅活的借口，她想得很简单，若再等一个时辰还听不到三福的消息，她就不活了。没刀，抹不了脖子，没水，也跳不成大河，这里连上吊的绳子也没有，她是想死死不了，想出去也没戏。"阿玛呀阿玛，您总说养我不易，是银子堆出来的，那我要是死了没了走了，不就算还给您了吗？"想至此她心一横，哑着嗓子言道："不就是还您一条性命吗？大姑奶奶不在乎！这就叫'逃到山尖儿的马鹿——只差豁出一跳了'。"

欲知毛姐有何遗言，请看下文分解。

第二十七章
毛姐怒觅死　明山夜观碑

　　毛姐全想开了。俗话说，人死如灯灭，死了死了，一了百了。她边想边擦干泪，开始四下寻找起能上吊的东西。忽然想起身上的旗袍，于是便飞快脱下来，用尽吃奶的力气撕扯起旗袍来，边撕边道："好您个三福，我死了不是挺好吗？您愿娶谁就娶谁去，与我有何相干？等想姑奶奶时，我早成了鬼了！"若说这人一钻进了牛角尖，最难再钻出来的。伤心欲绝的毛姐此时唯盼望能见三福一面，但这寒心便使她突然来了一股勇气，她摸索着将布条绑在地窖子的木梯上，这一头往脖子上一绕，两条腿只往前一蹬……

　　而此时的三福正将地窖子盖板打开，喊毛姐……只见人影一晃，三福这才发现一条黑乎乎的人影在那里晃着！"不好，李老妖！她上吊啦！"三福遇鬼似的大喊起来。

　　李侍尧听后纵身一跃，跳进地窖子内，赶紧解下勒在毛姐脖子上的布条。也是毛姐不该殒命，那布条正好挂在她脖子上的长命锁上。

　　毛姐随即"哇"的一声大哭起来，边哭边念叨："三福啊，您把我想死了……您怎才来呢。"毛姐的眼泪就这么水似的流下来了。她知道自己还活着。

　　"您怎跑这儿来了？"

　　"我？狗屁阿玛，非叫我嫁什么大内侍卫！"

"大内侍卫?"三福心说怎就这么巧呢!"我背您爬上去……"

"别价,您是男的,我是大姑奶奶,叫人看见了,更没法嫁人啦……"

"黑更半夜的,谁能看见?"

"我又没嫁给您……"

"那您打算是嫁谁呢?"

这一问可将毛姐问傻了:"是啊,嫁谁呢? 嫁您行不?"

"我我,我哪敢要您啊!"

"我告诉你,不嫁你福康安,大姑奶奶我照样生巴图鲁,您若真不要我,我出家当姑子去!"毛姐即刻薅住他衣领子。

他俩这一闹腾,可将李侍尧气坏了,他低声道:"嗨嗨!你俩都不上去,我可走了啊。我刚做了官,管不着这民事啊……得得,我算栽你俩身上啦。"

"给我件褂子穿。"毛姐这才想起来自己的旗袍撕了。

夜幕低沉,月光迷离,外面小梳子几个在那儿等着。三福扒下马褂给她穿上,她道:"我俩腿打软,李老妖,拉姑奶奶一把,姑奶奶欠您一条命啊……"

"哎哎,那就先欠着吧。"李侍尧弯腰钻进去,将她连绕带捆地绑起来,对三福言道,"哥儿几个使劲拉——"

李侍尧从头看到尾,每时每刻都想笑,这俩人年纪不大,脑瓜子却混沌到一起去了。他与小梳子几个一齐用力,将毛姐拽出去。这倒也好,公府大小院子有的是,把毛姐藏哪儿都成。三福想的却是,只要毛姐一丢,两家大人自会一起着急。那才好玩!其实,倒不是做官的李侍尧非要巴结三福,而是他打算看看这三福今日到底在玩些什么。他虽然大三福十来岁,但照样是玩心正浓,所以,一歇了公差,便溜达着来找三福。而府内的大小人等,都喜欢这位军机章京。他们还会远远地跑到西海、后海一带,去海子里和弄水摸蛤蜊。李侍尧帮了三福与毛姐后，当然知道了三福的"闷嘟噜密"（满语，绝密之意）。当他看到姑奶奶是一位赤着大脚巴丫子、手里提溜一双盆靰鞡、到处疯跑的少格格时，才明白真是小看了三福他俩。

三福人小鬼大，暗自串通好府内，将毛姐藏到书房。虽窄一点，但毛姐可十分乐意，觉得躲开阿玛就成。她道："我今日投奔您来了，以后不能不在乎我。"她倒想得很开。

"可是我要回宫怎么办？"

"公事走你的，叫他们给我送吃的就成。我可告诉你，将来若敢不要我了，我就上吊、跳河、拿刀抹脖子！别以为姑奶奶没脾气！我还会武呢，照摔你不误——"说话间，姑奶奶真的跳起鹞子步伐，那没招没式的模样子把三福逗得仰天大笑。他越发喜欢这丫头了。满女子在十岁以上，要学女红，而这位毛姐好像从来都这么浑浑噩噩的，把自己当男的。她忽想起阿玛的逼婚，开始委屈起来了。她盼着与三福见面，现在却第一次羞羞答答了。

三福问："您干吗不看我啊？"

"我看您干吗啊？"她的脸红得发窘。

"我可是总惦记你。"三福委屈地抱怨道。

"没觉着啊！"毛姐眼睛低垂，害羞了。

"这么大事，您也不来找我。我去又敲不开门，再去还是不开。"

毛姐道："不是我出不来嘛。"她一个劲儿咬着手中一方花手绢，本想告诉三福"这是你给的"，但她害臊没说出口。三福眼尖，早认出那块手绢是自己送她的。

次日一早，三福仍被额娘催着早早起来，扎马步、走三丁、耍石猴、抱牛皮兜子，然后读书写字，到了晚上，还要去府中那块沙土地前与小梳子等几个护卫演布库对阵。阿玛总说，旗人男子是做兵的料器，早晚要上沙场打仗的。三福只好将毛姐丢在了书房。但毛姐却与府内的阿芸玩得开心，一遇大人便躲起来。公府内都在忙自己的事。

福晋叶赫那拉氏只是发觉三福大了懂事了，一进书房就是半日，便不再过问。

听丫环说毛姐不知了去向，明山当时一愣，道："她还能出这个院？"

福晋找寻了半日之后开始着急了，道："您倒是想想辙啊？"

"我上哪儿想辙去？这么大的人能飞出去？再找去！"明山嘴硬，心里却打起鼓来，心说皇城内没听说谁家丢人啊。

"要不报官得了，我可是没辙了。"福晋更急了。

"报官？不成！不要脸啦？关自家的姑奶奶是犯过失的，轻则打板子……再找去，我就不信，她能钻地缝儿里去……"

接连两天没找到人，明山真急了，在院内又清库房又清地窖子的，但还是没有。于是他便派下人上房查看，果然见到一根绳子。啊？真出去啦？别是被坏人拐跑了吧。他顺着那根绳子找寻足迹，发觉出院后便没了蛛丝马迹。他暗思：丫头最熟莫过于公府。她不是不喜欢那小子吗？于是，他只好进公府内找福晋，硬着头皮说出这事。

亲家前来，福晋当然喜不自禁，以为是为订婚而来，当听到说姑奶奶失踪了，这可将福晋吓了一跳，待明山走后俩福晋暗里寻思，她别是不想嫁了吧。于是便叫来老黄寻问，黄管家却说绝无可能，一个黄花大闺女怎会藏在咱府。于是便找来了三福问询。

福晋问："明山女儿你可见了？"

三福的脑袋摇得如同拨浪鼓一般，道："没没……"他想的却是千万不要去书房找。

"一直没见过吗？"

还是摇拨浪鼓。

"那就叫明山自去想辙吧……兴许明山这老家伙又琢磨什么幺蛾子呢。"

可这回明山真猴急了，只好想了一个暗着来的主意。于是他找到管家老黄。老黄自然知道府内与明山结亲的事。当傍晚时，明山带着一坛老酒大大方方地进入府南门时，老黄便受宠若惊地与明山对酌起来。他哪知道明山是"醉翁之意不在酒"。待喝到一定份儿上时，明山道："老三若做了我的额驸，我也就心满意足啦……"

"是是……"老黄随意搭讪着，恭敬有余，觉罗大人能与他对酌，更甭说这是将来的亲家公了。

"那小子平日在家都干吗？写字？看书？"

"嗨，与皇子一起读书的人，有出息啊……"

"要娶萨里甘了，我琢磨着也得盖一所新屋住啊……"

"也是，兴许就在书房那儿盖。"

"离这儿远吗？"

"就在皇上赐的御碑后边，也许圣上还会赐宅呢！"

"领我看看去？"明山见老黄有些醉了，便跟着一个护卫去看御碑，心说今日算是能仔细看看碑了。原先他死要面子，路过也没好意思观看，今日借着灯笼光一看，果然很不一般，便道："您给我读读吧。"护卫一听，便读起上面写的满汉文字："……朕欲加恩，赐立祠堂，秩于祀典……"

"念完啦？"护卫结结巴巴地念完碑上的字，明山转归了家门，心里说：毛姐这丫头自己找上这么一个公公！福气！可她人哪儿去了？

明山惦记女儿，回至家中后更加发愁，一旦姑奶奶找不到，傅恒会怎么看他？这叫他"百爪儿挠心"，焦躁不安了。公府地处皇城东安门内，方圆数十亩地，西南角是乾隆爷赠予的公主府邸，也与富察关联。现在富察家正是鼎盛之时。当朝皇上竟然娶有两个富察氏女子，一个是当朝国母，另一个是贵妃娘娘。可富察家却不曾倨贵自傲。哎——假若毛姐真找不到，自己可是愧对祖宗了。思索至此，明山不禁感到有些凄凉，他打算明日要知会傅公爵……

一连几日，毛姐该吃就吃，该喝就喝。但这一日，任凭三福好说歹说的，她也不想吃饭了。三福问她："怎么啦？您烦了吗？烦了也得先吃完饭啊！"

毛姐心里不得劲儿，脸上也挂相。

"到底怎么啦？"三福只好咂咂牙花子。

知惹了他的兴致，毛姐只好强吃了几口饭菜，便秧在书房内的床上躺下。她自小长大从没离开过额娘，睡觉都会偎在额娘被子里，可今日却孤孤单单地独身一床，心下好不伤心。

"难怪叫你毛尖儿，说犯脾气就犯……"三福满腹委屈地说道。

"我想家了，不是犯脾气……"毛姐居然抹起了泪儿。

"回去看看？"三福哄着说。

"那再把我给锁上呢？"

"到底为什么这么对你啊？"

"还不是因你这个秃小子！"毛姐手戳着三福的脑袋道，"我哪儿有脸回去呢！"

"这有什么！假若我去了，他们高兴，那咱俩的事儿就成了，不搭不理呢，那便是不答应。答应了，我就说你在这儿呢；不答应了，咱回来再想辙。怎样？"

"你把这个给我额娘吧。"毛姐从怀里取出个宝石戒指。"你就是不说，额娘也会知道我就在你这儿……"

欲知后事如何，请看下文分解。

第二十八章
傅恒顺推舟　三福定终身

三福大大方方地敲响明山的街门，喊："明山爷，开门……"

明山整天哭丧着脸喝闷酒，发愁女儿尚没音信，加之昨夜做噩梦，梦见毛姐五花大绑地被贼人抢了走，这叫他想起评书中小尼姑被卖进娼家后见到亲生阿玛却不敢与之相认的故事来。醒来一问毛姐还是没信儿，他突然哭喊道："是生是死，你倒是给个信儿啊！我错了不成吗？我苦命的闺女儿哎……"他这一哭喊不要紧，福晋等全都跟着哭起来，全家成了一个哭丧的局。三福好不易敲开门，便直奔明山屋。明山正哭得伤心流泪，与福晋一处抽泣呢。

三福只好小声言道："明山爷哈瓦哈……"

"三福来啦，是你明山额睦吉对你不住啊，我把毛姐给丢啦……"

此时三福早忘了想好的一番话，一见明山伤心便脱口一句："找到了。"

"您别蒙我啊，她是生不见人，死不见尸啊……"

"姑奶奶说她错了，想阿玛、额娘了……"

"她在哪儿呢？为何还不回来？告诉她，她的事我再不管啦！"

"那您等着，我叫她去……"三福转身就走。

这可叫明山又惊又喜，惊的是这个小家伙真够意思，喜的是戏词中那一句唱"千金散去还复来"。他道："小子，赶紧回来，我请您喝大酒!"福晋一听也急急忙忙归置屋子,打扫院落。

不一会儿就见三福领毛姐走进院子。毛姐还没看见明山就哭喊道"阿玛额娘哎……我错了哦,呜……"三福倒觉得有些好玩,刚才毛姐还满不在乎呢,片刻间就哭个泪人一般。进门前,她还美滋滋地踩着盆靰鞡,扭扭捏捏地走呢,眨眼的工夫,却成了哭丧人。他站在一边有些手足无措了,心说这回省得哄她了。

因公府中女孩珠子多得很,所以,毛姐对三福很为妒忌。与她们做完女红后,她一会儿不见三福就惦记。阿芸们都说三福长得像皇后姑爸爸,细皮嫩肉的,纯粹就是姑奶奶的坯子,说今后嫁他便是福分。毛姐耐下性子再一想,假若就这么住下去,岂不被看成无家野女子了。于是想回到家,好叫额娘帮忙做计较,省得招人说闲话,说她是只认男孩珠子的疯丫头。她还想借机会叫三福也着一次急。毛姐打算早备嫁妆,叫三福不娶她都不成。于是,毛姐便穿了三福阿芸的盆靰鞡,大大方方、摇晃晃地回家来了,她大声哭喊的目的是让阿玛不再关她,她心说怎么也得演好这一场戏,非嫁三福不可。

果然,明山一改当初的蛮不讲理,叫福晋张罗炒菜摆桌,叫尚未娶萨里甘的御前侍卫福康安糊里糊涂地做了一次阿颜家的大姑爷。而头次喝大酒的三福等夜静更深时,才回到只有几步远的公府。整日忙忙碌碌的傅恒回至家中,听福晋说起此事,顿时愣了。

事既已成,他也无法再申斥三福,只仍对明山抱有戒心。三福娶谁不重要,重要的却是三福早该对他说。素来懂事听话的三福今日却成了令他最不放心的人。三福在皇宫内长大,整日与皇子同读书、同描红、同玩耍、同吃、同住、同行、同寝,傅恒最含糊的便是怕三福沾染皇子的霸道成色。才刚成年,就如此忤逆二老。而老额娘却说三福高兴就好。"他高兴了,我呢?"从不敢对老诰命犯倔的傅恒不禁大怒道,"男大当婚,女大则嫁,这婚姻一定要双亲做主,三媒六证的，不可含糊，可这小子居然私订终身，忽视双亲，简直不孝忤逆！"

老辈旗人是受罪的命，尤其给儿子完婚办事是一丝不苟。满洲婚俗最重视十二生肖属相及生辰八字，以生肖属相的相生相克取决行止。为子女择婚须经"媒人"往返两家提亲。媒人多有世袭官职在身，官多大也会恭敬地称其为媒婆婆。起先由媒婆婆问明女方的属相并索取"八字"，再索取男方"八字"，复送两家。双方长者再各自请算卦卜命先生核对，查验男女二人命中有无相克之处，如没有才可议婚，俗称"合婚"，这是个大坎儿。清代的议婚关键在"卦长"的一言而定，若其中一方希望成好事，便预先要向合婚的算命先生行贿。毛姐早动了心思，知道这八字是一道花银子的学问，所以偷着花纹银，先打点了镶黄旗下佐领世官，并向媒婆婆花一笔钱。没几日，大姑奶奶便将私房家当花销殆尽。见到自是属鼠，她又怕三福属狗，为此她一再请媒婆婆为她拆解。可是这媒婆婆是左等也不来右等也不到，她有点心灰意冷，干脆不见三福了。

在裉节儿上不见面，可急杀了福康安。于是他便用了最后一招，往明山家里砍一块砖头，正好落在毛姐屋顶。果然等到天擦黑儿，只听"吱扭"门响，毛姐直奔公府而去。躲在暗处的明山与福晋乐了。

三福见毛姐只是噘嘴不吭声，真怕姑奶奶变卦。

"嘿，你没事，我走了啊……"毛姐根本没想走。她盼的是天越黑越好，那才叫相好的一对儿呢，那才随性。

"为何不来了？"三福还在生气。

"谁知您是哪家的额驸？我干吗来？"

其实三福最怕与皇族联姻，从阿哥福灵安、福隆安的婚姻看，他认为，找熟识的女子最妥当。毛姐走到御碑前，见他还磨叽，便急了眼，即刻吐露出自己的一切所为，这可将三福吓了一跳，随即开始冷静了，这才想到她做得没错。旗人对婚姻包办成风。她并没糊弄他，但只是在用银子上，他却是个外行。

"我若再不来呢？"毛姐吓唬他。

"我钻地沟眼去找你！"

"狗大着呢，咬你！"自毛姐回来后明山养了只大狗。

"早喂熟了，哪次钻它也不咬。"

"其实我钻的比你多呢！"毛姐脱口而出。

"哈，敢情你还会钻沟眼？"三福放声大笑起来，但心里的甜美难以达言。他随手从兜里掏出来宫内奖赐的一把花钱，递过去："我慢慢偷就是了。将来再还给额娘。"

"你老爷们那么抠门啊，揣了半天都不给我，"毛姐一撇嘴嗔怪道，"差得远呢！"

三福一听傻了。这也难怪，他对银子不敏感，更没欲望，多年从未经手银两，甚至连大子儿、小子儿都弄不清楚。早知毛姐这么花银子，他如何也不能亏待她啊。不就是银子吗？于是他又摸出一个"宫钱"给她来看。

"这铜子好看！"毛姐眼睛盯着花钱上面一只月下玉兔。

"这是乾隆爷诞日时给的念想儿。"他解释道。

"那就是宝贝啦？"毛姐飞快地抱了一下他，叫他感到羞臊，随即红了脸庞。

毛姐一见三福仍木讷有余，便咬牙关说道："你这属狗的小子若真负了我，我是绝不能活的，不然，我就不算阿颜觉罗家的姑奶奶！我做鬼都会更名改你姓的！不信咱就看着来。"要知道，满族大姑奶奶"死爹哭妈——拧丧种"的傻劲头，可谓是惊天泣地的。京城内的姑奶奶因婚姻自尽的，是历代不乏。谁叫三福命中注定是她的贵人呢，那就得生死归他！

"好端端的，怎又说到死去啦？刚还高兴呢！还那么了一下……"他脸红得似猪肝颜色。

毛姐又道："'开门说好话，办事做佛缘。'咱俩好，非等着我抱你吗？"

三福心说有门，一下便将毛姐抱得老高。她吓得挣扎后，反过来死死抱住三福脑袋喊："您别把我摔啦！"三福低声道："您等我一会儿。"随后他一溜烟儿地飞奔进屋，翻箱倒柜，取出一堆的金玉玩物，用包袱皮儿包好就走，后面只听阿芸喊"晚饭都没吃，还瞎跑呢"，他道声"这就回来"。三福一溜烟儿跑回来，将包袱塞在毛姐怀里。沉甸甸的金玉玩物砸得她"嗷"了一声，道："您砸我胸脯上了！"

"不就是胸脯吗？要疼呢我就给您揉揉。"

"拉倒吧，您是男的我是女的，这能揉吗？"毛姐被真诚感化，知包袱里是值钱玩意儿。

"那我给大姑奶奶磕头吧。"他即刻矮身请安，却被她抱住脑袋，恨恨地亲了一口……

"只要您不变心，当然有主意。咱俩若怀了孩珠子呢？"

"咱俩也能生孩珠子？"三福还在懵懂之间，突然想到"哇哇"的孩儿哭声，吓了一跳。

"那您打算跟谁生呢？"毛姐又怒目横眉的了。

于是俩人约好，用钱买通媒婆婆。漫说他俩说不好这属相，只知旗衙门有专职婚媒婆婆、打卦师傅。算卦人所讲的话，常顺其自然地流传到民间，比如说"蛇虎如刀错，龙兔泪交流；白马犯青牛，羊鼠一旦休；金鸡怕玉犬，猪猴不到头"……而三福属狗，毛姐属鼠，是既不克夫，也不旺夫，但这不旺夫也不好啊。倘两人相生不克，其他皆可通融。长者对此最为重视，而当年从明朝传下来的即是男家最忌讳女家属虎、属羊。有俗语说，虎进门，必伤人，羊入门，克夫君。历来有属羊姑娘"命硬克夫"之说。倘有女家急于求成，极中意男方时，则必隐匿真实属相。这一回毛姐再送去金玉之物，将阴阳先生与媒婆收买一个透实后，总算给她写了八字文书。她美滋滋地放下了一直忐忑不安的芳心，做起与三福幽会的美梦了。阴阳先生说，只要有银子，便可将"金鼠克玉犬"更改成"玉犬抚地鼠"。

三福见毛姐笑模笑样地来找他，便知事成。两人倒是不谋而合，依偎在了一起。

其实旗人的"媒人"与"相亲"都是装装样子，不过是百好即了的事。而现在双方不必再注意男女相貌端正否，肢体残废否，也不必留意女家儿状况。加之两家皆属贵胄门第，更不用"三堂聚面"，只皆大欢喜就成。所谓"三堂聚面"，就是两家人与媒人凑在一处，按照阴阳五行，查双方父母的生辰八字到底有无相妨之处。然后，便可开始誊写婚书了。唯独涉及皇上的例外，比如皇上指婚，谁敢问"八字"，下面自会去编写。倘若老家儿愿意，那婚书会详著上轿、下轿和拜天地的时辰、方位，以及给新人纳币包红、迎娶新人日期定度等等。大清国的婚书像一本书般的厚实。当双方老家儿都认可，能成亲时，便到"定小礼"时候了。"定小礼"只是送四盒聘礼罢了。

聘礼中，首先须有戒指。戒指是满洲人的千年物件。素有"男扳指女戒指"，且男女都戴在右手。冬日衣装臃肿时，只伸出右手，便可分辨男女。最早女人的戒指是做活用的"顶针儿"，当时是为助"针刀"长弦穿鱼鳃而过的，往往粗线必须用顶针儿去帮忙。而戴戒标志着有了主了。聘礼戒指要单装锦盒，金与银要放在一块儿。而金镯子、玉如意以及钗钏耳饰等各种首饰也要一一用绢包好，分装成盒，金玉并不能掺杂一处。杭锦湖缎类衣料及绣花裙等大小薄衣物也要装两盒。其次要有包金银镯，老人都叫"金裹银"。而这些便是女方永远的私房了。女家照样要回赠男家四样礼物，如文房四宝、靰鞡靴帽、衣料布匹、马褂长袍，并烦劳媒人辛苦，好再带回男家。此时媒人兜内会收有金银，因媒人的辛苦有目共睹。

满洲人讲究"正月不娶，腊月不定"。正月娶势必主妨公婆，腊月定势必主败婆家。好在满洲由婆婆主忙此事。因次子福隆安为皇家额驸，皇室自会派人忙活，长子福灵安是多罗额驸，同有王府张罗筹办。而三福倒是婆家出门进门，娘家还是出门进门。男家选日子前，一定要请媒人去女家询明姑娘"小日子"——"月信日"——在上半月或下半月，以便选择吉日迎娶。若适值新娘月信来潮，有"赤马上床，家败人亡"的凶说。若新郎未入洞房之前新娘受孕，则所生之子叫"迈门子"，属大不吉利。所以，"择日子"非常重要。但各自的额娘双方都会互通一气，叫他们暂不同房。何时同房，还须待明年"吉日"。

皇上闻之三福要娶亲，本想过问，但听傅恒这般如此，如此这般地一讲，皇上来了一个干生气干瞪眼，只恨自己已没了更小年岁的公主。傅恒还说："就由奴臣来花这银份子吧。"

皇上一听急了，道："我皇姑爹不出银子，成何体统？"

"奴臣替您就成了呗……"

"没听说过！若传出去怎么说朕呢？"皇上一脸的不满意，心说你这个傅恒啊……可是愉郡王弘庆已主婚，皇上也只好关心地问道："是谁家姑奶奶呢？"

"宗室辅国公明山家的……是他私订终身。"傅恒加着小心，不敢再多说了。

皇上一听顿时急眼，说："什么？朕这国事繁忙，他却胆大包天。好吧，明日你等先随朕一同参与国祭吧！"

欲知乾隆帝说的国祭是什么，请看下文分解。

第二十九章
富察尽本色　藏地报君王

　　翌日晨，乾隆帝率文武百官先摆驾去傅恒家祭拜御赐忠勇公爵府的"富察宗祠碑"，之后乘辇又去了东华门外的双忠祠。这便是他所说的国祭。离祠还远时，他便下轿兀自步行而至。待礼部官员致祭辞后，皇上亲手燃香焚表以示虔诚。这双忠祠是为褒奖前驻藏大臣富察傅清、都统拉布敦所敕建。傅清既是本朝第一个被祭奠的富察家烈士，又是乾隆盛世最早的功臣。皇上命名双忠祠后，亲临祭祀，而今日领满朝百官亲往祭祀，更是史无前例。从此，富察家人在每年祭拜时节的当天，同时要拜谒宗祠碑与双忠祠。

　　而傅清何许人也？为何能得到乾隆皇上的如此天恩？傅恒的阿玛李荣保共生有九子一女，傅清是次子。雍正爷相中傅清文武皆可、办事果断、为官耿正、带兵有方，便命他做侍卫。至乾隆朝，傅清时为驻藏副都统，期满后累迁升至直隶天津镇总兵。乾隆十三年（公元1748 年），藏地郡王颇罗鼐过世后，皇上突然接到藏地已故郡王颇罗鼐之子——郡王珠尔默特那木札勒的奏折，请求保留藏兵。皇上认为很可能是满洲旗兵压制藏地之故，才使他们想自养藏兵，便痛快批了"从之"。省钱省人当然乐意。待到十四年时，副都统纪山突然用密匣紧急上疏道：那木札勒凭借武力开始与其兄争夺领地，并与达赖喇嘛不断发生分歧。皇上即刻警醒起来，朝臣都认为对新继任的郡王那木札勒的动作不得不防。于是，借着傅清与拉布敦的往还，皇上便打算秘密增派军伍入藏。没多时，傅清又发现郡王那木札勒陷害其兄珠尔默特策布登，借以夺其兄领地，并到处招兵买马，暗屯军队。于是便向皇上请旨由自己至藏，一旦发现其不轨，即可惩治那木札勒。十五年，皇上再下旨，擢升傅清为驻藏大臣。

　　既是外放大臣，都会是风来雨去，莫不以苦为乐。今日虽身负重任，但傅清却沉着冷静，只说一些藏地的趣闻妙事，倒叫家中为他感谢皇恩浩荡。傅恒与几位长兄只因各有忙碌，这回终算能在忠公府内聚在了一处。有道是"世有聚时终有散"，身兼大臣与都统于一身的傅清，在酒桌上与诸位兄弟把酒感慨完离散之情后，连忙祭祖，道别，登程。大臣皇命在身，临走之前对儿子明仁、明义、明申等道，这是当朝天子对富察人的恩宠与笃信。直到明义几兄弟送阿玛直至京西宛平城卢沟桥时，其额娘在家早哭得不像样子了，她私下里算命，认可风水先生说的"今年命里有灾"，但武将出身的傅清从不信邪。灾又如何？若信风水，怎遵君意？明义想到额娘的心早为阿玛操碎，而明仁、明申只是想到阿玛会给自己带回玩意儿来。用明义话说，他俩就是白眼儿狼。

　　傅清走之前去公爵府看望老弟傅恒，却见大福子——福灵安在那儿似乎睡着又似乎没睡着。于是他快步走过去动手捏他鼻子，大福子一个鹞子翻身，抓住了二额睦吉的手……"小子！还成啊，我还怕你净没命地喝老白干儿喝坏了呢。"

　　"二额睦吉！为何皇上给侍卫不要呢？"

　　"西藏若出了反贼，带多少侍卫也搪不住，何必要白白送死！"

　　"哦，倒是，您来得正好，我可有点掰不开镊子喽。"尽管福灵安已成多罗额驸，却仍像孩子般拿不出自己的主张。他的小舅子敦秉，因闲散无事、爱玩鸽子与翎毛，整天在九城之内与人家干仗斗殴的，号称"敦爷"，成了连郡王爷都管不了的纨绔。郡主想叫父母省些心，叫敦秉长进，所以便求他给敦秉找一个走正道的机会。他这几天满处追踪二额睦吉，但却只闻其踪影，就是见不到人。

傅清听罢道："给敦秉一个远道的皇差，历练一下，不就成了吗？还怕他没有出息？人有正事做，总比做鸽子王要强些。"

"皇差？那是个废物饽饽！"

"总比在家强！我私自做主叫敦秉跟我走。其实，不过是愉郡王家银子拮据而已。小子，看来你还得学诸葛亮读兵书使韬略。这回皇上又钦点我驻藏了！"

"真的？"福灵安一下从炕上蹦起来，上赶着给二额睦吉打火镰、点烟袋。一时间，屋内云雾缭绕。老臣刘统勋说过自己只是吸给人家做样子，可傅清是真往肚子里吸云彩。还有那个新来的庶吉士纪晓岚，刚进宫之时，极不受满朝文武的待见，哪儿敢抽烟啊。也多亏傅清拉上纪昀"海聊天地"，一起喷云吐雾，共吃肥肉，于是"遍防人心"的纪昀与他投缘，成了忘年之交。

"'遇有皇差，必定天开'，你小舅子的时机当由自己把握呢。"

福灵安哪里想到，二额睦吉的直白解题竟点中要害！真是"豫地叫小猪——齐喽喽啊"。二额睦吉厉害呀！小舅子敦秉最爱游山玩水，因黄带子根本没机会外放为官，一听说去藏地，即刻拆鸽子窝，砸蛐蛐罐，踩鸟笼子。郡王一家竟然登门道谢，郡主那叫高兴！

乾隆十五年（公元 1750 年），驻藏大臣傅清与拉布敦前后抵达藏地。行路月余，骑马乘驼，风沙磨砺，路途自是艰难困苦。进入藏地的无人区之后，更是荒凉无比，连活物都稀少。前边旗兵向导报说有藏兵向他们招手，却见前面旌旗招展，锣鼓喧天，藏角频频吹响，喇嘛开始多起来。走近后才见眼前到处都是跳布扎与面具舞的人群。见此，傅清心下里道：只要给我机会，他就反不了！而敦诚至厚的副都统拉布敦此时也说："皇上的担心多余，这哪有大篓子啊！他们远远便迎接钦臣，这是表率嘛。看来担忧大可不必，还是有机会可以改变的。"于是，他俩人便暂且放下心来。

傅清表面上故作高兴，可内心照样警醒，因所见迎接者的脸上都有层薄薄的迷雾笼罩。而参将黄元龙也发现这些人身带着腰刀。藏俗中长刀是种公然的忤逆，在藏地是绝不允许携带的。等见到郡王那木札勒前呼后拥的，在那儿迎接他们时，傅清觉得处处不对劲儿了。那郡王甚至在献哈达时极不规矩，只随意叫人献上罢了，在欢迎词中竟高声呼唤他的信仰为"雪山女神"，对大清君主却轻带而过。其实，这个新被封赏的郡王已竭尽凶残手段威逼其长兄——原来的郡王珠尔默特策布登撞墙致死，而后将其子砍断一足，驱逐于荒僻的沙漠之中，他早就有反叛之心了。为防其生变，皇上再度密谕副都统班第率人马，白日休息，夜间行路，秘密赶赴西藏，意图牵制住这些个谋反的败类。而新郡王那木札勒的阴谋再被密作探出：他急切地欲在藏地称"藏王"，并将所有的驻军地域掌握到位，还提前画好未来与大清的分界线。

欢迎摆宴，自是有酒，傅清没饮几杯便推说已醉，即刻歇息了。次日晨，傅清发现藏兵已将其所居住的通司冈驻藏大臣署围得水泄不通。那王认为已到"雁过拔毛，鼠往追踪"的反叛时机了。朝廷的六百里快报驿站——塘汛，已被他完全控制。为等圣谕，傅清急得起火，于夜间登阁楼时，便可远远看到关卡处的篝火与那贼叛军。傅清只得忍耐万般。接连十日，也不见圣诏与公函，始终未得皇上旨意。为此，傅清的心火蔓延，嘴上起火泡，眼睛里布血丝。他怕那木札勒会给朝廷一个措手不及。过分的沉闷使他内心开始慌乱起来。这日他晨练过后，腰刀还没来及"入关"，就见传令兵曾春在院内墙角下发现，不知是何人在半夜时分用鸽羽箭射进来书信一封。

"大人，发现时尚夜半，该没人看见。"曾春阿玛是六百里信吏。

傅清连忙将书信藏入怀中，回至阁楼。这支被层层捆扎了好几层油纸的鸽羽箭制作精良，一看便能认出是宫廷所制，非藏地复制的物什，上刻极小一行满文"六百里塘汛"，信上面用血书写成的几个小字：

六百里信吏被叛军截杀……我已重伤，圣谕已被掩埋于后山墙……曾

难怪杳无音信呢。傅清见血书不免大吃一惊！半道被劫，杀人灭口等猜测早在心中斟酌，今日果真如此。这说明以往的判断都成了真情。他们竟杀害了信吏，傅清的感觉告诉他，那木札勒即便原先是在反叛不反叛间犹豫不决，一旦半路截获圣谕后，他会很快决定反叛的。现在，他必须要抓住时机，随机应变，好将叛王绳之以法！于是，他连忙叫过同来藏地的官吏与随人，低声说道："叛贼胆敢截杀六百里信吏，图谋劫获圣谕，说明他是必反无疑！这回是板上钉钉，那木札勒谋反既成事实。现在我等已被包围，皇上派来的兵马想必也被引到了别处，我等已无法平安撤离此地，但皇上决不会这样随便抛弃前后两藏之地。你们谁怕死？"

"怕也没用！"此时敦秉倒像一个敢战死士，拔出腰刀比画。

"不过是为国尽忠罢了！"众人争相说道。

傅清一脸忧愁尽扫，目露杀机，接着道："事态比想的严重，此时咱已命悬一线，危在旦夕，与其坐以待毙，不若鱼死网破，先下手为强！多日以来，我早以视死如归，为国捐躯不过是区区小事而已，为不辱圣命，我甘为饮刀嗜血！"傅清虽声音不高，却是字字千钧。随他上任至此的老少官侍多是认真挑选，所以他自信只要是拧成一股力道，必会成事！"曾春老弟，您阿玛已然尽忠了……"

此话一出，曾春如被闪电击垮一般，一头摔在地上大哭起来……

"叫他哭够了吧……"

"今晚翻出后墙，挖出圣谕……"

十月壬午日早间，傅清派拉布敦下阁楼探试风头。但拉布敦尚未

下到底层，就被持刀藏兵阻拦。藏兵言道："那郡王有令，任何人不得出公署！"

"难道传圣旨也不成吗？"

藏兵头目打了一愣，道："传谁的旨？"

"当今天子，也就是大清乾隆皇上要郡王那木札勒接旨！快告诉那郡王，赶紧接旨！"藏兵头目派了一走卒骑马禀那木札勒去了。

闻听驻藏大臣傅清急召他至驻藏公署，还说天子有诏送至，那木札勒不禁一愣。此时他身边正有一群贼党首渠，他们尚在商议如何将傅清绑缚后就地砍杀示众一事。也有人幻想设法招降傅清，这样仍会麻痹清廷，好借机扩展势力。若不等待准噶尔的头人一起反叛，他们将很难站稳脚跟。所以，那木札勒笑道："围得水泄不通了，哪来的圣旨？该喝酒就喝酒，甭搭理他们！明天只要准噶尔大军一到，都把他们点天灯！哎！你怎还不滚开？"他一脚将报信小卒踢出一个滚儿。见郡王发怒，报信小卒赶忙爬行退出。

欲知那王去还是不去，请看下文分解。

第三十章
先下手为上　后下手遭殃

　　这边的那木札勒早已半醉半醒了，但旁边的旺丹师爷却附其耳说："虽然已将公署围得水泄不通，那么会否有人替他通风报信呢？"

　　"敢？我刏他！连六百里信吏都被小卒给喂了狼，哪儿来的诏书呢？"

　　师爷却道："不还有一个逃了吗？现在也没见尸首。"

　　"是呀！难道他手里真有一份圣旨？嗯？"想至此，那木札勒酒醒了一半，淌热汗的脸颊突然被风吹过一般，顿时冒了冷汗。"不成！本王得去看看是否真有圣旨。"他起身道，"本王倒要看看那北京城的乾隆爷还有什么诡计。给王更衣！"一奴娃子即刻跪地给他穿靴，等他转了七八圈儿以后才将那长腰围缠好，将漱口水咕嘟嘟地饮进吐出，这才披挂好镶满多彩宝石的金把儿腰刀动身。

　　身边的准噶尔使者忙问："可以陪大王一起去吗？"

　　"好啊，你帮本王看看这位驻藏大臣的脖子是用刀砍呢，还是用绳子勒。哈哈哈！"那木札勒下阁楼见到寨前旗杆上迎风招展的新王旗，又哈哈大笑了起来。

　　身边的罗卜藏札什道："反正闲着没事干，正好与傅大臣玩玩呢，都去看热闹吧，哈哈……"

　　在阁楼上等得心急如焚的傅清见久无回音，便道："来，我们干我们的酒！"他安排一番之后，打开一坛烈酒，将主事策塔尔、巴图鲁、参将黄元龙，还有通判常明、笔帖式敦秉、曾春及护卫等一行人聚在一处，带头高举起酒杯。

反王那木札勒足蹬准噶尔汗不久前送来的一双蟠龙汗王藏式靰鞡靴，一身黄底金丝缠花坠宝石绣金龙的藏袍，看似成竹在胸，大步走在前面，身后则是狐假虎威的一群随人。数月来，他控制要道，锁封消息，招纳叛兵，外联准噶尔，内联几十个部落的长首，等到他的兵用乱刀截杀了六百里送信的塘吏之后，他更是志在必得了。他哪会想到跑在最后的六百里信吏老旗兵曾老春凭多年的经验故意留了后手。他将信吏分成三支，自己却在不远处慢慢跟随，所以他躲过了叛兵的杀戮。当他射出那支鸽羽箭，将血书传到公署院里后，才被发现他的叛兵乱刀杀殁。

忽然，傅清想起圣旨中的几个触目惊心的字——"已经造反"！

"大人！只您一句话，我等都豁出去！"侍卫、命官没一个是贪生怕死之徒。只可惜，他们刚刚跟傅清出来，这么快就遇到生离死别。

此时，骑马来至驻藏公署阁楼下的那木札勒高声喊道："傅清！你叫本王来做什么？阁楼上连个满洲娘们儿都没有，太令本王失望啦，哈哈哈哈……你的命可都在本王手心里攥着呢！"

一见那王上钩，傅清心中暗喜，他高声言道："看起来啊，郡王大人是不打算叫咱回去了！"随即低声道："都看好了啊，出得去，出不去，都是鱼死网破！你们把最后的话都留下来存好。来来来，叫敦秉给写出来，并按下手印，装进铁匣中，一旦为国尽忠了，早晚皇上会知道这是怎么回事！敦秉兄弟，我倒真不知该说什么了……"

"人生自古梦般过，但凭忠信为家国！"敦秉胸中油然升出一股英雄气概。

"嗨！有怕死的吗？"傅清边说话边换上皇上在临行之前赐的黄

马褂，然后抽出那把随身腰刀——那是一把皇家侍卫人人都有的绿鞘方把银柄腰刀，还是做侍卫时被赏赐的。他又道："君王对我们有不尽之隆恩，今日若能报效，子孙也会光耀！"

"老兄！拉布敦先去了——"副大臣拉布敦抽出刀来，竟要割自己的脖子……

敦秉手疾眼快，拿刀挡了拉布敦的刀，"当啷"一声，刀被弹了回来。

"且慢！"傅清拦住他道，"能挣巴的时候，咱可不能自尽呀！您这傻爷们儿，我们不畏惧死，才会从死中寻一条活路，不到万不得已，怎能自杀殉国！看我眼色，先把首恶干掉！要记住啊，只要我大笑起来，就是动手之时！"

"嗻！"众人应答着，开始一一留言、按手印儿，始终无人恐惧畏死。小传令兵曾春泪流满面道："跟着您我也不怕死……"

"亲家伯，您先来吧……"敦秉拿起毛笔来言道。

"怎没动静啦？怕死了吧？"师爷旺丹在阁楼下面笑起来。

傅清见那王人多势众，便来了个顺水推舟，冷静沉着说道："郡王殿下既然是大清封的郡王，那么就该恭恭敬敬地客气说话，才配得上您的郡王之身。大清皇上对您有再造之恩，不然，哪有您这个郡王？现在您得赶快上楼听诏，不然，本钦差不会给不尊朝廷的藩王宣读圣旨的！"

"怎么？他们有神鬼相助吗？"始终相信佛爷只会保佑自己的那木札勒实在想不通他们究竟是怎么接到的圣旨。于是他回头对师爷旺丹大怒道："把沾木作杀了！"旺丹飞速拔刃，手起刀落，一刀索了截杀六百里信吏的头目的狗命！

"那王爷，您可上不得楼，先要叫他们将兵器扔下来才可！"

傅清哈哈大笑道："我们手中除了笔就是墨的，好吧，把兵器扔下去。想不到八面威风的那王爷竟然害怕几个文官，您胆子也太小了！"

稀里哗啦、乒乒乓乓的，阁楼上扔下来刀枪剑匕等。"还有什么铁器？只管扔就是了！"罗卜藏札什还不放心，说道。

"文房四宝还扔下去吗？"楼上的敦秉故意问道。

那王闻听，道："大胆！你敢笑话本王胆小！本王是在杀宰牦牛的刀子堆里长大，五岁就敢吸牛血，九岁时手刃牦牛，从来不懂得什么叫胆小！别说是上阁楼，就算是比它高得不能再高的布达拉白宫，本王也去过无数次，你个小小的驻地使节哪儿这么多的废话！"

尽管随同阻拦那木札勒，但都被他甩开，他晃晃荡荡地直奔楼上而去！而他身边那一位高颧骨、四方脸的准噶尔使者早被傅清看得真真楚楚，他低声道："黄将军您给我盯住了他。"

那王边说边"噔噔"携两个保镖爬上阁楼，言道："你若敢假传圣旨，小心你的狗命！"见反王爬楼，楼上拉布敦与几位身着黄马褂的侍卫顺势"噔噔噔"先行下楼。而那王刚蹬上阁楼，参将黄元龙便一脚踢开了松木楼梯。

那木札勒不禁猛然惊醒："你为何要撤掉楼梯？"

"这是规矩。"黄将军道。

阁楼上气氛紧张，就听傅清依然不动声色地喊道："那木札勒接旨——"

极不想跪拜的那王爷忙问："皇帝为何不称呼我郡王呢？"

"大胆奴才！皇帝是你叫的吗？那木札勒即刻跪接皇上圣旨——"

只见敦秉双手高举明黄色的卷轴。傅清继续道："那郡王既然想听我手中圣谕，总该跪下来吧！那木札勒接旨！"

"你叫本王跪下？这绝不可能！"

"那本钦差可怎么宣读呢？"

"你只管念就行，本王不能跪！"那王发了脾气。

"那您总该弯弯腰，本钦差才可宣读圣旨啊！"因那木札勒的个头高过了众人，必须要等到他弯下腰来才可以动手。

"弯腰？倒是可以。"那木札勒心说不过是弯弯腰。"好，本王接旨就是了。"

"您要说奴才接旨才对！"傅清纠正他，为叫大家准备好下手。

"啰唆！"那木札勒也奇怪，自己竟然跪了下来……

"恭请圣旨！"傅清再次高声喊道，"那木札勒接旨——"

"真麻烦啊……好啦！本王接旨！"那木札勒心里说：还稀罕什么郡王？老子一会儿就告诉你这条弘历的走狗，老子是大大的汗王！

傅清疾声道："皇帝诏曰，尔等反贼，早该正法！看刀！哈哈……"他最后一笑便是杀贼的信号。说时迟那时快，敦秉突然拽住那王颈上佛珠，右手将一把牛耳利刀直刺向那木札勒……这时傅清也飞快拔出一把削铁如泥的侍卫腰刀，用尽历练大背跨的全力，举刀狠狠地自其脑后挥刀砍断其首，只见那贼的一颗人头生生与脖子分离，刚还是反心异常的罪魁的脑袋咕咚落地之后滚到一边去了。只见那贼脖腔处，如喷泉般的紫血飞蹿出来，溅得阁楼上雾气沼沼。上楼的一对保镖也瞬间被剁成了肉酱……

"不好啊，傅清把大王给杀喽……"师爷旺丹嗓子最是尖厉。楼下顿时大乱！

"郡王爷升天喽……"楼下贼众慌乱地呼喊着，"他们杀了王啊……"

早被冲昏头脑的另一贼首罗卜藏札什曾一直骄狂地认为傅清已是他笼中之物，并未警觉这位大臣有如此之胆量。一见阁楼上那贼被砍杀，便知不动手不成了。他只好亲身率众号叫道："围住他们！他们出不去！"他命叛兵围楼数重，并叫手下喽啰高声呐喊："弘历的狗屁大臣傅清……眼下，你已没了丝毫退路，如果你还继续为弘历做愚忠之臣，只有死路一条！也许连你的灵魂也难飞出藏地了！"话音未落，只见刚才下楼的拉布敦率侍卫与众多商贾们将大刀抢过头顶，大杀、大砍起来，顿时几十个贼兵毙命！驻藏公署内是火焰熊熊，黑烟笼罩，阁楼上下已是血流成河，策塔尔与常明、敦秉、曾春等继续乱刀砍剁那木札勒身躯，直砍得血染了衣襟，仍不解气！既剿灭了首贼，几个人觉得精神百倍，血涌心头，来了精气神，竟无一人面带慌乱。现场却在一阵嘈杂之后，安静至极。只见傅清将补服下摆系在腰间，昂首挺胸对楼下高声言道："本钦差大臣遵旨行事，今日已斩首叛贼那木札勒，现在还要斩首准噶尔贼人特使。"话音未落，楼上黄参将已将一把长刃从楼上用力甩出，不偏不倚，直刺在那位尚在观望的准噶尔人的胸口，利刃直透其后心！楼下再乱起来！叛首罗卜藏札什高喊道："傅清快受降！饶你不死！准噶尔大军就要来了！"

在贼首带领下，贼兵在阁楼周围点起火来，驻藏公署变得如同火海一般，却见阁楼上一直是频射冷箭，抵抗不止，叛兵只好连放火箭，并在楼下"轰轰"连发土炮，火势飞速蔓延至楼顶，而傅清等人几乎都被土炮击伤。傅清强忍伤痛，用刀支撑起身，四下观望，只见楼下的拉布敦等侍卫与商贾们早躺在血泊之中。他身上的箭伤与炮伤使胸腔洞开，血流如注，两条腿已完全露出骨头。他咬紧牙关爬到铁匣前，把它藏于身下，然后拿起侍卫腰刀，刀刃已在砍杀那贼时破损成锯齿状，他只好伸手去够另一把刀。阁楼上的血污已将几位义士浸泡。傅清抓住圣旨念叨："皇上啊皇上……臣没本事，只好与反贼同归于尽了……"然后左手将刀刃置于右颈，另一手则绕到脖后，抓住刀刃，用力狠勒，刎颈而殁……

当一身盔甲神气活现的准噶尔统帅率领军队匆忙赶到时，忽听报来那王被杀的消息，这位将军先是一愣神，然后便大声骂道："王的宝座还没坐热乎呢，就这么快完蛋了，笨蛋！"

"少汗，我们怎么办？即刻与大清一战吗？"

"靠我们？拿着鸟蛋往青石板上撞吗？"

这时远处有几骑快马奔来，正是贼首罗卜藏札什。他仓促地讲述一番，而这位准噶尔汗只是拉马缰，围着贼首转了几圈后道："看起来，是你们错了，反叛都弄不出个所以然来，那只好叫死去的藏王失望了。"他指指不远处几处藏包道，"看看吧，这是一块多么安静又富美的土地啊……如你们无处可逃了，只好给本将做娃子啦，哈哈哈哈……"他身后身穿奇装异服、面带遮脸黑纱的一群准噶尔骑将随之也大笑起来……他们并未被刚才的事所打动，似乎暴死的只是他们的一个奴隶！罗卜藏札什开始明白，他们笑完后会撤走！而刚刚与傅清的一场生死博弈的结果使得大清国间接震慑了准噶尔汗。准噶尔人极其讽刺的言语意味着罗卜藏札什再无出路可言，他顿时羞愧万分，放马疯跑并大声喊道："我明知背叛者的下场啊……"随即拔刀自尽……骑马紧随的小卒直从马背扑过去阻拦，与他一起掉下马来。

当叛乱的隆隆炮声、滚滚烽烟、隐隐杀声传出时，清将班第终于发觉目标，忙率军策马赶往大臣公署，只抓住几个叛兵，都说贼首罗卜藏札什率众贼兵已逃向准噶尔方向。

将军班第喊道："赶紧救人！"

"将军，策楞将军到了。"只见远处又浩浩荡荡来了一列军伍。

班第即对手下参将道："你与策楞将军一起追捕叛军！将罗卜藏札什等全部戮杀，再把老窝儿炸平！将叛王家眷老少一并捉拿归案！"

策楞闻之回身对身后喊道："给我上！"言罢后命笔帖式速拟奏折报与皇上。

奏折中简要明晰写道：……驻藏大臣傅清、拉布敦与侍卫等多人皆战死，主事策塔尔、参将黄元龙、通判常明、笔帖式敦秉也已尽忠，跟从傅清抵抗者共计有千总二、驻藏旗兵四十九人，还有不甘为刀俎的商民七十七人……

乾隆帝得知傅清殉国时，无比震惊。傅大臣能在危急中完成皇命，触动了他这个皇帝。富察人向是不辱使命的。他对身边的大臣鄂尔泰、张廷玉道："拟旨！降诏褒嘉傅清、拉布敦等人……驻藏大臣傅清'揆几审势，决计定谋，心苦而功大'，特追封傅清为一等伯爵，谥号襄烈。除在京师建造一座双忠祠之外，再于西藏通司冈驻藏大臣公署院内建祠堂一座，叫子孙后代永远铭记傅清的忠君爱国，并严惩叛国之贼……待傅清丧身还京后，朕要领满朝文武百官亲自祭祀。再下一旨，其子富察明仁以侍卫袭一等子爵位，并赐白金万两。"

　　乾隆十六年（公元 1751 年），清廷于石大人胡同敕建坐北朝南的双忠祠。该祠有大门三间，左、右门各一间，二门一间，正屋三间，东、西庑房各三间，碑亭一座，周围绕以红墙，合祀都统、一等伯爵傅清与左都御史、一等伯爵拉布敦。

　　欲知后事如何，请看下文分解。

第三十一章
明山请乞儿　傅恒悔嫁女

不提傅清因忠烈受皇上祭拜。咱接着说三福的订婚礼仪。最后，傅恒与明山在是否宜张扬上有了分歧。傅恒的意思是，小立过后，只等大喜日子，请亲朋好友会聚一堂，届时公布，省得太过于声张，以免被哪个司、哪个部的御史长官找麻烦。傅恒的习惯本是能简则简，不必过于铺张，但明山不这么想，因他早离红带子成堆的地方渐行渐远了，所以这回，他无论如何也得依照过去的老样式，叫京城所有旗人都知道他明山不仅健在，家中还有一个貌若天仙的姑奶奶嫁到军机首辅、大学士、忠勇公爵傅恒府中。本就是武将嘛，只有大热闹，才大吉大利，您家不必再操心我家了。

见明山较起"真章儿"，傅恒只好再让他，毕竟是人家聘闺女嘛，怎么办就由他去了。这回可倒好，明山干脆搬出来老祖宗在盛京的习俗：一定要请乞儿出阵做排场。老祖宗当年尚是明朝臣民，因只有在朱皇帝时代，乞儿才会被列为帮会里的"贵人"。而到了清朝，虽然民间张罗请乞儿，但乞儿已成为颇有才艺、到处说唱的能人，尽管仍靠要饭活着。其实明山就是想告诉北京的旗人，我明山公家有大喜事了。不利用这个机会，也许就连熟悉他的人也早忘了他还住在皇城内的犄角儿旮旯儿里。因此他告诉几个乞儿，不仅在他家门口说唱，还要到傅公府的阿斯门口和他住的府夹道胡同口唱够了，叫来往的行人们都知道，他明山是阿颜觉罗家的后人！

　　早早时候，明山家街门口便专门请来乞儿，敲开了碎板子（快板儿）。别看平日内城寂静无声，但只要稍有动静，便很快会将远近的旗人招到街上。乞儿们腰间也增加了明山送他们的碎花红腰带，甚至在要饭竹板上也拴上赤红绸子，脑门点上硕大的红点，腮帮子也抹了洋红，就连胸口处也露出来赤红色的兜兜。明山先将他们请到了公府南门以内暴吃了一通，随即告诉他们说："甭管你们多忙，也要在这三个月里天天唱上一段，也好叫京城的旗人知道我明山公家有喜事。"

　　"您怎么给大子儿？"既是请来的，就要明码实价。

　　"一天二百大子儿行不？"明山觉得有些多，心说，反正你也来不了几个人。

　　"二百可是少了，我们住永定门外呢，得起五更往过赶路呢，给五百吧！"

　　"不成！还没看玩意儿呢，爷要高兴还有后赏呢，三百怎样？"

　　"您老先凑四百大子儿，最后再给一百，但是您还得管点糙粮……"

　　"这您甭操心，吃喝管够。"

　　"那好，您还有什么指点没有了？"乞儿的意思是问明山想唱谁，比如唱姑奶奶，唱女婿，还是唱唱明山！

　　"唱我家姑奶奶怎样？您唱段我听听。"

　　乞儿们也认为先唱上一段最好，便起身甩开膀子，双手噼里啪啦打起要饭竹板，随口唱来：

　　唱姑奶奶，哎，唱姑奶奶，

　　不是姑姑也不是奶，

　　本是咱家的无名姑奶奶……

　　明山一听急道："等等，什么叫无名姑奶奶啊，我家姑奶奶叫毛姐……"

"可她有进家谱的官名吗？"

"我是觉罗世家，当然有名有姓啊。"

"您家姑奶奶也有？满洲有这规矩？"

"我怎给忘了呢？"明山这才想起来毛姐进不了家谱。[①]

"那我接着唱啦，这位爷，您别老裹乱啊。"他又唱下去了：

无名姑奶奶，无名姑奶奶，

无名因为是家里头趁海，

什刹海，前后海，东海西海西苑海……

明山又打断他："您这么瞎扯，督捕司该找我来了……"

"您放心，有我呢。"说完他又自信地唱起来了：

如今咱一个海子都没了，

只因这都成了皇上的宝。

金元宝，银元宝，

姑奶奶当家家不小。

姑奶奶居家没的说，

大的小的都过箩，

拉一炕，吃一锅，

脾气大的还不能说，

不给皇上行大礼，

见到皇后称姑婆。

红带子黄带子，

姑奶奶就是行大的！

"哈哈！好好，这好！"明山高兴地喊，"赏啦……大银钱一吊！"

"等等您呢，我还没嘚啵完哪……"

---

① 满族女子身份随夫，后入家谱。

"行啦行啦，就这么着吧。"明山赶紧打发了几个乞儿。从此，这几个乞儿是天天在公爵府南边的府夹道、东门还有马神庙老街露脸唱段子。果然没几天，公爵府与觉罗家联姻的消息风似的传遍了北京城。

今日，乞儿还没张嘴唱段子呢就撞上出门的三福。三福赶忙从兜内摸出把铜子塞给乞儿，他也是为叫明山高兴。眼看三福早撒了丫子跑远了，乞儿回身一跪，冲高台阶上站着的管家高声谢道："在下谢谢喽……"然后，他接着开始唱道：

说今天公府开大门，

从里面出来了一个人，

这个人他不像人……

刚听他唱到这儿，管家老黄不乐意了，言道："刚给完你钱，你就骂街啊？活腻啦？"

"您稍等我唱完……哎，说这个人不像人，活像一个小财神……"

"嗯，这还差不多。"老黄这才笑着晃悠着回去了。

"真麻烦……"乞儿实在不解，这高台阶大红门户的管家奴才们怎一点儿也不着调，说出来的话真不如挤出来个屁响（算数）呢……正思寻间只听得一声"砰"，那大红门还就关上了。乞儿心里骂道：就是没真正旗人大方。看人家给了，你就省了，什么玩意儿啊……

接连几日，明山不露面了，公府西门前的乞儿傻了眼：为何那老头不来管饭了呢？于是只好暂时停唱，非等到明山露面不可。眼看着冷日西垂，西北风一上来，乞儿们只好缩脖子去要饭了。他们每日还得紧赶路出城呢，这点大子儿虽说不多，但几百乾隆之宝大铜板，好歹够他几个造一阵子呢，起码现在他们就是穿的最最破烂衣装的"财主"呢。

乞儿们只是觉得老头儿该露脸儿的时候总不能糗着啊。若他想做

"骑墙豁子"挣乞儿的银子,那可不干。不是有那么句话吗?"骑墙豁子总落好,两头银子少不了。最妙就是充牙行,两头上赶着出元宝。"乞儿们刚要走,明山却安排人给他们送吃喝来了!乞儿很是知足,还可以连吃再带,心里说这个老东西啊,原来是冤大头啊!乞儿们吃完饭后掖好里面整吊制钱的褡裢,健步如飞地奔了外城门。一旦被关在城门里,就得白白在巡捕营背三天砖,那滋味儿太难受,想至此他们脚步更快了。傅恒这时乘马轿来回溜达了一圈儿,心里服气了,好明山大爷,真有您的。旗人都是"穷讲究,富讲究,不穷不富瞎讲究,实没辙了还讲究",您这算什么呢?

其实不是明山说话不算话,只是他偶感风寒病了几日。

再说傅公爵。从打心里说,他早厌倦了婚丧嫁娶中的琐碎。阿芸嫁给宝亲王做福晋时,他自己还没熬出头。只过了忙忙碌碌的十几年,现在又开始张罗婚事。他不禁叹息时光的飞逝。

先是皇上指婚,将其长女嫁与第十一皇子永瑆做嫡福晋。开始傅恒还挺高兴呢,心说这位皇子从小就酷爱书法绘画,该是个有才之人。但没过多久,所有知情人都诉说永瑆的毛病。傅恒却不予理睬,认为是一番别论。但没想到,果然其为人刻薄吝啬。一日傅恒去串门,永瑆竟然用一堆素食打发他——桌案上的荤食都是傅恒自带的。满人遇逢贵客登门,都必须以大鱼大肉招待,即便不吃也要摆出个体面的桌案来,可这位女婿却只顾自己吃喝,傅恒仅吃了几口便扬长而去。迫于是皇子,又是女婿,傅恒当然有口难言。待饭后晌午休歇时,他便遛弯来到长女寝室,结果进门一看又气又恼,身为福晋的长女竟与下人一同打扫门窗,若不仔细端详,他根本不会认出这女子是自己女儿——脚下连双盆靸鞡都没有,一身的泥土交杂,将个容貌如花的福晋糟践成了个妈子一般。傅恒连气带怒,不等晚膳便急忙回家。与福晋一说不要紧,更为生气,接连三日上朝不发一语。皇上一见便问他因何事如此眉头紧锁。

见皇上连问三遍，傅恒才言道："长女嫁错了人喽……"

"慢慢道来不成吗……"

"没法慢慢的啊，奴臣带着礼去，连顿饱饭都没叫我吃好，我还寻思皇上罚他呢，哪知女儿却与苏拉一起干活，她可有身孕数月了，嫁错了，后悔喽……"

"有这事？明日一起看看如何？"

"那女儿岂不更要遭殃吗？"

皇上一听明白了。次日下朝便骑马直奔永瑆府邸。一见府内真格是凑凑合合地码放着摆设，等走到寝室时，又见福晋在清理内务，身上果然是粗布衣裳。一见皇上，永瑆赶忙接驾。

"今日吃什么？朕在这儿用膳。"

"那好那好，福晋去端吧。"

"什么，哪有福晋去端膳的，你什么规矩？"

"前日奴臣的坐骑掉在海子里淹殁了，所以今日……"

"吃马肉？大胆永瑆，你活腻烦了吗？大逆不道啊这是……"

"阿玛汗，马自己死的啊。"永瑆也想起来马肉不能吃，"咕咚"跪下叩头谢罪。

"朕问你，福晋的这身衣服……"

"是她自己要穿成这样的……"

"你还敢顶嘴！快给她换了……这成何体统！行，你不是会算账吗？先扣你半年的俸禄，如果你还敢这样，就接着再扣！"皇上说完话，看墙上有几幅墨迹却愣了。虽说永瑆抠门到家，可眼前这几刷子毛笔字真不愧是个才皇子啊。皇上便站起来观看，可突然觉得刚喝的一口浓茶味道极差，仔细一看又大怒道："你给朕沏的这是什么？"

"是龙井茶啊……"

"哪儿的龙井茶？"

"后山上采的……"

"为何有苦麻味儿呢？你要气死朕吗？来人！扣他一年的俸！"皇上一生气，即刻打道回宫。又见府内的老公与妈子们一个个瘦弱不堪、面黄肌瘦。皇上奇怪了，永瑆不赌不腻酒，这钱弄哪儿去了，随即问永瑆道："银子都花哪儿去了？你买文房了？"

"没花。那全是白送的。"

"银子在哪儿搁着呢？"

"阿玛汗您看看去。"

等永瑆打开银库的瞬间，皇上顿时愣住了："你、你一点儿都没花？"

"没地方花啊，菜园送菜，农庄送油，庄头送粮，布够十年使的了……"

"你、你叫朕说你什么好呢，三日之内，宰十口黑猪，给你老丈人傅恒送过去，不得延误，再将福晋送回娘家住上半个月……"

"能否请公府来人接福晋呢？奴臣的骡马都在山上，猪下水能留下吗？"

"再这么抠，朕将你俸禄全免了！"

"阿玛汗真不用膳了？"

"朕早就饱了！"

"原来阿玛汗没饿着啊……"

"朕吃的是满肚子气……退下！"

等傅恒得知皇上真去了，往后再不敢提此事了。他明白，女儿只要饿不死就成了。俗话说得好，"嫁鸡随鸡，嫁狗随狗，嫁个驮筐背着走"。而这永瑆实是个鸡贼，连狗都不如，他凭着身份到处坑蒙拐骗占小便宜。真是"嫁个王八蛋轱辘着走"，福晋说他是"将王八蛋搁白塔尖儿上去了——好一个王八蛋了"。想起来长女，傅恒便好不心酸。

再说次女富察幼芸。生她时，傅恒正在书房读史，所以便给她起了乳名幼芸——书香的意思。幼芸后嫁给淳颖。淳颖为信郡王如松第三子。傅恒一见淳颖的面，便知道这是一位未来的文曲，果然幼芸成为淳颖王妃之后，便证实了他的看法。也难怪，淳颖的上辈人就是知书达理的宗室内秀才。淳颖工山水，出了大名，而福晋们倒成了学生。当然嫡福晋幼芸享受到一门书生的清福了。在这前后，傅谦女儿嫁予六皇子永瑢为福晋。质庄亲王永瑢（1744—1790 年）为乾隆帝第六子，因永瑢在翰林院中人缘极好，后来便由大家推荐，充四库全书馆总裁，因此在史上留名。傅文的女儿也嫁给了豫良亲王修龄。因傅文、傅谦都为傅恒的兄长，所以他总要为之操心。这不是三福便来了婚姻大事……

满洲人一旦迎亲便要娶一位萨里甘，同时再迎一位福其嘿，即一妻一妾。但三福只要毛姐一个。毛姐却说带丫环蓉姐儿就成，就算迎娶两个了。依照老规矩，不能在正午之前迎新媳妇，而要等傍晚太阳西沉前后。这与满洲人信仰萨满教极有关联，因为都在传说，满洲人信奉的西大神在黄昏时显灵。婚姻是民间之事中最为烦琐的，因双方要经过"小定、拜女家、大定、换盅、下聘礼茶、过礼、开剪、送嫁妆、过柜箱、送喜日子、送离额娘肉"等诸多繁杂礼节。颇富履历的傅恒还在小定时便精心准备。双方一开始便将此事办得麻利干脆，毫不拖泥带水。

选吉日之后，傅恒偕福晋至明山家去提亲。毛姐高高兴兴地跑上前来，给傅恒行"装烟礼"。三福额娘随即将毛姐头上插满了银钗，还将金钏、玉钏、木钏戴满她的胳膊。原本是相亲，却成了赠她首饰的礼仪。那一柄极小的银如意成了定礼，名曰"小定"。三福额娘这么一来，可是将毛姐羞得扭捏不已，这可是未来婆婆给"插戴礼"呢。原本小定之后就要选择吉日，以行"拜女家"礼。这便是未婚新婚一起往女家问名，女方聚族欢迎，男方长者还要致词一番，表示愿结秦晋之好，女方长者也致谦词答谢。这才算是正式订婚，俗称"大定"。若大定礼毕，未婚女便要拜女家的祖宗牌位、神位，再拜谢双亲、舅舅等诸亲。之后，女家进茶后，主宾易位，再重设酒宴祝贺"大定"礼成。令傅恒喜悦的是现在全省了。

三福额娘直言道："明山公长辈，愿与阿罗约家结秦晋之好。"

明山大大咧咧言道："好！愿意好，愿意康祥，早办早消停，您踏实咱踏实……"

更踏实的是，三福额娘竟带来全部聘礼来"下茶"了。因三福是乾清门侍卫，属于武官，便抱来一副马鞍、一副甲胄作为主聘之礼。并将猪羊与酒、钱、帛等物直接赶入或抱进明山院内，院里顿时热闹起来。明山乐得合不拢嘴，一个劲儿嚷着："把猪羊赶后院去！"聘礼随被码放置明山家后院祖宗香堂中几张铺红毡的高案上。

当即，傅恒与明山并跪斟酒互敬，俗称"换盅"。女家设宴款待时，男方由三福额娘亲手赠亲家公五百两纹银，以供萨满跳神致喜之用。明山一见傅恒先敬他，便言道："还是我敬您吧，喜日子，您看着定，听您的就是了。"傅恒一听他这么说，当然高兴了，第一次登门是闹龃龉而来，而第二次登门却逢喜事临门。这一次便免了几次的麻烦，于是他也道："您定也成，咱俩谁和谁呢！来！喝！"

本来还要于婚期前的一日或九日内接受女家的陪嫁物什，并将这些放置在铺红毡的高桌上，直接抬送至公爵府内，还要陈列于婚房门前，俗称"过柜箱"。明山却道："趁着公爵大人在赶紧抬过去吧。"嘿嘿，他倒是连人工钱都省了。原本该有的先后顺序只要经双方点了头，这下一道该做的干脆就由傅恒直接来宣布，说四天之后便是良辰吉日了，这就算是"送日子"了。后面便自然进入了"开剪"，男家将给新娘的彩绸、布匹等衣料送至女家并陈列于祖先案前，两亲家翁并跪，并以酒焚烧一小块布头，俗称"开剪"。这也倒好了，从小定开始，傅恒接连将拜女家、大定、换盅、下聘礼茶、开剪、送嫁妆、送喜日子等一系列礼节全连到了一起。虽作为男方主家，但朝中与公府内的事还多着呢，他只是想着赶紧完事即可，就算大吉了。

如料，当日双方和气洽商，顺畅无阻，只等公府准备迎娶新娘了。

翌日清晨，闻几声炮仗响后，公府内便请进工匠盘搭大灶、购柴、劈柴，并于御碑之前搭起来四个大桐油布雨棚，还专请来了僧道尼番及吹鼓班子在棚内试声，这被称作"响棚"。一时间府内忙作一团，不亚于当年建府、修府时奠基的动静了。婚礼期间，男女双方家中都要大宴宾客，接受亲朋好友和来宾的祝贺。特别是公府中，更要大操大办三日。

男家在大喜日之前要收拾好洞房。三福额娘先请来父母子女俱全的"全和"长辈帮助归置洞房，置办新被、新褥等一概用物，还要于喜被内搁放大红枣、花生、桂圆、栗子、瓜子，取其圆圆满满、早生早立、多生贵子之意，然后要在喜被中放一柄如意或一颗苹果。当时还要喊吹鼓手在洞房内奏乐几曲，就算行"响房"之礼了。当然，喜轿是头等大事，必须装饰得漂亮、耐看。各旗衙门本有常备好的、专供旗人婚娶的花轿。但公爵府是贵戚之家，早就备好花娇，并摆在院内的日头之下供人观看，这叫作"亮轿"之仪。而花轿与汉家的大不一样，轿门前不是轿帘，却是实实在在的双层木板，内里由铁皮包裹，还需上挂一副弓箭撒带。为何轿门如此坚固，暂且按下不提。

"响棚"之日，便要杀猪、宰鸡、宰羊，并用白肉供奉富察家的祖先，并备好来宾所用餐具，同时请工匠修理粉饰喜轿，以保证次日的"亮轿"。而次日要迎接女家的嫁妆，还要在门前晌午后"行轿"一番，也就是抬上花轿近处绕上一圈，也好叫送嫁妆到这儿的娘家人观看喜轿是否结实耐用。同日还要接待送妆奁的女家客人，新郎也要于当日去自家的祠堂内祭拜祖宗。婚礼当天，新郎由长辈陪同到女家迎亲，向岳父岳母叩头之后，即可迎娶新娘返回。届时，必须要一路鸣锣开道，唢呐高奏，鼓乐喧天，吹吹打打地一直把喜轿抬至洞房之外的大棚之内，这称之为"至喜"之仪。哎呀，热闹可是热闹，热闹中不乏着忙碌与混乱。但傅恒明白，只要乱过去就算是完事大吉。

欲知后事如何，请看下文分解。

第三十二章
觉罗女终嫁　福康安大婚

　　对门就是亲家，真应了老话中说的"丑妻近地家中宝"。本来是大好事，但却叫明山发了愁。历来，满洲人新婚之女主，先要由额娘用线绞掉脸上的汗毛"开脸"，示意着奶毛褪去已经成人。然后须在头一天离家借宿，并且要由送亲叔伯陪送到离娘家不远的某家住宿，以看不见娘家的屋檐为准，俗称"打下处"。女儿临别时，须向祖宗灵位及神佛、额嫫等一一叩辞请别，还须带上一块自家清炖熟的白肉，此谓"离额娘肉"，这是告诉闺女别忘了额娘的好处。开始明山净顾高兴了，似乎万事都妥当之后，大喜前日，却遇了如此难题，一时间竟然有些无可奈何了。八旗满洲军队将士经年在外不归，常会有姑娘赴军营内完婚，喜娘多在军营附近借房暂住一晚，次日再赴营内成亲，久之成俗，即"打下处"。可是难的是，在皇城以里，又这么近，能去哪儿住呢？结果全家都发了愁。明山秉性鲁莽，得罪人不少，六亲不认惯了，与平辈的哥们儿也不交往，所以他犯愁的是这格格能去哪儿住一宿呢。这事他从开始就大意了，于是唤来毛姐，问："儿子，咱可怎么'打下处'呢。"

　　毛姐稍一寻思，言道："要不就住我婆家去？"

　　"不成不成，那不叫人笑话死了，馊主意你也敢出口……"

　　"那我去尼姑庵住一宿如何？"

"胡说八道！我看啊，只有去柳荫街的愉郡王府了，不过这得叫三福办，只有住那儿了。"

正在明山得意时，毛姐道："哪儿也不去！我在家等着上轿了！"

"成！姑奶奶能龅得出去，老子也不吝了……"

于是，三福更省了心，只是便宜了抬花轿的了。既然明山点了头，又省了大事了，加之毛姐上下也没有兄弟，也不必请谁去送了。

第三日便为所说的大喜之日——"正日"。是日清晨，三福身穿侍卫吉服，胸戴红绸做的状元花（大红花），在傧相陪同下，吹奏鼓乐，骑马带领迎娶新娘的彩轿、彩车去毛姐家迎亲。汉人的习俗是：在天没亮时，新郎就要率队出发，一路上必须要吹吹打打的，让所有人都知道是前去迎亲。但满人的规矩却与汉人大相径庭：新郎一定要在午后接亲。这是为了求得西大神的保护。当三福出发迎亲时，还在探头探脑的毛姐即被告知：他出西门了。而她家也在做准备。先是请全和人给她梳妆打扮一番，戴上该戴的头饰。此时，毛姐还须将项上戴的长命银锁解下来留在娘家。这长命锁是毛姐小时由二老给她挂在脖子上的吉祥之物，是驱邪、祛病、祛灾的镇物，如今要出嫁的毛姐留下它，是表达她的恋恋不舍和对父母养育之恩的感激，解锁的同时也标志着毛姐至此开始长大成人了。

这时，毛姐听着跟从喜轿的唢呐声一直响到了家门口。

迎亲队伍吹吹打打的，好不热闹。本来按规矩来说，头顶红盖头的毛姐要由兄长或叔长背上花轿。可是她既无叔长，也无兄长。男家的司仪一声高喊——"新娘子上轿啦！"这一声喊叫完后，她便急急忙忙地扒下来娘家的鞋，穿上三福专为她定做的高桩盆轨鞋，赶紧又提起来一大块"离额娘肉"，被一对傧相扶着歪歪扭扭艰难地走了几步后，慌忙钻进了花轿。这急急火火的样式真叫司仪官好是偷着乐了一会儿，抬轿子的也跟着乐，反正也是喜事，乐就乐呗。随后，轿子掉头转身回行。明山打发了好几个舅子顶着男长辈，一直护送到公爵府里。他眼巴巴地一直看到轿子走了，才总算松了一口气，言道："哎呀，这人活着，累啊，快放炮仗！"几个包衣随即点响了炮仗。"叮！咚！"炮仗声将明山吓了一跳。

下午酉时，没走几步远的喜轿在吹吹打打的喧嚣声中进了公爵府。知道底细的人莫不纷纷说真省大事了。

四座巨大的喜棚都搭在了御碑之前的靠南处，这儿也是花轿停放的地方。此处在皇上赐建的宗祠碑之前，本来就立有祖宗杆子（索伦杆）一根。前日宰猪时分，便有乌鸦飞至开始等食了，所以最先将部分猪下水放在了刁斗中用绳拽至祖宗杆子顶端。在御制宗祠碑前早设好了供有天地牌位的桌案，俗称天地桌。麻雷子、二踢子在一个劲儿地响，花轿很快进了东阿斯门，一直被抬到了大棚之下。毛姐寻思还没坐热了花轿的座位时，就听司仪官喊"花轿临门，新郎官迎"……

眼看喜轿从火盆上经过后在大棚前落地，新郎官三福取下挂在轿子上的弓箭，站在五步远处对准轿门连射三箭。这回谁都明白了，难怪轿门这么厚重结实，却是为阻挡这箭镞。只听司仪官喊道"黑煞神已被逐走"。三福对准轿门射箭，正是为驱赶一路上带来的邪煞之气。满族是射猎民族，虽经多年演变，仍保留着古老习俗：假若花轿沿路上遇到井、庙、坟等，要用红毡遮住轿子以避"煞神"，好图吉利。

轿门终被三福打开。脚蹬高桩盆轧鞋，身着大红刺绣长袍，头顶刺花红绸的毛姐在傧相左右搀扶下下了轿。毛姐先是脚踩红毡，然后踏在一个马凳上不动，用以象征今生鸿运永在。三福再用一根秤杆将毛姐盖头揭开，然后直扔到大棚顶上，表示将此称心如意的姻缘上报给天公爷爷了。三福从傧相手中领了毛姐，稍抚发辫后，又摸摸自己额头，示意夫妇二人白头偕老。

这时司仪接着喊道"新娘跨马鞍"。只见毛姐被三福领手跨过地上的马鞍，一路前行。这时婆家一女童手拿两面铜镜对新娘照过后，将一对拴好红绳的铜镜搭于新娘前胸、后背，取其"避妖"之意。另一女童也递过两只用红绸扎口的内装五谷杂粮的锡壶，作为"宝瓶"交给新娘抱着夹在腋窝片刻，后再由一对傧相接过去。毛姐脚踏红毡与三福携手行至天地桌上的牌位前，跪拜叩头，先"拜天地"。

这时礼部来的司仪官喊："皇上赏赐——皇恩至高，拜谢隆恩……"

俩人即刻齐声言道："万万岁……"

司仪官再说："新人一拜天地！"便是再拜天地牌位，俗称"拜北斗"。"二拜公婆……"公婆是指傅恒与福晋叶赫那拉氏，俩人此时正坐于天地桌左首等拜。"夫妻对拜……"这一声喊最为长久，因是怕三福与毛姐昏了头脑。"将新娘揽入洞房……"这一声才是尾声了。

因毛姐脚下的盆靯鞋似高跷一般，若非三福拉着她，她早已寸步难行了。此时鼓乐声高奏，众亲友纷纷贺喜。而毛姐被傧相扶着，暂进到大棚内一间青布帐栅内静坐，俗称"坐帐"或"坐福"。按满俗会将一把崭新的板斧置于被褥之下，由新人轻压一下，便是"坐福"，借用"坐斧"谐音，寓意是在祖宗的荫德下"坐享其福"。随之，毛姐这才被三福的阿芸搀扶进洞房，也是为叫她脱去大红旗袍，赶紧换上短旗袍，还要敬两家的亲戚酒呢。

公府之内，鼓乐喧天，响器不停，此时已天交酉末之时。棚内神桌上被供上了猪肘一方。喜酒喝至三盅时，忽闻得一阵银铃的极速响动，只见萨满师傅身穿多彩的百褶吉服，迈着四方步子来致祭祝吉了。他单膝跪于神桌之前，用满语朗声唱起来《阿察布密歌》，也叫合婚歌，其大意为：

良辰开喜宴，

吉日娶佳偶。

持饲猪祭祀西大神，

愿天赐福，佳偶是成。

请您保佑他们，

福祉日增。

白其发，黄其齿，

依然百恙不生。

九旬康顺，

百岁不竭，

寿享无穷。

全家富贵恩荣。

阖第得此吉祥，

感戴神佑之灵……

每唱完一节，萨满的徒弟便用刀片下两片白肉，高抛向空中，这时乌鸦如果前来寻食，是最吉利不过了。随之又向地上撒酒三盅，做"撒盏"。众人随着合婚歌声都哼唱起来，婚礼渐入最高潮。与席人都争着将口中的酒喷向天空，萨满徒弟再将一大碗的吃食也抛向棚顶以祭天，用以祝愿新郎、新娘和美，家族兴旺延绵。此时只见三福在神案前行阿察布密礼（满语，合婚礼），单膝而跪，手擎托碟，用满语复念《阿察布密歌》的歌词，俗称"哈力巴经"。

锣鼓鞭炮声中婚仪结束，随之喜宴逐开。

晚宴以女家客人为尊，称之为宴请"上亲"。新郎与公婆要出面向娘家人一一寒暄问候。新郎、新娘也开始挨桌向来宾敬酒以拜。新娘先要为婆家至亲"装烟点火"，亲友须回赠"装烟"红包。而娘家人也吃不踏实这顿饭，草草打点些后，还要返回。忙碌多时的新郎三福仍要在公府门前为娘家人敬酒，送行。而后，他与新娘才能进入洞房。此时天色已大黑。

尽管傅恒早安排好府内的平辈男女闹洞房，可半天却一个也不见。府内都是小梳子一干家生儿子，谁敢闹三福的洞房？这时就听窗外的小梳子言道："三哥我来了啊，咱就别闹洞房了吧！"他是怕毛姐，却不是三福。

三福一听急道："不闹还成？随大溜儿……不闹不热闹，快唱喜歌'拉空齐'……"

"我唱不出来了。"小梳子只好装作嗓子哑了。

"那我唱'拉空拉空'……"此时三福已醉了一多半。

毛姐终于说了话："闹房成，但不许碰我……"

"不碰您，那就举您吧。"三福与小梳子等将毛姐举到空中……

毛姐吓得喊道："谁拧我来着？放我下来！"

三福一使眼色，就听小梳子几个喊道："快跑啊……"身高马大、比三福还大几岁的小梳子几个顿时没了人影儿。

本来新郎、新娘还要与小梳子他们吃、喝、闹、耍笑一番呢，但因三福的几位姐夫不是宗室，便是皇亲，并不想与小梳子他们坐于一处。虽然傅恒不在乎他们身份低微，但也只好叫他们在跟前伺候着。因傅恒是长辈，打过招呼后，便由阿哥福灵安、福隆安陪同了。这几位姐夫只好直至深夜才离席归家，这叫"镇婚"。

此时，端坐在洞房中的毛姐还有项重要的礼仪，便是与三福喝一盅交杯酒，再吃几口子孙饽饽和长寿面，还要吃几口豆、肉、米做的干饭，以象征家族兴旺。

当毛姐在床上坐稳后，三福悄问道："你哭了没有？"

"我干吗要哭？"

"听人家说，谁都会哭……"

"非得哭不成吗？"

"都说哭了才吉利。"

毛姐一听吉利，便突然张开大嘴干号起来："啊……"

"嗨！现在哭就不吉利了……出你家门才哭呢。"

"我哪知道？"毛姐只好停住干号。

这会儿，他俩并肩坐于新床之上，即"坐帐"。三福的奶额嬷将他右衣襟压在毛姐左衣襟上，然后叫他俩喝交杯酒。毛姐吃了口半生不熟的面食，言道："难吃，以后就给我吃这个啊？"

"不许言语，这是寓意生孩珠子的。"

"吃这个就能生吗？"毛姐噘起嘴来，面上飞起一片红晕……

婚后次日，俩人拜了富察祖先牌位后，又去拜太太、阿玛、额娘、姑舅等各位尊长，谓之"分大小"。婚后有九天回门的"回九"之俗，是由他俩携带酒、糖、鱼、粉条等四份礼去女家回拜，又被称为"占九"。哪知，傍晚时分毛姐便喊人提着个整猪头，与三福高高兴兴地回门了，没等进院便喊："阿玛，您姑爷给您送猪头肉来了！"

这下三福不乐意了，言道："姑老爷没吭声呢，您可急个什么？"

明山生怕他俩晚上同房呢，便问："额驸啊，昨晚住一块儿啦？"

"……嗯。"

"她没翻斥？"

"……没。"

明山吃惊了，毕竟毛姐年岁还小。"不是说先不圆房吗？"他是有脾气不敢发，稍有些不快。

"她跑房顶上睡去了，和谁圆房去？"三福硬着头皮吐露出真情。

"您当阿玛的问人家炕上的事，羞不羞啊！"毛姐一句话弄得明山满面通红、羞臊不堪。他对福晋道："您倒多问两句啊！"福晋却言道："我？我敢问谁啊？就咱家这姑奶奶！"

这时只听大街门被敲得啪啪作响，大有被敲破之势。

明山大喊道："谁这么没规矩？"

"大老爷，您老钱还没给够呢！"

明山顿时明白了，这是三个月前他专请来卖唱的乞儿前来要账了。

三福听后便道："我去给吧。"

明山听后如"吃了水萝卜——心里美极了"，他此时想的是，总算有了福康安这大半个儿子了……

后　记

　　岁月蹉跎，来不及感叹。动笔时尚不见银丝半缕，付梓时却已频添白发无计。

　　《福康安传·帝都生人》是《福康安传》三部曲中的第一部。几年前我曾在网上发表了一少部分，原名为《镶黄旗下》。因尚未有专著来书写嘉勇郡王福康安，小说在网上发表后颇受关注。十多年前我便开始动笔了，但却很难延续并完成《福康安传》。没想到却"无心栽柳，柳却成材"地完成了《晚清侍卫追忆录》，这本书也已于八年年前出版。

　　曾有几位老朋友说我作为富察氏之后人，来叙述福康安的故事，自会大有优势。其实则不然。一个历史人物并非是单独存在于历史中的，也会有一群人同时存在。福康安处在乾隆盛世，写福康安势必要提到乾隆帝、富察皇后、那拉氏继后、傅恒、海兰察、阿桂、曹霑、袁枚等著名的历史人物。将众多的历史人物同时写入福康安的故事中，须做一些艺术上的处理，如此一来，小说中难免存在一些与真实的历史有出入的地方，这是最为令我纠结不安的。

　　这本历史传记小说的特点是以真实的历史与人物作为架构与引线，用小说手法再现真实历史人物的生活。因才疏学浅，我在积累素材上，自是费了一番常人意想不到的周折。本书基本依照《清史稿》（赵尔巽编）、《乾隆事典》（常建华编著）等书所载清史记载，在遵照历史的基础上进行艺术创作。

　　能讲述满族富察氏先祖福康安的故事，当然是我作为富察家后人的极大荣幸。在此还要感谢为本书封面提供照片的网友张宓先生及北京照片吧的所有网友们。

　　有生之年，我将竭力将所有不曾讲过的故事与传奇再现于纸上。

作者　富察建功
2019 年 6 月 28 日于家中